Schmökersommer
Detektive in geheimer Mission

omnibus

Foto: © Foto-Studio Rüdiger Dägling

DIE AUTORIN

Insa Bauer, geboren 1948 in Oldenburg, arbeitete als Übersetzerin und bildete sich über die Fernuni in Erziehungs- und Sozialwissenschaften fort. Angeregt durch die Fragen ihrer Kinder, begann Insa Bauer 1982 zu schreiben, zunächst für die eigene Familie. 1986 erschien ihr erstes Buch, in den folgenden Jahren entstanden viele weitere Bücher, u. a. erzählende Sachbücher und Detektivgeschichten zum Mitraten. Insa Bauer lebt mit ihrer Familie in Rastede bei Oldenburg.

Weitere Schmökersommer-Titel
bei OMNIBUS:

Ferien im Sattel (21650)
Allerbeste Freunde (21652)
Auf ins Abenteuer! (21653)
Ganz schön mutig! (21654)
Mädchen sind stark! (21655)

Insa Bauer/Die drei ???®

Detektive in geheimer Mission

OMNIBUS
ist der Taschenbuchverlag für Kinder
in der Verlagsgruppe Random House

FSC
Mix
Produktgruppe aus vorbildlich
bewirtschafteten Wäldern und
anderen kontrollierten Herkünften

Zert.-Nr. SGS-COC-1940
www.fsc.org
© 1996 Forest Stewardship Council

Verlagsgruppe Random House FSC-DEU-0100
Das für dieses Buch verwendete
FSC-zertifizierte Papier *Munken Print*
liefert Arctic Paper Munkedals AB, Schweden.

Sonderausgabe Juli 2006
Gesetzt nach den Regeln der Rechtschreibreform

Originaltitel: »McFox und der Londoner Nebel«

Originaltitel: »Die drei ???® und der
unsichtbare Gegner«
Erzählt von M.V. Carey
Übersetzung: Leonore Puschert

Taschen produziert durch Imago in China
Umschlagbild: Ute Krause
Umschlagkonzeption:
Basic-Book-Design, Karl Müller-Bussdorf
he · Herstellung: CZ
Satz: Uhl + Massopust, Aalen
Druck: GGP Media GmbH, Pößneck
ISBN-10: 3-570-21651-9
ISBN-13: 978-3-570-21651-4
Printed in Germany

www.omnibus-verlag.de

Insa Bauer

McFox und der Londoner Nebel

Inhalt

Donnerstag, 19. Oktober

Die Füchse, McFox und der Londoner Nebel

»Da ist er! Das ist Len!«, ruft Neele, als sie mit Kira und Flori auf dem Flugplatz London Gatwick durch die Passkontrolle geht. Sie läuft auf einen dunkelblonden, mittelgroßen Jungen zu und umarmt ihn stürmisch.

»*Welcome to London*«, sagt Len. Er wird ein bisschen rot, was bei seiner hellen Haut nicht zu übersehen ist.

Kira und Flori haben Neeles englischen Freund bisher nur auf Fotos gesehen.

»Hallo, Len!«, ruft Kira.

Und Flori fragt: »Müssen wir jetzt englisch sprechen?«

Len lacht. »Wenn ihr möchtet. Aber ich kann auch Deutsch, ihr wisst ja, meine Mutter ist Deutsche. Herzlich willkommen! Euer Flug war fast pünktlich, trotz des Nebels.«

»Es war eine tolle Idee von dir und deinen Eltern, uns einzuladen. Wenn wir schon mal zur selben Zeit Herbstferien haben.« Neele strahlt Len an. »So lernen die Füchse vom Oldenburger UNDERGROUND-Junior-Detektiv-Klub endlich den Chef des Londoner Detektiv-Klubs McFox, Lennard Webster, kennen.«

Len nickt. »Das ist wirklich besser, als immer nur zu chatten. Und ich war schon gespannt auf deine beiden Freunde, von denen du so viel erzählst. Die blitzschnelle Kira, die Entscheidungen trifft, bevor andere angefangen haben zu denken. Und den geduldigen Flori, der jedes Rätsel löst und immer die richtigen Informationen findet. Vielleicht könnt ihr hier in London eure Fähigkeiten unter Beweis stellen. Ich habe nämlich eine seltsame Beobachtung gemacht und all meine Freunde von McFox sind in den Ferien verreist.«

Damit hatten die Oldenburger Detektive nicht gerechnet. Die drei sind plötzlich sehr aufgeregt und möchten sofort mehr darüber wissen.

Neele wirft ihre langen dunklen Haare in den Nacken. »Du meinst, es gibt einen Fall, den wir mit dir zusammen lösen können?«

Len zuckt mit den Schultern. »Das weiß ich noch nicht. Ich erzähle euch später davon. Da steht schon der Gatwick-Express, der uns nach London reinbringt. In einer guten halben Stunde erreichen wir Victoria Station und nehmen von dort aus die Underground. Meine Mutter erwartet uns zum Lunch.«

Flori grinst. »Das passende Verkehrsmittel für UNDERGROUND-Detektive!«

»Und dein Vater?«, fragt Kira. Sie ist sehr gespannt auf Mr Webster, denn er ist Detective Superintendent bei Scotland Yard. Bevor Len antworten kann, erkundigt sich Neele nach Brandy.

Lachend beantwortet Len beide Fragen. »Falls Dad

Zeit hat, will er zum Lunch heimkommen. Und Brandy wird winselnd an der Tür stehen, wenn er uns hört.«

Die Kinder finden im Zug vier Sitzplätze und lassen sich auf die weichen Polster fallen.

»Ist Brandy ein guter Spürhund?«, fragt Flori.

Len erzählt von einem Fall, den er und seine Freunde von McFox ohne Brandy nicht gelöst hätten.

»Wie bei dem Fall JUPITTHER, der uns kurz nach den Sommerferien in Atem gehalten hat«, sagt Neele. Sie hatte Len damals per E-Mail um Rat gefragt.

»Das war ja auch eine komplizierte Sache mit den Außerirdischen, die eure Lehrerin genervt haben.«

Neele, die so gerne Geschichten erzählt und oft unerwartet etwas erfindet, beginnt: »Ja, Lucky, unser bester Spürhund, hat den Fall gelöst: Er hat den Außerirdischen die Jeans zerrissen und …«

Len grinst. »Und ihr drei habt ihm bei der Lösung geholfen.«

»Klar, du kennst die Geschichte«, sagt Kira etwas verlegen. »Es war wirklich unser schwerster Fall. Sind wir schon da?«

»Ja, kommt! Victoria Station. Wir müssen aussteigen. Dahinten geht's zur Underground.«

Flori holt einen Zettel aus seiner Jackentasche. »Ich hab mir schon mal einen U-Bahn-Plan aus dem Internet gezogen. Wir fahren mit der Circle Line oder mit der District Line, stimmt's?«

»*That's correct*«, sagt Len anerkennend. »Gelb und Grün sind unsere Farben!«

Flori fährt mit dem Finger über den Plan. »Und bei Gloucester Road steigen wir aus.«

Die U-Bahn ist so voll, dass die Kinder nicht zusammensitzen können. Durch Lens Andeutungen angeregt, fallen Neele wieder die tollsten Geschichten ein. Aber sie kann sie nicht loswerden, da ihre Freunde im ganzen Wagen verteilt sind.

Zu gern würde sie etwas über den neuen Fall erfahren. Als sie es vor Neugier nicht mehr aushält, drängt sie sich zu Len durch. »Kannst du uns nicht mehr über deine Beobachtung verraten? Was ist passiert? Geht es um Mord, Raub oder einen Überfall?«

Len schüttelt den Kopf. »Dann würde ich meinen Vater informieren, damit sich Scotland Yard mit dem Fall befasst. Nein, nein. Es wurde etwas gebracht.«

Neele guckt ihren Freund verständnislos an. »Und was ist daran verdächtig?«

»Gloucester Road! Wir müssen aussteigen!«, ruft Flori, der die Stationen auf dem Plan verfolgt hat.

Die Türen öffnen sich, und eine Lautsprecherstimme ertönt: *»Mind the gap! Mind the gap!«*

»Was heißt das?«, will Kira wissen.

»*It means … sorry!* Es heißt, du sollst beim Aussteigen aufpassen, dass du nicht in die Spalte zwischen dem Wagen und dem Bahnsteig fällst.«

Draußen bleibt Neele stehen. »Erzähl endlich weiter! Was meinst du damit, etwas wurde gebracht?«

Len nimmt ihr die Tasche ab. »Ich sitze gern am Trafalgar Square, füttere die Tauben und beobachte die

Leute. Ihr werdet sehen, es ist wirklich interessant dort. Manchmal üben Akrobaten auf dem Platz, Jugendliche fahren Skateboard, Kinder spielen, Touristen fotografieren. Und man sieht jede Menge ausgeflippte Typen.«

»Können wir nach dem Lunch hinfahren?«, fragt Kira begeistert.

»Klar. Dann zeige ich euch, was ich meine. Ich habe nämlich mehrmals beobachtet, wie verschiedene Männer und Frauen prall gefüllte Tüten an einem der *gift shops* abgaben«, antwortet Len.

»*Gift shops?*« Neele sieht ihn verständnislos an.

»Das sind diese Souvenirbuden«, erklärt Len. »*Gift* heißt Geschenk.«

»Vielleicht haben sie Ware gebracht«, meint Flori.

»Irgendwas stimmt da nicht«, fährt Len fort. »Eine Lieferung in Plastiktüten, die auch noch fest zugebunden sind? Ein junger Mann am Stand nimmt die Tüten immer wortlos in Empfang und die Überbringer verschwinden so schnell wie möglich.«

»Also auffällig unauffällig«, stellt Kira fest.

»Es geht noch weiter«, sagt Len. »Gestern Abend kam eine ziemlich bunt gekleidete Frau mit einem leeren Koffer zum Stand.«

»Woher weißt du, dass der Koffer leer war?«, fragt Flori.

»Sie hat ihn über den Tresen in den Stand gereicht. Ich konnte sehen, dass sie sich dabei nicht anstrengen musste. Aber als sie ihn nach kurzer Zeit wieder in Empfang nahm, schien er schwer zu sein. Sie verschwand damit im Eingang zur U-Bahn.«

»Warum bist du ihr nicht gefolgt?«, will Kira wissen.

»Ich habe erst noch den Stand beobachtet. Aber der wurde bald danach geschlossen. Der Besitzer ist ein Mr Felton. Er hat einen jungen Angestellten namens Jerome. Das ist alles, was ich bis jetzt herausgefunden habe.«

»Das ist schon eine ganze Menge«, meint Neele anerkennend.

Len zeigt auf ein weißes Haus mit einem winzigen Vorgarten. »Wir sind da.«

Als er das Tor öffnet, quietscht es ein wenig. Plötzlich saust etwas Großes, Hellbraunes auf die Kinder zu.

»Stop it, Brandy! Don't be silly!«, ruft Len lachend, während er Mühe hat, sich bei der stürmischen Begrüßung des großen Hundes auf den Beinen zu halten.

Dann sind die Gäste an der Reihe. Einer nach dem anderen werden sie von dem schwanzwedelnden Brandy ausgiebig beschnuppert.

»Nun seid ihr als meine Freunde genehmigt«, sagt Len. »Ihr könnt reinkommen.«

Mrs Webster, eine kleine, rundliche Frau mit einem freundlichen Gesicht und blonden Locken, begrüßt die Gäste. »Ich habe mir zwei Stunden freigenommen, um mit euch zu essen«, sagt sie und schüttelt den drei Füchsen kräftig die Hände.

Wenig später sitzen sie bei Tisch. Auch Lens Vater

ist inzwischen gekommen. Möglichst unauffällig wird er von den Füchsen gemustert. Haben sie sich einen Detective Superintendent von Scotland Yard so vorgestellt? Sie wissen es nicht genau.

Mr Webster ist groß und sehr schlank. Er hat krauses mittelblondes Haar, redet nicht viel, scheint aber ein sehr guter Zuhörer und Beobachter zu sein.

Neele fragt ihn, ob er auch so gut Deutsch kann wie Len.

»*Wait and see. Well,* ich habe es bei meiner Frau gelernt. Wenn ihr nicht zu schnell sprecht, verstehe ich euch gut.«

Mrs Webster erzählt von ihrer Arbeit als Stadtführerin und warnt die Gäste vor Taschendieben, die überall in London zuschlagen.

Ihr Mann nickt. »Die meisten *pickpockets* werden nicht gefasst«, sagt er. »Es gibt jeden Tag viele Anzeigen. Passt also gut auf.«

»Wir nehmen Brandy mit«, sagt Len.

Sofort sieht Brandy ihn erwartungsvoll an und wedelt so kräftig mit dem Schwanz, dass er fast eine Bodenvase mit Blumen darin umwirft. Len kann die Vase gerade noch auffangen.

»Be careful, Brandy«, sagt er. »Ja, gleich fahren wir in die City.«

»Und du passt auf uns auf«, ergänzt Kira und streichelt den Hund. »He, Flori, wir wollen los!«

Flori ist so in seinen Stadtplan vertieft, dass er gar nicht reagiert.

»Flori liebt Landkarten, Stadtkarten und Pläne aller Art«, erklärt Kira und stupst ihren Freund am Arm. »Wenn andere Detektive sich einem Verbrecher an die Fersen heften, findet Flori dessen Aufenthaltsort mit dem Finger auf einer Karte heraus.«

Flori sieht auf. »Ganz so einfach ist das nicht. Erst einmal muss ich versuchen, mich in den Ganoven reinzudenken.«

»Deshalb gewinnst du auch immer, wenn wir Scotland Yard spielen«, sagt Kira.

Mr Webster hat schmunzelnd zugehört. »Und ich muss jetzt zu Scotland Yard. Wir sehen uns zum Tee, wenn nichts dazwischenkommt.«

»Zum echt englischen *five-o'clock-tea*?«, fragt Neele.

»Wenn ihr möchtet«, sagt Lens Mutter. »Ich bin dann auch wieder hier. Ich führe heute nur noch eine Gruppe japanischer Studenten. Aber morgen habe ich ein volles Programm, da seht ihr mich erst abends wieder.«

»Können wir Brandy mit in die U-Bahn nehmen?«, will Kira wissen, als sie das Haus verlassen.

»Rolltreppen sind für Brandy ein Problem. Aber er fährt gerne Bus und ihr würdet mehr sehen. Es dauert allerdings länger.«

»Das macht nichts!«, ruft Neele. »Ich möchte gerne viel von London kennen lernen.«

»Okay, dann los! Der nächste Bus kommt in acht Minuten.«

Beobachtungen am Trafalgar Square

»Trafalgar Square!« Len zeigt auf den großen Platz mit der Nelson Column, den vier Löwen und den beiden Springbrunnen. »Ein beliebter Ort, wie ihr seht. Auf der Säule da oben steht Admiral Lord Nelson, der 1805 in der Schlacht gegen Napoleon den Heldentod starb. Das Gebäude vor mir ist die National Gallery, und weiter rechts«, erklärt Len mit dem Tonfall eines Reiseleiters, »diese Kirche ist St.-Martin-in-the-Fields.«

Interessiert beobachten die Füchse das bunte Treiben. Studenten ziehen mit Spruchbändern über den Platz, eine Gruppe Japaner fotografiert alles, was vor ihrer Linse auftaucht, Kinder spielen an und in den beiden Brunnen, spritzen sich nass und kreischen. Als ein paar Jugendliche sich im Jonglieren versuchen, bildet sich schnell ein Kreis von Zuschauern. Überall dazwischen laufen Tauben auf der Suche nach Futter.

Endlich hat die Sonne den Nebel aufgelöst und scheint schön warm. Die Kinder setzen sich auf eine Mauer.

»Von hier aus können wir den verdächtigen *gift shop* gut beobachten, ohne aufzufallen.«

»Da kauft gerade jemand was«, sagt Kira. »Ich gehe

mal rüber und nehme den Budenbesitzer und seinen Angestellten unter die Lupe. Wer kommt mit?«

Flori springt auf.

»Ich halte euch die Plätze frei«, verspricht Len.

»Ich bleibe auch hier«, sagt Neele.

Kira und Flori gucken sich an und grinsen.

»Aha«, sagt Kira nur, und Flori nickt. »Das ging aber schnell.«

Neele kichert verlegen und wird ein wenig rot.

»Denkt an *pickpockets*!«, ruft Len Flori und Kira nach.

Als sie sich dem Stand nähern, seufzt Kira: »Schade, dass wir nicht mit den Männern in der Bude reden können. Dafür reicht mein Englisch noch nicht.«

»Meins auch nicht, ich kann nur sagen: ›*Sorry, I don't understand.*‹«

Kira kichert. »Ein bisschen mehr kriegen wir schon zusammen, ich brauche nur immer zu viel Zeit, bis mir die richtigen Vokabeln einfallen.«

»Na, dann los! Wie wär's mit der Tower Bridge in Gold? Oder ist dir der Big Ben in Silber lieber?«

Kira wirft einen kurzen Blick auf die beiden Männer in dem Stand. Der eine, ein älterer, schlanker Mann, nickt ihnen freundlich zu. Das muss der Besitzer, Mr Felton, sein. Der andere ist ein schmächtiger, etwa sechzehnjähriger Junge mit pechschwarzen, glatten Haaren. Er mustert sie kurz und dreht sich dann weg. Nach Lens Beschreibung ist das der Verkäufer Jerome.

Kira beguckt sich die T-Shirts mit den Aufdrucken von Fußballvereinen, Universitäten, Biersorten und der Londoner U-Bahn. »Flori! Das ist ein T-Shirt für dich! Da hast du den U-Bahn-Plan gleich auf der Brust.«

Flori ist begeistert. »Wie praktisch.« Doch dann zögert er. »Aber da muss ich ja alles auf dem Kopf ablesen. Besser, du kaufst dir ein Shirt und ziehst es so an, dass der Plan auf deinem Rücken ist. Wenn du dann vor mir bist, kann ich alles überblicken.«

Mr Felton hat das Interesse der Kinder bemerkt. Er nimmt ein T-Shirt in der entsprechenden Größe vom Ständer. »*Nice colours, very good quality. It's only nine pounds ninety-nine.*«

Nun sind Kira und Flori an der Reihe, eine Antwort zu geben. Kira bastelt sich einen Satz aus englischen Wörtern zusammen. »*Thank you. Yes, it's very nice, but I don't have enough money*«, bringt sie hervor und ärgert sich, dass sie immer noch Probleme mit dem th hat.

Flori traut sich zuerst gar nicht, ein Wort zu sagen. Dann fasst er sich ein Herz und fragt Jerome nach dem Preis für einen roten Doppeldeckerbus in Miniausführung.

Als der Junge den Preis nennt, schreibt er ihn gleichzeitig auf ein Blatt Papier und sieht Flori erwartungsvoll an. Mr Felton nickt aufmunternd.

Flori schüttelt den Kopf, bedankt sich und stellt den Bus wieder an seinen Platz. Jerome wendet sich dem nächsten Kunden zu.

Kira und Flori verabschieden sich und gehen zu Neele und Len zurück.

»Nichts Verdächtiges«, berichtet Flori. »Viel Kitsch, aber ein paar gute T-Shirts. Vielleicht kaufe ich mir das mit dem U-Bahn-Plan drauf.«

»Mr Felton war sehr nett zu uns, der junge Verkäufer wirkt etwas unsicher«, fügt Kira hinzu.

Len nickt. »Den Eindruck hatte ich auch. Aber verkaufen können sie alle gut. Hat Mr Felton auch die Qualität und die Farben des T-Shirts gelobt?«

Kira nickt. »Das spult er ab wie von einem Tonband: ›*Nice colours, very good quality. It's only nine pounds ninety-nine.*‹«

Die anderen drei lachen. Doch plötzlich wird Lens Gesicht ernst. »Da, jetzt seht ihr, was ich meine.«

Ein Mann kommt mit einer prall gefüllten Tüte zu Mr Feltons Stand.

Kira nimmt schnell ihr Fernglas aus dem Rucksack, versteckt sich hinter Flori und Neele und versucht, die folgende Szene näher heranzuholen. Aber es gibt nicht viel zu sehen.

»Er reicht die Tüte in die Bude. Ich kann nicht erkennen, wem er sie gibt. Jetzt dreht er sich wieder um und überquert den Platz.«

»Ich gehe ihm mit Brandy nach.« Len springt auf und nimmt den Hund an die Leine. »Bleibt hier und beobachtet den Stand.« Schon ist er verschwunden.

Neele hält nun nichts mehr auf der Mauer. »Ich gucke mir mal die T-Shirts an.«

»Erzähl doch den beiden Männern eine von deinen Geschichten«, sagt Kira und grinst.

»Haha! Sehr witzig. Ich habe auch erst im dritten Jahr Englisch. Aber wartet ab, irgendwas fällt mir schon ein.«

Kira schaut Flori zu, der an einer Skizze arbeitet.

Er zeichnet die Übergabe der Tüte so gut, dass ein Foto fast überflüssig ist. Kira braucht sich nun nicht mehr zu ärgern, dass sie in der Aufregung vergessen hat, alles zu fotografieren.

»Guck mal, du glaubst es nicht! Neele redet auf Mr Felton ein. Wo hat sie bloß die ganzen Vokabeln her? Mr Felton lacht und der schüchterne Jerome himmelt Neele an.«

Sie beobachten, wie Neele bezahlt und Mr Felton ihr etwas reicht.

Grinsend kommt sie zu ihren Freunden zurück. »Ich habe mir ein T-Shirt gekauft. *Nice colours, very good quality.*« Sie zieht das T-Shirt mit dem Plan der Londoner U-Bahn aus der Tüte und hält es Kira und Flori vor die Nasen. *»But it wasn't nine pounds ninety-nine, it was only seven pounds for me!«*

Kira und Flori sind mehr als erstaunt.

»Bloß sieben Pfund? Wie hast du denn das geschafft?«, will Flori wissen.

»Genau so viel Geld hatte ich in der einen Hosentasche. Das habe ich gezeigt und gesagt, dass ich nur *seven pounds* in dieser Hosentasche habe, was ja auch stimmte. Ich habe mein Geld nämlich auf alle Taschen verteilt. Daraufhin hat er okay gesagt und mir das Shirt eingepackt.«

»Super. Schade, dass ich es nicht mit dem gleichen Trick versuchen kann«, bedauert Kira. »Aber das würde wohl auffallen.«

Plötzlich wuselt Brandy um Neeles Beine. »Brandy! Da bist du ja wieder! Und wo ist Len?«

Kurz darauf lässt Len sich erschöpft und mit grimmigem Gesicht auf die Bank plumpsen. »Der Typ ist mir im Gewimmel entkommen. *Shit!*«

»Nächstes Mal nimmst du mich mit«, sagt Neele. »Sechsäugig klappt so eine Beschattung besser.«

Flori meint: »Ich finde, wir sollten einen Plan machen, wie wir weiter vorgehen wollen.«

Die anderen sind einverstanden.

Kira schlägt vor: »Wenn die nächste Tüte gebracht wird, gehen Neele und Len mit Brandy hinter dem Boten her, während Flori und ich hier warten und den Stand beobachten. Dauert es länger als eine halbe Stunde oder es passiert etwas Wichtiges, können wir uns per Handy verständigen. Ich habe ein Handy im Rucksack und Neele nimmt ihres mit.«

»Später gehe ich noch einmal zu Mr Felton und Jerome und frage sie ein bisschen aus«, sagt Len. »Vielleicht kommt ja auch wieder die Frau mit dem Koffer.«

»Aber morgen möchte ich eine *sightseeing tour* machen«, wendet Neele ein. »Hier ist es zwar super, aber meine ganzen Ferien will ich nicht auf dem Trafalgar Square verbringen.«

»Okay. Abgemacht«, verspricht Len. »Morgen früh machen wir als Erstes eine Tour durch London mit einem der offenen Doppeldeckerbusse, wenn das Wetter mitspielt.«

»Oh ja! Und dann möchte ich noch zum Camden Lock Market, zum Tower, nach Covent Garden, zum Piccadilly, in die Oxford Street, zu Madame Tussaud's, zum Rock Circus…«

Flori unterbricht ihre Aufzählung. »Da wird schon wieder was geliefert. Eine dicke Tüte, diesmal bringt sie ein anderer Mann. Da muss wirklich was faul sein.«

Kira schnappt sich schnell wieder das Fernglas. »Es läuft genauso ab wie vorhin: Der Typ reicht die Tüte in den Stand und verschwindet wieder. Wollt ihr ihm nachgehen?«

»Klar, bis dann! Wir bleiben in Verbindung!« Neele zeigt auf ihr Handy, als sie mit Len und Brandy die Verfolgung aufnimmt.

»Da bin ich mal gespannt, ob sie diesmal was rausfinden«, sagt Flori und guckt auf seine Uhr. »Bald ist Teezeit. Wenn die beiden zurückkommen, müssen wir uns auf die Socken machen. Ich freue mich schon auf den berühmten englischen *five-o'clock-tea*.«

»Du hast nur wieder Hunger, gib es zu«, spottet Kira. »Pass auf, dass dein Bauch nicht zu dick wird. Vielleicht sollten wir lieber joggen, statt mit dem Bus zu fahren.«

Flori schnappt empört nach Luft, schimpft jedoch

nicht los, sondern zeigt aufgeregt in Richtung Souvenirstand. »Mr Felton geht weg. Was machen wir jetzt?«

»Ich gehe ihm nach. Gib mir den Stadtplan und das Handy und beobachte weiter die Bude.« Schon schlängelt Kira sich durch eine Gruppe von Touristen, die gerade vor ihr steht.

Etwas hilflos bleibt Flori auf der Mauer zurück. Alles, was er tun kann, ist warten und den Stand mit dem jungen Verkäufer darin beobachten. Gelangweilt geht er etwas näher heran. Jerome verkauft gerade einen Schal mit dem Aufdruck von Manchester United, einem sehr beliebten englischen Fußballverein.

Flori überlegt, wie er den Verkäufer auf den Inhalt der Tüten ansprechen kann. Er nimmt sein Wörterbuch aus dem Rucksack und sucht schnell ein paar Vokabeln heraus. Dann steuert er auf die Bude zu und guckt, ob das, was er sich ausgedacht hat, auch bestimmt nicht angeboten wird.

»Do you have a film for my camera?«, fragt er Jerome und ist froh, dass der ihn versteht.

»No, I'm sorry.«

Der Junge ist nicht sehr gesprächig, denkt Flori. Als er die abgegebenen Tüten in der Ecke der Bude entdeckt, fragt er, ob vielleicht in den Tüten ein Film sein könnte. Er weiß, dass das ein magerer Trick ist, und erwartet eigentlich nur ein Kopfschütteln. Doch der Junge reagiert derart erschrocken, dass Flori sich wundert.

Plötzlich steht Mr Felton in der Bude und fragt den Verkäufer in barschem Ton: »*What's the matter?*«

Jerome erzählt Mr Felton von Floris Frage nach dem Film.

Von den Tüten sagt er nichts.

Doch Flori lässt nicht locker und zeigt noch einmal auf die Tüten.

Jerome schüttelt heftig den Kopf und wendet sich ab. Mr Felton nennt einen Straßennamen und sagt etwas. Flori versteht nur *drugstore*. Klar, in einem Drogeriemarkt kann er einen Film kaufen. Er bedankt sich und geht zur Mauer zurück. Dabei denkt er an den vollen Film in seiner Kamera und den Reservefilm im Rucksack und versucht, das Erlebte einzuordnen. Mr Felton schien verärgert, Jerome erschrocken. Mit dem Fernglas beobachtet Flori die beiden. Mr Felton redet auf den Jungen ein. Dann kommen ein paar Japaner und der Budenbesitzer wendet sich den Kunden zu.

Mit enttäuschtem Gesicht taucht Kira aus der Menge auf. »Ich bin Mr Felton bis zur Toilette unter St.-Martin-in-the-Fields gefolgt. In der Krypta unter der Kirche gibt es ein Restaurant.«

Kurz darauf kommen auch Neele und Len zurück.

»Fehlalarm«, sagt Neele. »Der Typ hat ein Stück Pizza und eine Zeitung gekauft, sich damit auf eine Bank gesetzt und genussvoll gemampft.«

Len sieht auf seine Uhr. »Und wir sollten jetzt den Bus nehmen, Mum wartet mit dem Tee.«

Mrs Webster hat Rosinenbrötchen, Butter, Marmelade und Schlagsahne auf den Tisch gestellt und brüht den Tee auf. »Das nennen wir *cream tea*«, erklärt sie den deutschen Gästen. »Die Rosinenbrötchen heißen *scones*. Ihr könnt natürlich auch Sandwiches haben, wenn ihr möchtet.«

»Nein, danke. Warme Scones mit Erdbeermarmelade, das ist super«, antwortet Neele, und die anderen stimmen ihr zu.

»Fangt ruhig an. Dad hat angerufen«, sagt Mrs Webster. »Er kann erst zum Dinner hier sein.«

Sie erzählt von der japanischen Gruppe, die sie am Nachmittag geführt hat. »Zwei Mädchen sind die Rucksäcke geklaut worden. Sie hatten sie neben sich auf den Boden gestellt, um etwas herauszunehmen. Dann wurden sie abgelenkt, und als sie die Rucksäcke kurze Zeit später wieder aufsetzen wollten, waren sie verschwunden.«

»Wo war das?«, erkundigt sich Flori.

»Bei Covent Garden.«

Sofort nimmt Flori seinen Stadtplan aus dem Rucksack und sucht den Tatort.

Mrs Webster zeigt ihm die Stelle. »Gut besuchte Orte sind auch bei Dieben beliebt. Bevor die Bestohlenen etwas merken, sind die Täter schon mit der Beute im Gedränge verschwunden.«

»Vielleicht können wir uns mal irgendwo auf die Lauer legen«, schlägt Len vor.

Während die Detektive sich den englischen Tee und

die Scones schmecken lassen, überlegen sie, was sie vor dem Dinner unternehmen wollen.

»Auf jeden Fall gehen wir noch einmal zum Trafalgar Square. Mal sehen, was sich da tut.«

Len sieht aus dem Fenster. »Es hat angefangen zu regnen. Habt ihr Regenjacken mit?«

»Klar«, antworten alle drei.

Kaum sind sie am Trafalgar Square angekommen, da fuchtelt Len aufgeregt mit den Händen und zeigt auf eine bunt gekleidete Frau mit einem Koffer. »Da, das ist die Frau, von der ich euch erzählt habe! Sie schleppt gerade den Koffer weg. Jetzt müssen wir schnell handeln!«

Schnelle Entscheidungen sind Kiras Spezialität. »Okay. Du verfolgst sie mit Brandy und Neele. Ihr guckt, wo sie den Koffer hinbringt. Flori und ich beobachten weiter Mr Feltons Geschäft.«

»Wo ist eigentlich Jerome?«, fragt Flori, als er mit Kira an dem Souvenirstand vorbeigeht.

»Vielleicht hat er schon Feierabend. Komm, wir schauen mal in die Bude. Dachte ich es mir doch, die Tüten sind weg. Bleibt nur noch die Frage, ob Jerome sie mitgenommen hat oder ob der Inhalt in dem Koffer war.«

»Es sieht so aus, als wollte Mr Felton gleich schließen. Viel Betrieb ist ja auch nicht mehr«, stellt Flori fest.

Kurze Zeit später klappt Mr Felton tatsächlich seine

Läden zu. Dann kommt er aus der Seitentür, schließt ab und sichert die Tür mit einem zusätzlichen Schloss.

»Wir gehen ihm nach«, flüstert Kira.

Es regnet inzwischen stärker, die Sicht ist schlecht. Kira und Flori haben Mühe, Mr Felton nicht aus den Augen zu verlieren. Doch er scheint es nicht eilig zu haben und sie bleiben ihm ziemlich lange auf den Fersen.

Plötzlich zupft Kira an Floris Ärmel. »Dahinten ist die Frau mit dem Koffer!« Und während beide die Frau beobachten, versperrt ihnen eine Gruppe Jugendlicher für kurze Zeit die Sicht.

Missmutig sieht Flori sich um. »Die Frau sehe ich wieder. Aber wo ist Mr Felton?«

Kira reagiert schnell. »Lass Mr Felton sausen, der ist nicht so interessant. Wir beschatten die Frau. Vielleicht haben Neele und Len sie aus den Augen verloren. Ich bin gespannt, wo sie den Koffer hinbringt.«

The Mysterious Peacock – Der geheimnisvolle Pfau

Nach etwa zehn Minuten Fußweg stehen die beiden Detektive vor einem hübschen, alten Pub mit dem klangvollen Namen *The Mysterious Peacock*.

Auf dem kunstvoll gestalteten Schild ist in prächtigen Farben ein Rad schlagender Pfau mit einer schwarzen Maske über den Augen abgebildet.

»Die Frau ist im Hintereingang verschwunden, also ist sie kein normaler Gast. Komm, wir sehen mal nach!«

Kira und Flori schleichen an zwei erleuchteten Fenstern vorbei. Leider sind die Fenster aus dickem bräunlichem Glas, sodass sie überhaupt nichts erkennen können.

Flori schimpft vor sich hin, als er in eine Pfütze tritt und das Wasser ihm in die Turnschuhe schwappt.

»Shut up!«, zischt Kira und hält den Zeigefinger auf die Lippen. »Bei den Mülltonnen im Hof muss jemand sein.«

Da es noch nicht ganz dunkel ist, verstecken sich die beiden hinter einer Hausecke.

»Wollen wir nicht in den Pub gehen? Ich hätte Lust auf 'ne Cola«, schlägt Flori vor.

»Kinder dürfen nicht allein in einen Pub«, belehrt

Kira ihn. »Und bis du erwachsen bist, willst du hier wohl nicht ... He, guck mal! Hinter den Tonnen bewegt sich was. Schnell weg!«

Als Kira sich ruckartig umdreht, fällt sie über Flori, der im Matsch ausgerutscht ist. Nun ist keine Flucht mehr möglich. Im nächsten Augenblick sind mehrere dunkle Gestalten über ihnen. Kira spürt etwas Feuchtwarmes in ihrem Gesicht und sieht voller Entsetzen in zwei große braune Augen.

Doch dann erkennt sie erleichtert, zu wem die Augen und die feuchte Zunge gehören. »Brandy! Was machst du denn hier?«, stammelt sie und starrt den Hund und ihre Freunde an. »Neele! Len! Ihr seid hinter den Mülltonnen gewesen!« Sie springt auf.

Flori rappelt sich leicht benommen hoch, als Brandy beginnt, auch ihn abzulecken.

»Kommt, wir verschwinden, bevor uns jemand erwischt«, meint Len. »Wir können von der Straße aus noch ein Auge auf den Pub werfen.«

Sie berichten sich gegenseitig von ihren Beobachtungen.

»Die bunte Frau hat also den Koffer gebracht und ist wieder verschwunden, um den nächsten zu holen. Dabei habt ihr sie ganz zufällig entdeckt, während wir hier hinter den Tonnen gehockt und gewartet haben«, sagt Len.

»Aber das ist nicht alles«, erzählt Neele stolz. »Zwischendurch kam noch jemand mit einem Koffer. Bestimmt treffen sich hier alle Ganoven Londons, um ihr Bier zu trinken und sich für ihre nächtlichen Gaunereien zu stärken. Dann schwärmen sie wieder aus und …«

Flori unterbricht sie. »Da humpelt jemand Richtung Pub! Ein älterer Mann! Er will auch zum Hintereingang. Das ist doch wirklich verdächtig!«

So spannend das alles für die Detektive ist, so ungemütlich ist ihre Arbeit in durchnässten Hosen und Schuhen.

Sie überlegen gerade, ob sie nicht lieber nach Hause gehen wollen, da biegt ein klappriger dunkelroter Lieferwagen in den Hof ein.

Die Kinder vergessen ihre nassen Sachen und schleichen dem Wagen nach.

»Habt ihr gelesen, was an der Seite stand?«, flüstert Neele.

Flori nickt. »*Laundry*. Aber was heißt das?«

»Das heißt Wäscherei«, erklärt Len. »Da! Jetzt werden tatsächlich Wäschekörbe eingeladen! Ob wirklich Wäsche drin ist?«

»Das können wir leider nicht nachprüfen.« Kira sucht nach einer Idee, wie sie in die Körbe gucken könnten. Aber die Frau mit der bunten Kleidung und der Mann, der den Wagen gefahren hat, stehen neben der Ladung.

Plötzlich, so als hätte auch ihn die Neugier gepackt, ist Brandy nicht mehr zu halten. Er rennt auf den Lieferwagen los, schnüffelt an den Körben, wuselt um die Frau herum und will in den Wagen springen.

Erschrocken und ohne nachzudenken, stürzen die Detektive hinter dem Hund her.

»Brandy! What are you doing?«, schimpft Len und packt seinen Hund am Halsband. Obwohl er sich bei den Leuten entschuldigt, schimpft die Frau gewaltig. Der Mann guckt grimmig und Brandy knurrt dazu.

In dem allgemeinen Durcheinander versuchen Neele, Kira und Flori, ein wenig näher an die Wäschekörbe zu gelangen. Doch das Einzige, was sie sehen, sind ausgefranste dunkle Wolldecken, mit denen der Inhalt der Körbe zugedeckt ist.

Die drei Füchse verstehen kein Wort von dem Gezeter. Der Tonfall hört sich jedoch bedrohlich an, sodass sie lieber aus dem Hof verschwinden. Neele ist froh, als Len nicht mehr zurückschimpft, sondern mit Brandy hinter ihnen herkommt.

»Was hat die Frau geschrien?«, fragt Neele.

»Das möchte ich lieber nicht wiederholen«, antwortet Len. »Aber es ist ziemlich klar, dass die was zu verbergen haben. Ich habe noch nie so ein altes und schmutziges Wäschereiauto gesehen. Und ich kann mir nicht vorstellen, dass eine richtige Wäscherei so dreckige Decken benutzt.«

Die anderen nicken.

»Wir sollten diesen Pub regelmäßig beobachten«, schlägt Neele vor.

»Warum Brandy wohl plötzlich so wild auf den Wagen und die Leute losgegangen ist?«, überlegt Len laut. »Das tut er sonst nie.«

Neele hat sofort eine Idee: »Die Leute sind vielleicht Wurstdiebe. Sie rauben Schlachtereien aus und verkaufen die Sachen. Brandy hat Appetit bekommen und …«

»Ich habe auch Appetit und dazu einen Bärenhunger«, unterbricht Flori sie und reibt sich den Bauch.

»Okay, wir fahren nach Hause. *Dinner is waiting!*«, ruft Len.

Freitag, 20. Oktober

Tatort: Camden Lock Market

»Die *sightseeing tour* müssen wir verschieben«, stellt Len am nächsten Morgen bei einem Blick aus dem Fenster fest. »Es ist zu neblig. Vielleicht klart es später auf.«

Mr und Mrs Webster sind schon aus dem Haus und die Kinder lassen sich Zeit beim Frühstücken. Während Kira ihren Toast mit Orangenmarmelade bestreicht, zählt sie auf, was sie statt der *sightseeing tour* unternehmen könnten. Als sie bei Camden Lock Market ankommt, ruft Neele: »Oh ja! Da möchte ich hin!«

»Okay. Wir fahren mit dem Bus bis Little Venice. Das ist ein sehr schönes Viertel am Kanal, wo es viele hübsche Hausboote gibt. Von da aus gehen wir zu Fuß am Wasser entlang bis Camden Lock Market«, schlägt Len vor. »Das ist auch bei Nebel ein schöner Weg.«

Brandy, der die Aufbruchstimmung spürt, läuft schon erwartungsvoll zwischen den Kindern und der Haustür hin und her. Als Len die Hundeleine vom Haken nimmt, weiß er, dass es endlich losgeht.

Die Kinder fahren jedoch nicht gleich nach Little Venice. Sie machen einen kurzen Abstecher zum Trafalgar Square, um in den Souvenirladen von Mr Felton zu sehen. Mr Felton ist allein in seinem Stand.

»Jerome hat wohl heute frei«, meint Neele.

»Es ist besser, wenn Mr Felton uns nicht zu oft hier

sieht«, unterbricht Kira und zieht Neele zur Seite. »Sonst hält er uns noch für Diebe.«

Die Kinder suchen sich einen Bus aus, der sie nach Little Venice bringt. Über der Innenstadt hängt eine Haube aus Smog. Am Kanal jedoch ziehen nur einzelne Nebelschwaden entlang.

»Eine tolle Stimmung«, schwärmt Neele. »Wie im Krimi.«

Bevor ihr wieder eine Geschichte einfällt, sagt Flori schnell: »Ich finde es hier friedlich.«

Kira stimmt ihm zu. »Die Hausboote sehen toll aus! Mit Blumen und Gartenmöbeln, so richtig gemütlich.«

Die Detektive stellen sich vor, auf so einem Hausboot ihre Ferien zu verbringen, und malen sich aus, wie sie ihr Boot ausstatten würden. Sie sind sich aber einig, dass dafür der Sommer die bessere Zeit ist.

Kurz vor Camden Lock Market sind sie immer noch bei demselben Thema.

»So ein Hausboot als Detektivbüro für McFox, das wär's doch!«, schwärmt Neele und hält dann erschrocken inne, als sie in der Nähe Schreie hört, leicht gedämpft durch den Nebel.

Starr vor Schreck bleiben die Kinder stehen und lauschen. Brandy fängt an zu knurren und Len hält die Leine so kurz wie möglich. Plötzlich hören sie eilige Schritte, eine Gestalt taucht schattenhaft im Nebel auf und verschwindet dann in entgegengesetzter Richtung.

Kira ruft: »Los, Brandy! Hinterher!« Sie reißt Len die Leine aus der Hand und rennt mit dem Hund los.

Als die anderen sie eingeholt haben, steht sie neben Brandy am Ufer des Kanals und versucht, etwas zu erkennen. Brandy bellt in den Nebel und lässt sich überhaupt nicht beruhigen.

»Da ist doch nichts.« Len streichelt den Hund. »Nur Wasser und Nebel. Oder? Hört ihr das auch?«

Angespannt horchen die Detektive und glauben, ein gedämpftes Motorengeräusch zu vernehmen.

»Das muss nichts bedeuten«, meint Kira. »Kommt, wir gehen mal in die Richtung, aus der die Schreie kamen.«

Bald stoßen sie auf zwei Frauen, die abwechselnd aufgeregt in ein Handy sprechen. Soviel die Kinder verstehen, hatten die Frauen ihre Handtaschen kurz auf eine Bank neben sich gestellt. Sie wollten einen neuen Film in den Fotoapparat einlegen, als plötzlich von hinten wie von Geisterhand nach den Taschen gegriffen wurde und diese spurlos im Nebel verschwanden.

»Wenn nicht jemand weggelaufen wäre, hätten wir wirklich an Geister gedacht«, erklärt eine der Frauen den Kindern, nachdem sie ihr Telefongespräch beendet hat.

»All meine Papiere und etwas Bargeld waren in der Tasche«, jammert die jüngere der beiden Frauen.

Den Kindern fällt erst jetzt auf, dass sie deutsch spricht.

»Ich bin zu Besuch aus Hamburg hier bei meiner Londoner Freundin«, erzählt sie. »Es ist mein letzter Tag vor der Heimreise, ich wollte die Zeit trotz des Nebels noch nutzen und ein paar Fotos schießen.«

Ihre englische Freundin, eine etwas ältere Frau, beruhigt sie. »Die Kreditkarten habe ich eben sperren lassen. Wir melden den Vorfall der Polizei, dann bekommst du vorläufige Papiere und die Versicherung ersetzt dir den Rest. In meiner Handtasche war zum Glück nicht viel. Der Täter wird enttäuscht sein: ein Monatsticket für die U-Bahn, etwa zehn Pfund, mein Ausweis, eine Rolle Pfefferminz und ein Päckchen Papiertaschentücher.«

Nur um ganz sicherzugehen, fragt Flori: »In welche Richtung ist der Täter gelaufen?«

»Nach rechts«, antwortet die Deutsche.

»Nein, nach links«, erinnert sich die Engländerin und zeigt in die entgegengesetzte Richtung.

Dann entbrennt erst mal ein Streitgespräch, bevor sich die Frauen einig sind: Es können auch zwei Täter gewesen sein.

»Klar, das ist die Lösung. Jeder der Täter rennt in eine andere Richtung, um die Opfer und eventuelle Verfolger zu verwirren«, fasst Neele zusammen.

»Vielleicht war Brandy deshalb so irritiert«, meint Len. »Es waren zu viele unterschiedliche Gerüche auf einmal.«

Kira streichelt den Hund. »Brandy hat in Richtung

Wasser gebellt, aber an der Stelle war nichts zu entdecken.«

»Wahrscheinlich ist ein Boot vorbeigefahren, das man im Nebel nicht sehen konnte«, überlegt Flori. »Denk doch mal an das Motorengeräusch.« Er beginnt, eine Skizze vom Tatort und von den beiden Opfern zu zeichnen.

Kira schreibt alle Aussagen auf einen Block, Len lässt Brandy Gerüche aufnehmen, und Neele platzt heraus: »Ich habe doch gesagt, dies ist die richtige Gegend für einen Krimi. Wie bei dem Räuber mit den kalten Händen ...«

Die beiden Frauen scheinen keine Lust zu haben, sich Neeles Geschichte anzuhören. Sie verabschieden sich.

»Können wir Ihnen noch irgendwie helfen?«, fragt Len höflich. »Brauchen Sie vielleicht etwas Geld für die U-Bahn?«

»Nein, vielen Dank. Ich rufe meinen Sohn an, damit er uns abholt und zur Polizei fährt«, antwortet die Engländerin.

Nachdem die Detektive den Tatort erfolglos untersucht haben, ruft Neele: »Und jetzt weiter zum Camden Lock Market! Ich will mir ein paar verrückte Andenken kaufen.«

»Vielleicht werden da ja die Sachen verkauft, die den beiden Frauen eben gestohlen worden sind«, meint Flori.

Len nickt. »Gut möglich, dass die Handtaschen und

ein Teil des Inhalts auf dem Flohmarkt landen. Aber die eigentliche Beute sind wahrscheinlich außer dem Bargeld die Kreditkarten und die Ausweise.«

Plötzlich hat Kira eine Idee. »Wir stellen den Dieben eine Falle!«

Die anderen sehen sie erwartungsvoll an.

»Wir präparieren eine Handtasche mit Brandys Lieblingsfutter.«

»Du meinst, wir legen Hundefutter in eine Handtasche?«, fragt Neele ungläubig.

Kira nickt: »Zwei von uns verkleiden sich als Liebespaar« – sie guckt Len und Neele herausfordernd an –, »setzen sich auf eine Bank hier am Kanal und legen die Handtasche neben sich.«

Len wird rot, gibt aber zu: »*Good idea*. Meine Mutter hat sicher eine alte Handtasche. Und Kleidung, die uns älter aussehen lässt, finden wir auf unserem Dachboden.«

»Super!«, ruft Flori. »Das wird ein Spaß! Kira geht mit Brandy spazieren und beobachtet alle, die sich eurer Bank nähern, ich lauere im Gebüsch. Ihr lasst euch die Tasche klauen und dann verlassen wir uns auf Brandys Spürsinn. Dabei kann es neblig sein, so viel es will.«

Neele sagt zu alldem kein Wort, was ungewöhnlich für sie ist. Sie druckst herum, als die anderen fragen, was los ist. »Ich … wieso … meint ihr, das klappt?«

»Du bist doch sonst nicht so übervorsichtig«, wundert sich Kira.

»Okay«, gibt Neele endlich zu. »Ich mache mit. Auf dem Flohmarkt kaufe ich mir Make-up und irgendeinen ausgeflippten Secondhandfummel.«

Die anderen grinsen. Neele liebt ausgefallene Klamotten.

An einem der Stände wollen sie eine Kleinigkeit essen und später noch einmal zum Trafalgar Square gehen. Danach soll die Aktion mit der Handtasche beginnen.

Aktion Lockvogel – 1. Teil

Der Camden Lock Market ist so interessant, dass die Detektive sich nur schwer losreißen können. Sie bummeln an Ständen mit Kunstgewerbe, Secondhandkleidung, Büchern, Platten und Antiquitäten vorbei. Immer wieder bleiben sie bei Straßenkünstlern und Musikanten stehen.

Nachdem sie einmal kreuz und quer gelaufen sind und Neele sich ihr Make-up und eine schwarze Flatterbluse mit Fransen gekauft hat, bekommen sie Hunger. An einem Fish-and-Chips-Stand holen sie sich gebratenen Fisch mit Pommes und machen sich auf den Rückweg.

»Ich bin gespannt, ob Jerome wieder da ist«, sagt Flori, als sie am Trafalgar Square ankommen.

»... und ob wieder Tüten in der Bude stehen«, ergänzt Neele.

Doch nur Mr Felton steht in seinem Souvenirladen. Sie gehen näher heran, um einen Blick in die Bude zu werfen. Keine einzige Tüte ist zu entdecken.

»Wenn Jerome nicht da ist, werden auch keine Tüten abgegeben«, flüstert Kira den anderen zu.

Im selben Augenblick hat Mr Felton sie erkannt und begrüßt sie freundlich. Natürlich bietet er ihnen wieder seine T-Shirts an: »*Nice colours, very good quality, and for you only eight pounds ninety-nine.*«

»Billiger als gestern«, stellt Flori fest. »Wenn das so weitergeht, kann ich mir am Ende der Ferien auch so ein Underground-Shirt leisten. Passt gut zu unserem Klub!«

Len nutzt die Gelegenheit, mit Mr Felton ins Gespräch zu kommen. Die Füchse hören ihn nach Jerome fragen, verstehen aber die Antwort auf Englisch nicht. Nur so viel bekommen sie mit: Der Budenbesitzer scheint verärgert über seinen Verkäufer zu sein.

»Jerome ist seit gestern Abend nicht wieder aufgetaucht«, berichtet Len seinen Freunden später. »Er soll immer schon faul und unzuverlässig gewesen sein. Mr Felton will sich einen neuen Verkäufer suchen.«

»Hast du ihn auch nach den Tüten gefragt?«, will Neele wissen.

»Ja, aber die Antwort war nicht ganz deutlich. Jerome habe immer viel Gepäck gehabt, hat er gesagt.«

»Eins ist also sonnenklar«, kombiniert Flori. »Zwischen den Tüten und Jerome gibt es einen Zusammenhang.«

Sie fahren zu Len nach Hause und bereiten ihre Aktion vor. Brandys Lieblingstrockenfutter wird in das Seitenfach einer alten Handtasche von Lens Mutter gelegt. Len lässt Brandy an der Tasche schnüffeln und gibt ihm ein kleines Schälchen Futter, das der Hund in Windeseile auffrisst.

Len versteckt inzwischen die Tasche hinter einem Schrank im oberen Stockwerk.

Als Brandy um mehr Futter bettelt, zeigt Len seine leeren Hände: »*I don't have any more. Where is it?*«

Und dann erleben die Detektive eine Vorführung von Brandys ausgezeichnetem Spürsinn.

Er orientiert sich kurz schnuppernd, folgt dann der Spur die Treppe hinauf, läuft ohne Umwege zum Schrank und schnüffelt in dem Spalt zwischen Schrank und Wand, wo die Handtasche steckt. Es gelingt ihm sogar, die Tasche mit einer Pfote und der Schnauze herauszuziehen. Immer wieder versucht er, an das Futter zu gelangen. Er springt dabei aufgeregt um die Tasche herum, schubst sie mit der Schnauze, bellt und winselt.

»*Very good boy*«, lobt ihn Len. »Aber den Verschluss muss ich für dich öffnen. Dann darfst du das Futter herausholen.«

Gierig schiebt Brandy seine Schnauze in das Leder und schmatzt genüsslich mit halb geschlossenen Augen.

»In dem Zeug muss irgendwas sein, was Hunde süchtig macht«, vermutet Flori. »Lucky ist auch so verrückt nach Hundedrops einer bestimmten Firma.«

»Super! Die Falle ist perfekt. Wir legen neues Futter in die Handtasche und noch irgendwelche alten Sachen dazu. Kamm und Spiegel, einen alten Taschenkalender und so was«, schlägt Kira vor.

Plötzlich steht Neele geschminkt und umgezogen vor ihren Freunden und lacht über deren verblüffte Gesichter.

»Du siehst ja aus wie mindestens zwanzig!«, ruft Kira begeistert.

Für Len wird es etwas schwieriger. Er passt zwar ganz gut in ein paar Sachen seines Vaters, aber das Gesicht wirkt noch zu jung. Nachdenklich reibt er sich das Kinn. »Ich brauche einen Bart.«

Aber die anderen meinen, dass es so reicht. Alle sind schon ganz kribbelig und können es kaum erwarten, den oder die Diebe in ihre Falle zu locken.

Brandy spürt, dass die Kinder etwas vorhaben, und läuft aufgeregt von einem zum anderen.

Len krault ihn. »Jetzt kommt es auf deine Spürnase an.«

Unterwegs lachen Neele und Len immer wieder über ihre Verkleidung. Zuerst kommt es ihnen so vor, als würde jeder sie ansehen. Aber in London aufzufallen, ist nicht leicht.

»Vom spießigsten Büromuffel bis zum schrägsten Vogel läuft hier alles herum, da wirkt ihr noch ziemlich normal«, ist Floris nicht besonders schmeichelhafter Kommentar, während er seine Freunde im Bus zeichnet.

»Also, noch mal genau«, fasst Kira zusammen, bevor sie sich an der Schleuse bei Camden Lock Market trennen. »Ihr sucht euch eine Bank aus, wo es Büsche in der Nähe gibt. Flori schleicht von hinten in das Gebüsch und beobachtet alles von da aus. Ich gehe mit Brandy am Kanal spazieren und halte Augen und Ohren offen.«

»Wenn wir merken, dass die Tasche weg ist, regen wir uns ein bisschen auf«, ergänzt Neele. »Natürlich lassen wir dem Täter einen kleinen Vorsprung. Brandy soll ihn ja nicht fassen. Wir wollen ihm nur unbemerkt folgen, damit er uns zu der ganzen Bande führt.«

»Okay, alles klar. Los geht's! Bis nachher.« Len legt seinen Arm um Neele und schlendert mit ihr am Kanal entlang. Da es immer noch etwas neblig ist, gibt es wenig andere Spaziergänger.

»Nicht unbedingt das beste Wetter, um sich hinzusetzen«, meint Neele. »Aber ich glaube, die Bank da an der Ecke ist die richtige für uns. *What do you think, darling?*«

Neele grinst und Len wird puterrot. Doch dann lacht auch er und die beiden benehmen sich wirklich wie ein Liebespaar. Wie verabredet stellt Neele die Handtasche neben sich, wendet sich Len zu und flüstert mit ihm.

Flori kriecht in ein Gebüsch hinter der Bank. Er ist zufrieden, der Platz ist gut. Wenn einer an die Handtasche will, kann er ihn von da aus sehen.

Kira kommt mit Brandy an einer Gruppe von Anglern vorbei. Die muss ich im Auge behalten, denkt sie, während sie weiterschlendert und Brandy hier und da schnüffeln lässt. Das gibt ihr die Gelegenheit, sich umzudrehen und zu den Anglern zu schauen, ohne dass es auffällt.

Flori sieht die Angler von seinem Versteck aus nicht. Doch voller Misstrauen beobachtet er jeden Spaziergänger, der auch nur einen Blick auf das Liebespaar mit der Handtasche wirft.

Ein älterer Mann, der sich auf einen Stock stützt, bleibt kurz stehen und betrachtet Neele und Len.

Flori hält den Atem an. Ist der Mann der Dieb? Hat er sich nur als gebrechlicher Alter verkleidet? Doch dann humpelt der Mann weiter.

Flori atmet zugleich erleichtert und enttäuscht auf.

Kira beobachtet indessen die Angler genau. Sie wird das Gefühl nicht los, dass irgendetwas nicht stimmt.

Von den fünf Männern, die ihre Angelruten in den Kanal halten, haben vier schon mehrere Fische in ihren Eimern. Sie wirken sehr ruhig und konzentriert.

Der fünfte, der am Rand der Gruppe sitzt, hat einen leeren Eimer neben sich stehen. Er scheint auch nicht ganz bei der Sache zu sein. Immer wieder sieht er sich um und guckt zu der Bank, auf der Neele und Len miteinander flirten.

»Das ist wirklich merkwürdig«, murmelt Kira. Um keinen Verdacht zu erregen, geht sie mit Brandy weiter. Bei dem nächsten Baum will sie umkehren.

Flori fragt sich, ob Kira etwas entdeckt hat. Immer wieder dreht sie sich um. Was mag da los sein?

Plötzlich packt ihn eine Hand von hinten unsanft an der Schulter und schüttelt ihn heftig. Erschrocken schreit Flori auf.

Ein englischer Redeschwall, von dem er kein Wort versteht, prasselt auf ihn herab. Das Gesicht des Angreifers ist rot vor Wut. Flori hat das Gefühl, dass er schon lange auf jemanden wie ihn gewartet hat. Aber warum nur?

Kira hat die Angler wegen einiger dicker Nebelschwaden für kurze Zeit aus den Augen verloren. Als sie Floris Schrei hört, rennt sie mit Brandy los und ist in weniger als einer Minute bei ihrem Freund. Sofort erkennt sie in dem fremden Mann den fünften Angler, schaltet blitzschnell und sprudelt ihren Verdacht hervor.

Nur mit Mühe kann sie Brandy davon abhalten, den Mann anzugreifen. Der Hund fletscht die Zähne, knurrt und bellt bedrohlich.

Neele und Len springen von der Bank auf. Len nimmt Kira die Leine ab. Und dann ist er ganz Herr der Situation. Seine Freunde staunen, wie er den Fremden sachlich und bestimmt zurechtweist. Sie verstehen einige Wörter wie *phone* und *Scotland Yard*.

Die Drohung zeigt sofort ihre Wirkung, der Angler lässt Flori los und stapft verärgert davon.

Len lacht. »Gegen Dummheit ist kein Kraut gewachsen, sagt meine deutsche Großmutter immer. Das war nämlich ein Privatdetektiv. Der hat Flori für einen Handtaschendieb gehalten und gedacht, er hätte den Fang seines Lebens gemacht. Dumm von ihm, dass er nicht gewartet hat, bis er den Dieb auf frischer Tat schnappen konnte!«

Die drei können es kaum glauben. »Das gibt's einfach nicht!«, ruft Neele. »Da fällt mir eine Geschichte von einem tollpatschigen Privatdetektiv ein, der …«

»Lass mal, Neele«, unterbricht Flori. »Mir ist jetzt nicht nach Geschichten zumute. Ich hab einen ganz schönen Schreck bekommen, als der mich plötzlich von hinten packte.«

»Außerdem hat er alles verpatzt«, schimpft Kira. »Schöne Pleite! Hoffentlich hat der richtige Handtaschendieb das nicht beobachtet, dann ist er gewarnt und der ganze Aufwand war umsonst.«

Enttäuscht stehen die Detektive neben der Bank und wissen nicht, wie es weitergehen soll.

Neele hat sich als Erste wieder gefangen. »Damit unsere Arbeit nicht umsonst war, schlage ich vor, dass wir es noch einmal versuchen. Dieser Dussel wird uns ja wohl nicht ein zweites Mal in die Quere kommen.«

»Recht hat sie«, stimmt Len zu. »Wir spielen das gleiche Spiel noch einmal von vorne.«

Flori schaut sich genau um, ob auch keiner sieht, wie er wieder in das Gebüsch kriecht. Er grinst, als er Neele und Len beobachtet. Man könnte sie für ein echtes Liebespaar halten, so wie sie sich anhimmeln, denkt er. Ich glaube, die brauchen sich nicht sehr zu verstellen. Hoffentlich passiert bald was, damit ich nicht ewig in diesem Gebüsch hocken muss.

Doch lange passiert überhaupt nichts. Zeitweise lichtet sich der Nebel ein wenig, einzelne Spaziergänger kommen in Sicht, erweisen sich aber als harmlos und sind bald wieder verschwunden. Dennoch versucht Flori, sich das Aussehen aller Vorübergehenden genau einzuprägen.

Plötzlich raschelt es. Bevor Flori etwas erkennen kann, wird das Rascheln deutlicher. Er hört Neele aufschreien und Len etwas rufen. Schnelle Schritte entfernen sich.

Er hat angebissen! Jetzt wird's spannend! Flori springt aus dem Gebüsch.

»Das hat super geklappt!«, ruft Neele ihm zu. »Nur gesehen haben wir von dem Typ fast nichts. Plötzlich war eine Hand da und die Tasche weg. Dann haben wir nur noch Schritte gehört. Len tut so, als würde er hinter ihm herlaufen, aber er wird gleich zurück sein.«

Kira kommt mit Brandy angerannt. »Hast du etwas gesehen?«, fragt Flori.

Kira schüttelt den Kopf. »Nichts. Ich verstehe das gar nicht. Er muss doch irgendwoher gekommen sein. Los, Brandy! Wir verfolgen ihn.«

Wie wild zieht Brandy an der Leine. Die Detektive verlassen sich auf seine Spürnase und lassen sich führen. Doch von dem Dieb gibt es keine Spur. Stattdessen finden sie Len, der am Kanal steht und in den Nebel starrt. »Ich habe ihn verloren«, sagt er düster.

Brandy bellt das Wasser an und lässt sich nicht beruhigen. Er winselt und läuft am Rand auf und ab, als wollte er hineinspringen. Kira zieht fester an der Leine.

»Keine Angst, er ist ziemlich wasserscheu«, sagt Len und nimmt ihr die Hundeleine ab. »Vielleicht ist etwas ins Wasser gefallen. Ich glaube kaum, dass der Dieb ins Wasser gesprungen ist.«

Kira fällt auf, dass Brandy begeistert ein flaches dunkelblaues Teil am Boden beschnuppert und sogar daran leckt. »Das ist doch der Taschenkalender, den wir mit den anderen Sachen in die Handtasche gepackt haben. Der riecht nach dem Hundefutter.«

Alle starren auf den Kalender.

»Mir kommt ein Verdacht.« Flori sucht das Wasser mit den Augen ab. Als der Nebel sich für kurze Zeit lichtet, ruft er: »Da schwimmt was! Ich brauche einen Stock.«

Kira ist wieder einmal die Schnellste. Im Handumdrehen hat sie ein Stück Holz gefunden und reicht es Flori.

»Halt mich mal fest, ich habe gerade keine Lust auf ein Bad«, ruft ihr Flori zu.

Vor Anstrengung stöhnend, angelt er mit dem Stock im Wasser herum. Plötzlich dreht er sich um und klatscht den anderen etwas Helles vor die Füße, auf das Brandy sofort zustürzt.

»Die Handtasche!«, ruft Neele. »Schöne Pleite! Der Dieb hat sie ausgeleert, ins Wasser geworfen und ist uns entwischt. Noch einmal das schöne Spiel …«

»Aber heute nicht mehr.« Len zeigt auf seine Uhr. »Wir müssen zum Dinner nach Hause.«

Flori ist sauer, dass sie kein bisschen vorangekommen sind. »Alles, was wir jetzt wissen«, sagt er verärgert, »ist, dass der Dieb schnell, geschickt und nicht dumm ist.«

»Und dass er sich in Luft auflösen kann«, ergänzt Neele. »Meint ihr, er hat unseren Trick durchschaut?«

»Nein, ich glaube, dass er es immer so macht, ob allein oder zusammen mit einem Komplizen«, vermutet Len. »Er nimmt den Inhalt aus der Tasche und wirft die Tasche selbst schnell weg, wenn sie nicht besonders wertvoll ist. Wahrscheinlich trägt er Handschuhe, dann finden wir auch keine Fingerabdrücke.«

Flori verschwindet

Nach dem Dinner mit Mrs Webster – Lens Vater hatte angerufen, dass er noch im Büro zu tun hat – fahren die Detektive noch einmal zum Trafalgar Square. Sie sind ziemlich erstaunt, dass Mr Felton seinen Souvenirladen schon geschlossen hat.

»Er hat wohl noch keinen neuen Verkäufer gefunden«, vermutet Flori. »Kommt! Vielleicht gibt es wenigstens beim Pub was Neues. Halt aber diesmal Brandy fest, Len. Wenn sie uns da noch einmal entdecken, schöpfen sie mit Sicherheit Verdacht.«

Len nickt. »Wir dürfen uns auf keinen Fall sehen lassen.«

Doch das ist nicht so einfach, wie sie dachten. Bei dem Nebel müssen sie dicht an das Gebäude herangehen, um etwas zu erkennen.

»Bleibt mit Brandy auf der gegenüberliegenden Straßenseite«, sagt Kira zu Neele und Len. »Flori und ich verstecken uns hinter den Mülltonnen, wo ihr gestern gehockt habt. Vielleicht kommt der alte Lieferwagen wieder und wir können diesmal etwas mehr sehen.«

»Mensch, die alte Karre steht schon da«, flüstert Flori seiner Freundin zu, als sie durch den Nebel in den Hinterhof schleichen. Von ihrem Versteck aus können sie genau in den Laderaum des Wagens gucken.

»Schon wieder Wäschekörbe mit alten Decken«, flüstert Kira. Im selben Augenblick kommt die bunt gekleidete Frau mit einem weiteren Korb aus der Hintertür. Sie stellt den Korb zu den anderen in den Laderaum und geht wieder ins Haus zurück. Da hält Flori es nicht mehr aus. Den ganzen Tag hatten sie noch keinen Erfolg bei ihren Ermittlungen, nun will er es wissen!

»Ich guck mal nach«, flüstert er Kira zu, springt hinter der Mülltonne hervor und ist mit wenigen Sätzen im Laderaum des Wagens verschwunden.

Kira hofft, dass die Leute im Haus bleiben, bis Flori wieder bei ihr ist. Doch da kommen schon die bunte Frau und der Fahrer des Wagens mit zwei Körben aus der Hintertür. Sie stellen die beiden Körbe auf die Ladefläche und schieben sie weiter ins Wageninnere. Und es kommt noch schlimmer: Der Mann knallt die Wagentüren zu, springt auf den Fahrersitz und lässt den Motor an. Eine stinkende Abgaswolke hüllt Kira in ihrem Versteck ein. Nur mit Mühe kann sie ein Husten unterdrücken.

Zuerst setzt der Wagen ein Stück zurück, dann fährt er langsam vorwärts über den Hof zur Straße. Die Frau winkt ihm nach und geht wieder ins Haus.

Vielleicht hält er vorne noch mal und Flori kann abspringen, hofft Kira. Aber als sie aus ihrem Versteck über den Hof zur Straße rennt, sieht sie nicht einmal mehr die Rücklichter des Autos.

Wenige Minuten später berichtet sie alles atemlos und den Tränen nahe Neele und Len.

»So ein Mist aber auch!«, schimpft Neele.

»*Shit*«, bekräftigt Len. »Wir müssen sofort meinen Vater anrufen. Er wird uns natürlich als Erstes nach dem Autokennzeichen fragen.«

»Ich glaube, sie haben das Nummernschild extra mit Matsch beschmiert«, meint Kira. »Ich war ja nur ein paar Meter entfernt und konnte trotzdem nichts erkennen.«

Neele schluckt. »Das Einzige, was wir wissen, ist also die Automarke, die Farbe und die Aufschrift *Laundry*. Das ist wirklich nicht viel.«

»In einer Stadt wie London ist das so gut wie gar nichts«, sagt Mr Webster, als Len ihn in seinem Büro erreicht.

Len ist froh, dass sein Vater ihm keine Vorwürfe macht. »Was sollen wir jetzt tun?«, fragt er verzweifelt.

Plötzlich kramt Kira aufgeregt in ihrem Rucksack. »Das Handy ist nicht drin!«, ruft sie. »Flori muss das Handy dabeihaben!«

»Dann warten wir erst einmal, ob er sich meldet«, entscheidet Mr Webster. »Fahrt nach Hause. Ich lasse inzwischen eine Beschreibung des Autos an alle Streifenwagen durchgeben. In etwa einer halben Stunde bin ich bei euch.«

»Es passt überhaupt nicht zu Flori, dass er so unüberlegt handelt. Normalerweise arbeitet er sich einen Plan aus, durchdenkt alles genau und geht dann Schritt für Schritt vor«, murmelt Kira. »So eine Aktion würde eher zu mir passen.«

Auf dem Weg nach Hause macht Len sich Gedanken, wie er seiner Mutter die Sache mit Flori beibringen soll. »Sie wird sich furchtbar aufregen«, warnt er seine Freunde.

Doch die Detektive haben Glück. Sie finden einen Zettel von Mrs Webster vor, dass sie bei einer Nachbarin zum Babysitten ist.

Len wischt sich die Stirn. »Bis sie zurückkommt, ist Flori vielleicht schon wieder da.«

Im selben Moment klingelt Neeles Handy. Neele ist so aufgeregt, dass sie es fast fallen lässt. Sie presst den Hörer an ihr Ohr und vernimmt erst mal nur lautes Rauschen. Dazwischen hört sie so etwas wie Flüstern: »Aktion Lockvogel... Richtung Südwest... melde mich wieder...«

»Flori!«, ruft Neele in den Apparat. »Wo bist du?«

Doch wieder kommt nur Rauschen aus dem Handy.

Plötzlich reden alle drei Detektive durcheinander.

»Er ist noch im Auto! Richtung Südwest!«, ruft Neele.

»Er muss einen Kompass dabeihaben!«, sagt Len und holt schnell eine Landkarte.

»Was hat er noch gesagt?«, will Kira wissen.

»Aktion Lockvogel, melde mich wieder«, antwortet Neele und beugt sich über die Landkarte.

Plötzlich steht Lens Vater hinter ihnen. »Er hat also

angerufen«, sagt er und lässt sich schnell von Len auf Englisch über den neuesten Stand der Dinge informieren.

»Wenn er sich das nächste Mal meldet, fragt unbedingt nach irgendwelchen Hinweisen. Straßenmarkierungen, Landschaft, Gerüche, Geräusche und so weiter. Jede Kleinigkeit kann helfen, ihn bald zu finden. Er soll sich, so gut es geht, verstecken und abwarten. Auf keinen Fall darf er allein etwas unternehmen.«

Kira nickt besorgt und starrt das Telefon an.

»Wenn wir die Richtung und die Dauer der Fahrt kennen«, sagt Len und fährt mit dem Finger auf der Landkarte entlang in südwestlicher Richtung, »können wir Floris Aufenthaltsort ungefähr einkreisen.«

»Wir wissen aber nicht, wie schnell der Wagen fährt«, wendet Neele ein. »Und ob er unterwegs irgendwo anhält.«

»Wenn er anhält, könnte Flori vielleicht aus dem Wagen springen«, sagt Kira hoffnungsvoll.

»Wait and see«, meint Mr Webster. »Das Wichtigste ist, dass er nicht leichtsinnig wird.«

Kira erzählt ihm, dass Flori sonst eigentlich nie leichtsinnig ist. »Heute Abend muss ihn irgendwas gestochen haben.«

Als Neeles Handy klingelt, greift Kira sofort danach. Es ist plötzlich mucksmäuschenstill im Raum. Alle warten voller Spannung. An Kiras Gesicht erkennen sie, dass es gute Nachrichten gibt.

Kira gibt mit zittriger Stimme Mr Websters Anweisungen durch. Dann wiederholt sie sicherheitshalber alles, was Flori ihr mitgeteilt hat: »Der Wagen ist genau 54 Minuten über glatte Straßen gefahren, dann für zwei Minuten auf einem holprigen Weg. Du bist jetzt allein bei einer alten verlassenen Farm. Über dir ist gerade ein Schwarm Gänse geflogen, du hörst sie noch rufen. Welche Richtung? … Von Nord nach Süd. In einiger Entfernung fahren Züge vorbei. Da, wo du bist, ist kein Nebel, es hat vor etwa fünf Minuten angefangen zu regnen … hallo … ich kann nichts verstehen. Ach so, ein Wolkenbruch.«

Kira sieht, wie Len und Mr Webster mit einem Lineal und einem Zirkel die Landkarte bearbeiten.

»Wir versuchen herauszufinden, wo du steckst, dann holen wir dich ab. Ja, ich kann mir vorstellen, dass es unheimlich ist. Warte, bleib noch dran!«

Kurz berichtet Kira den anderen, was Flori noch erzählt hat:

»Der Fahrer hat bei der Farm angehalten und zwei Typen die Wäschekörbe übergeben. Dann hat er sich mit den beiden zum Rauchen untergestellt und Flori konnte aus dem Wagen springen und sich verstecken.«

Mr Webster macht Kira Zeichen, dass sie Flori noch am Apparat halten soll, und greift zu seinem Telefon.

»Er ruft die Wetterstation an«, erklärt Len.

Nach dem Telefonat reicht Mr Webster den Kindern einen Zettel mit Daten. »Der Regenschauer zog in einem schmalen Streifen von West nach Ost und war vor fünf Minuten westlich von London …«

Sofort machen sich die Detektive an die Arbeit. Sie zeichnen auf der Karte die Zugrichtung der Gänse ein und schraffieren dann das Gebiet, über dem es seit etwa fünf Minuten regnet. Der Schnittpunkt liegt neben einer Eisenbahnlinie, die von London nach Weybridge führt.

»Ungefähr da muss es sein!«, ruft Len und tippt mit dem Bleistift auf die Landkarte.

Mr Webster nickt und gibt Scotland Yard die Informationen durch.

Nach kurzer Zeit ruft ein Kollege zurück.

Als Mr Webster auflegt, berichtet er: »An der Stelle ist eine alte, verfallene Farm, wir fahren sofort los. Sag dem Jungen Bescheid, er soll bleiben, wo er ist, und sich notfalls gut verstecken, bis wir kommen. In einer knappen Stunde sind wir da.«

Kira hört ihren Freund am anderen Ende plötzlich erschrocken atmen. Dann ist die Verbindung unterbrochen.

»Was ist da los?«, fragt sie ängstlich.

Aber keiner kann ihr das beantworten.

»Komm, Brandy! Das ist ein Fall für dich!«, ruft Len.

Treffpunkt: alte Farm

Mr Webster sitzt angespannt am Steuer und konzentriert sich auf den Verkehr. Len macht eine Bemerkung über den Londoner Nebel, Neele versucht, Kira mit einer Geschichte aufzumuntern, aber Kira starrt nur vor sich hin. Noch nie in ihrem Leben ist ihr eine Autofahrt so lang vorgekommen.

Neele streichelt Brandy, der hinter ihr sitzt. »Gut, dass wir dich haben.«

»So, hier in der Nähe muss es sein«, sagt Lens Vater endlich. Er biegt in einen holprigen Weg ein und schaltet die Scheinwerfer aus. Im völligen Dunkel rollt der Wagen Meter für Meter weiter. Die Wolken reißen für kurze Zeit auf, sodass die Landschaft vom Mondlicht erhellt wird und schattenhaft und gespenstisch die alte Farm zu erkennen ist.

»Kein Wunder, dass Flori sich gruselt.« Kira schüttelt sich. »Irgendwo muss er sich versteckt haben und auf uns warten. Aber wie weiß er, dass wir es sind und nicht wieder irgendwelche Ganoven?«

»Ich gehe erst mal allein vor. Bleibt bitte auf jeden Fall mit Brandy hier im Wagen, bis ich euch hole«, sagt Lens Vater. Leise drückt er die Autotür von außen zu und verschwindet in der Dunkelheit.

Len kurbelt das Fenster ein Stück herunter, damit sie etwas hören können. Aber alles ist ruhig.

Nach endlos langer Zeit – den Detektiven kommt es vor wie Stunden – ist Lens Vater zurück. »Ich kann ihn nicht finden«, erklärt er. »Aber auch sonst scheint niemand da zu sein. Jetzt wird Brandys Spürnase gebraucht.«

Die Detektive sind nun nicht mehr zu halten.

Len wird von Brandy zu einem alten Stall gezogen. »Hier sind Fußspuren im Matsch!«, ruft er.

»Kennt ihr zufällig Floris Schuhgröße?«, fragt Mr Webster und leuchtet auf den Boden.

Kira nickt eifrig. »Ja, das sind seine Abdrücke. Seine Turnschuhe haben Sohlen mit diesem Muster. Aber hier sind noch so viele andere Spuren.«

»Soll das heißen, dass Flori erwischt worden ist, als er mit uns telefoniert hat?«, fragt Neele ängstlich.

Brandy hat inzwischen alle Ecken im Stall ausgiebig beschnüffelt und führt die Detektive wieder hinaus und zum Farmgebäude.

Plötzlich zerrt er so stark an der Leine, dass Len kaum mitkommt. Sie laufen um das verfallene Gemäuer herum zu einer offen stehenden Tür.

»Da! Hört ihr das?«, fragt Len. »Da hat doch was geklopft! Aber wo kommt es her?«

Die Kinder spitzen die Ohren und werden von Brandy in einen Raum gezogen, der wohl mal die Küche war. Sie leuchten alles ab, können aber nichts entdecken. Auch das Klopfen ist nicht mehr zu hören. Doch Brandy bellt eine Ecke an, kratzt mit der Pfote an der Wand und lässt sich nicht beruhigen.

Da ertönt plötzlich lautes Klopfen genau aus dieser Ecke, und die Kinder hören ein gedämpftes Rufen: »Brandy! Brandy!«

»Das ist Flori!« Kira klopft zurück. »Flori! Wir sind hier!«

»In der Wand muss eine unsichtbare Tür sein«, ruft Neele.

Gemeinsam leuchten sie die Ecke genau ab und entdecken einen winzigen Spalt in der verschimmelten Tapete.

Mr Webster reicht den Kindern ein Taschenmesser. Schnell und geschickt öffnen sie damit die Geheimtür.

»Flori!«, rufen alle wie aus einem Munde, als er ihnen aus dem dunklen Loch entgegenblinzelt. »Hat dich jemand hier eingesperrt?«

Leicht benommen taumelt Flori aus der Öffnung. »Bin ich froh, dass ihr da seid! Ich Dussel habe mich selber eingesperrt. Als wir telefonierten, habe ich ein Geräusch gehört, bin schnell da hineingeklettert und habe die Tür zugezogen. Blöderweise ist sie eingeschnappt und ließ sich von innen nicht öffnen. Das war wohl mal die Speisekammer.«

Der Reihe nach erzählt er dann den Teil der Geschichte, den die anderen noch nicht kennen:

»Im Laderaum des Lieferwagens war ich so gut versteckt, dass mich keiner entdeckt hat. Ich hatte zum Glück meine Armbanduhr, meinen Kompass, meine Taschenlampe und das Handy dabei. Meinen Notizblock mit Stift habe ich ja immer im Rucksack. So konnte ich Fahrzeit, Himmelsrichtung und Geräusche genau notieren. Weil der Motor ziemlich laut war und der Mann auf dem Fahrersitz vor sich hin pfiff, habe ich gewagt, euch kurz anzurufen. Neeles Handynummer war ja eingespeichert, ich brauchte nur auf einen Knopf zu drücken.«

Kira atmet tief durch. »Wir sind fast gestorben vor Angst.«

Flori nickt. »Ich auch. Als der Typ anhielt, hörte ich die Türen eines anderen Wagens klappen. Dann ging die Hecktür auf und zwei Männer leuchteten mit der Taschenlampe die Wäschekörbe ab und holten sie heraus. In dem Moment dachte ich: Gleich bist du fällig. Doch in der Ecke, in der ich mich versteckt hatte, lag ein Stapel alter Decken. Um die haben sie sich zum Glück nicht gekümmert und mich also nicht entdeckt. Ich war starr vor Schreck, das könnt ihr mir glauben!«

»Und wann bist du rausgekrochen?«, fragt Neele.

»Als es anfing zu regnen, stellte der Fahrer sich mit den beiden Männern in der Farm unter. Das war meine Chance. Die Türen des Wagens standen noch offen. Ich sprang ab und rannte in den Schuppen. Da war es zwar nicht besonders trocken, aber ich war erst mal sicher. Kurze Zeit später hörte ich, wie beide Wagen abfuhren.«

»Dann hast du uns angerufen. Aber warum sind wir unterbrochen worden?«, will Len wissen.

»Ich hatte mich inzwischen hier im Trockenen untergestellt. Da hat plötzlich hinter mir etwas geraschelt. Ich hab schnell aufgelegt und vor Schreck das Handy fallen lassen. Ich hatte das Gefühl, jeden Augenblick greift mich jemand von hinten an. Deshalb hab ich mich in die Nische gequetscht und blöderweise die Tür hinter mir zugezogen.«

»Hast du herausgefunden, woher das Geräusch kam?«, fragt Mr Webster.

Flori schüttelt den Kopf. »Nein, keine Ahnung. Wahrscheinlich war es nur ein Tier.«

Neele verkneift sich ein Grinsen. In so einer Situation kann schließlich jeder die Nerven verlieren. »Hast du gesehen, was in den Körben war?«

»Ledersachen: Handtaschen, Portmonees und Brieftaschen, ohne Inhalt natürlich. In einem der Körbe war Schmuck. Keine Ahnung, ob es echter oder Modeschmuck war.«

»Warum hat der Dieb dann unsere Handtasche ins Wasser geworfen?«, überlegt Neele laut.

»Wahrscheinlich fand er sie nicht schön genug«, vermutet Flori. »Was in den Körben war, sah so aus, als könnte man es gut verkaufen.«

Len nickt. »Bestimmt werden die Sachen auf Flohmärkten angeboten.«

Mr Webster, der die ganze Zeit aufmerksam zugehört hat, sagt: »*Wait and see*. Ich werde mich jetzt darum kümmern, dass die Spuren gesichert werden und dass Scotland Yard die Farm von Zeit zu Zeit besucht.«

»Können sich nicht ein paar Polizisten hier auf die Lauer legen?«, fragt Neele.

Doch Lens Vater schüttelt den Kopf. »Das ist nicht möglich. Wir brauchen unsere Polizisten für andere Einsätze dringend. Im Augenblick werden besonders viele Banken in London und Umgebung ausgeraubt. Außerdem glaube ich nicht, dass die Farm ein ständiger Treffpunkt ist. Ich denke eher, die Übergabe der Beute findet an unterschiedlichen Orten statt. Das ist viel sicherer für die Täter.«

Nachdem Mr Webster einige Telefonate geführt hat, nehmen sie gemeinsam noch einmal die Farm und die Umgebung unter die Lupe. Enttäuscht stellen sie jedoch fest, dass außer den Reifen- und Fußspuren kein einziges Beweisstück zu entdecken ist.

»Nicht mal Zigarettenkippen haben sie weggeworfen«, wundert sich Flori.

Mr Webster steigt ins Auto. »So, nun fahren wir nach Hause. Ich bin ziemlich müde und gegessen habe ich auch noch nichts.«

»Was Mum wohl sagt, wenn sie von unserem Abenteuer erfährt?«, überlegt Len mit einem ungemütlichen Gefühl in der Magengegend.

Mrs Webster ist entsetzt, als sie die ganze Geschichte hört. »Lasst doch die Finger von gefährlichen Kriminalfällen«, bittet sie die Kinder. »Dafür haben wir schließlich Scotland Yard.«

»Okay, morgen früh machen wir eine ganz normale *sightseeing tour*«, verspricht Len.

Samstag, 21. Oktober

Drei Häuser an der Themse

Zum Glück ist das Wetter am nächsten Tag so gut, dass die Detektive schon am Morgen zu ihrer London-Besichtigung mit einem der offenen Doppeldeckerbusse aufbrechen können.

»Wir setzen uns nach oben, da sieht man viel besser«, ruft Kira und flitzt die Treppe hoch, um für sich und ihre Freunde vier Plätze freizuhalten. Brandy quetscht sich zwischen die Füße der Kinder und hält erwartungsvoll die Nase in die Luft. Während der Fahrt fliegen seine Ohren im Wind.

Neele schlägt vor, sie mit einer Schleife festzubinden. »Das habe ich mal aus Spaß mit Lucky gemacht«, erzählt sie. »Aber er hat sich so lange geschüttelt, bis er die Schleife wieder los war.«

»Wenn du Brandy eine Schleife ins Fell bindest, klebe ich dir einen Schnurrbart unter die Nase.« Len greift in seine Jackentasche und zieht einen Schnurrbart heraus. »Frisch gekauft, denn wir müssen uns wohl noch einmal verkleiden.«

Aber erst genießen die Oldenburger Füchse die Sehenswürdigkeiten von London und lauschen den Erklärungen, die sie mit Kopfhörern auf Deutsch empfangen. Als sie in die Oxford Street einbiegen und Richtung Marble Arch fahren, springt Kira plötzlich auf und ruft: »Da! Da ist Jerome!«

Auf der Oxford Street ist solch ein Gewimmel, dass die anderen den jungen Verkäufer nicht entdecken können. Und auch Kira hat ihn kurz darauf wieder aus den Augen verloren.

»So ein Mist! Ich bin ganz sicher, dass er es war. Können wir nicht aussteigen? Unsere Tour ist doch fast beendet!«

»Den finden wir sowieso nicht wieder, wenn er es überhaupt war«, meint Flori, woraufhin Kira ihm einen wütenden Blick zuwirft.

Die vier stimmen kurz ab und beschließen, den Bus, wie ursprünglich verabredet, beim Piccadilly Circus zu verlassen und zum Rock Circus zu gehen, einem Wachsfigurenkabinett, in dem die Welt des Rock und Pop gezeigt wird.

»Ich kann es kaum erwarten, mich dort neben Madonna fotografieren zu lassen«, sagt Neele mit verklärtem Blick.

»Okay. Lass dich nicht abhalten.« Len grinst. »Für Brandy ist das allerdings nichts, ich gehe mit ihm inzwischen zum Trafalgar Square und werfe noch mal einen Blick in Mr Feltons Bude. In einer Stunde bin ich wieder hier.«

Die Kinder haben Glück. Als sie sich an das Ende der Warteschlange zum Rock Circus stellen, gibt es nur eine kurze Wartezeit.

Kira, Flori und Neele winken Len nach, der mit Brandy um die Ecke verschwindet. Neele verkürzt ihren Freunden die Zeit mit einer Geschichte über ihren

Lieblingsstar und wie sie sich eine persönliche Begegnung mit Madonna vorstellt. Sie malt sich und den anderen alles so lebhaft aus, dass Flori seinen Block herausnimmt und eine Skizze von der geschilderten Szene zeichnet.

Neele ist begeistert. »Super! Ach, Flori, du bist ein Schatz!«

Als Kira sie später in unterschiedlichen Positionen neben der in Wachs nachgestalteten Sängerin fotografiert, ist Neele außer sich vor Entzücken. »Wenn das die drei vom Madonna-Fanklub in meiner Klasse sehen, fallen sie glatt in Ohnmacht!«

Die anderen Besucher drängen nach und Neele muss sich von ihrer Angebeteten aus Wachs verabschieden. »Schade, dass der Eintritt so teuer ist, sonst würde ich morgen wiederkommen«, sagt sie.

Draußen erwartet sie Len mit Brandy. »Mr Felton und seinen Laden können wir vergessen, da tut sich nichts mehr. Keine Spur von Jerome oder von irgendwelchen Tüten. Mr Felton verkauft nur massenweise Kitsch und preist seine T-Shirts an: ›*Nice colours, very good quality …*‹«

»Können wir irgendwo was futtern? Mir knurrt der Magen«, fragt Flori mit leidendem Gesicht. »So ein halber Gockel wäre jetzt nicht schlecht.«

Kira spottet: »Du siehst auch schon richtig verhungert aus.«

Lachend fragt Len: »Was ist ein Gockel?«

Und nachdem Flori es ihm so anschaulich erklärt,

dass ihm das Wasser im Mund zusammenläuft, sagt er: »Hähnchen gibt es bei KFC – *Kentucky Fried Chicken*. Wir fahren bis Marble Arch zurück, holen uns Hähnchenteile mit Pommes und setzen uns damit im Hyde Park auf eine Bank.«

Im Selbstbedienungsrestaurant ist es brechend voll und für die Kinder heißt es Schlangestehen.

Plötzlich stößt Kira Flori aufgeregt an. »Hinter dem Tresen bedient Jerome!«

Flori verschlägt es die Sprache. Mit offenem Mund starrt er den Jungen an. Inzwischen sind auch Neele und Len aufmerksam geworden.

Als Kira an der Reihe ist, weiß sie nicht, ob Jerome sie erkannt hat. Er wirkt sehr auf seine Arbeit konzentriert.

Kira stottert vor Aufregung, während sie ihre Bestellung aufgibt. Sie winkt Len heran und flüstert ihm zu, dass er den Jungen fragen soll, warum er nicht mehr bei Mr Felton arbeitet.

Len wartet auf die beste Gelegenheit, seine Frage loszuwerden.

Jerome antwortet mit nur zwei Wörtern, die die Füchse nicht verstehen. Aber sie spüren, dass Len sehr überrascht ist. Er will noch weiterfragen, doch Jerome schüttelt abwehrend den Kopf, und schon ist der nächste Kunde an der Reihe.

»Was hat er gesagt?«

»Ihr werdet es nicht glauben. Er hat gesagt, dass Mr Felton ihn rausgeworfen hat.«

»Aber das kann doch nicht stimmen. Mr Felton hat uns ganz was anderes erzählt«, meint Neele.

Flori und Kira nicken heftig.

»Jerome lügt«, bringt Flori schmatzend hervor.

»Warte doch mit deinen Hühnerbeinen, bis wir im Hyde Park sind«, empfiehlt Len. »Da drüben seht ihr schon Marble Arch. Der Torbogen wurde ursprünglich als Eingangsportal zum Buckingham Palace entworfen. Weil er jedoch für die königlichen Karossen zu eng war, stellte man ihn hier auf. Wir brauchen nur durch die Unterführung zu gehen, dann sind wir im Hyde Park bei *Speakers' Corner*.«

Flori stopft sich schnell noch die Backen voll, bevor er die Schachtel wieder zuklappt. »*Speakers' Corner*? Neele, da kannst du vielleicht eine deiner Geschichten loswerden.«

Neele ist empört. »Dort reden doch bloß Möchtegernpolitiker, die die Welt verbessern wollen.«

»Willst du nicht auch die Welt verbessern, indem du Verbrecher fängst?«, fragt Kira.

Neele lacht. »Stimmt auch wieder. Und als Erstes will ich Jerome fangen. Wenn wir wüssten, wann er mit der Arbeit in dem Hähnchenladen fertig ist, könnten wir ihm am Eingang auflauern und ihn noch mal richtig ausfragen.«

»Das machen wir!«, ruft Kira. »Irgendwann muss er ja rauskommen und dann schnappen wir ihn uns.«

»Aber wir können doch nicht den ganzen Nachmittag da rumhängen«, mault Flori.

Len hat eine Idee. »Wahrscheinlich gibt es hier so eine Art Schichtdienst. Wenn er morgens arbeitet, müsste er am Nachmittag freihaben. Wir gehen zurück und versuchen rauszufinden, wann er Dienstschluss hat. Okay?«

Etwas lustlos nicken die Detektive und machen sich nach ihrem Imbiss auf den Weg zurück zum Restaurant.

»Neben der Tür stehen zwei Angestellte und rauchen. Das sieht nach Pause aus. Die fragen wir mal!« Schon will Neele auf die beiden zugehen. Doch plötzlich kehrt sie auf dem Absatz um. »Mir fehlen ein paar Vokabeln. Mach du das lieber, Len!«

Len spricht die beiden an. Sie erklären ihm bereitwillig, was er wissen will.

»Jerome macht immer um drei Uhr Schluss, also in knapp zwei Stunden«, berichtet Len den anderen. »Aber wir brauchen nicht hier zu warten. Ein paar Haltestellen entfernt, in der Baker Street, ist das Sherlock-Holmes-Museum.«

»Super!«, rufen Neele, Kira und Flori wie aus einem Mund.

Das Sherlock-Holmes-Museum finden sie in der Baker Street 221b.

»Im Haus ist alles so, wie es der Schriftsteller Sir Arthur Conan Doyle in seinen Kriminalromanen beschrieben hat«, erklärt Len, während er Brandy vor der Tür anbindet.

»Das sieht ja genauso aus wie in den Filmen«, stellt

Neele fest, als sie im Arbeitszimmer des großen Detektivs stehen.

Flori bewundert besonders die Wachsfiguren, mit denen einige der Filmszenen nachgestellt worden sind. »Wenn ich Sherlock Holmes' Lieblingsfeind, Professor Moriarty, angucke, läuft es mir kalt über den Rücken.«

Neele betrachtet den Verbrecher mit schräg gestelltem Kopf. »Die Augen sehen so lebendig aus! Ich habe das Gefühl, er beobachtet mich. Da fällt mir doch glatt eine Geschichte ein … Aber ich glaube, ich verschone euch lieber damit.«

»Schade, dass Sherlock Holmes nur eine Romanfigur ist«, seufzt Kira, als sie den großen Detektiv von allen Seiten betrachtet. »Wenn ich nach Hause komme, hole ich mir erst mal ein paar Sherlock-Holmes-Geschichten aus der Bücherei.«

Beeindruckt verlassen sie eine Stunde später das Haus. Natürlich nicht, ohne sich noch einmal gegenseitig davor zu fotografieren. Die Fotos wollen sie an die UNDERGROUND-Zentrale in Frankfurt schicken. Vielleicht stellt Mrs X sie ins Netz.

»Gleich müsste Jerome Schluss haben und hier irgendwo rauskommen«, meint Len, als sie wieder auf der Oxford Street bei *Kentucky Fried Chicken* angekommen sind.

Sie versüßen sich die Wartezeit mit ein paar Toffees, die Flori aus seiner Tasche hervorzaubert. Er stopft sich selbst drei Toffees auf einmal in den Mund und kaut genussvoll. Als er Jerome plötzlich entdeckt, will er seine Freunde darauf aufmerksam machen. Doch die Karamellmasse klebt ihm den Mund zusammen. Aufgeregt fuchtelt er mit den Armen in der Luft herum und stammelt mühsam: »Ba… mmmpf… mmmpffff… berome…«

Die anderen sehen ihn verwirrt an.

Kira versteht ihn als Erste. »Unser Verdächtiger ist rausgekommen«, übersetzt sie Floris Gestammel. »Los, hinterher!«

Die Verfolgung ist zuerst sehr einfach. Jerome schlendert gemächlich zu einer Bushaltestelle und stellt sich in die Schlange. In einigem Abstand behalten die Detektive ihn im Auge.

»Wenn er im Bus nach oben geht, springen wir unten rein. Falls er unten bleibt, müssen wir irgendwie nach oben gelangen, ohne dass er uns sieht. Hoffentlich merken wir rechtzeitig, wann er aussteigt.«

»Da kommt die 15. Sieht so aus, als wollte er die nehmen«, flüstert Flori und guckt auf seinem Busplan nach, wohin die 15 fährt. »Richtung Tower«, murmelt er. »Los, kommt, er geht nach oben! Das ist günstig für uns.«

Len schiebt seine Freunde vor sich her in den Bus. Brandy schnüffelt aufgeregt herum und springt auf Lens Kommando hinterher.

»Dahinten ist die Tower Bridge!« Neele stößt Kira an. »Und unser Verdächtiger kommt die Treppe runter, ich sehe schon seine Beine.«

»Alles bereitmachen zum Aussteigen. Aber lasst jeweils ein paar Leute dazwischen, falls er sich umdreht«, sagt Len.

Doch Jerome dreht sich nicht um. Er springt aus dem Bus und geht zielstrebig in Richtung Tower Bridge.

Flori schießt schnell ein Foto von der berühmten Brücke.

»Er will über die Brücke!«, zischt Kira. »Lasst ihn nicht aus den Augen!«

Aber das ist leichter gesagt als getan. Viele Touristen laufen auf der Brücke herum und Jerome ist nicht besonders groß. Außerdem gibt es jede Menge junge Männer in London, die ihm auf den ersten Blick ähnlich sehen.

Auf der anderen Seite der Brücke geht der Verfolgte zuerst geradeaus, dann bleibt er kurz stehen, als wäre ihm etwas eingefallen.

»Achtung, dreht euch um! Was machen wir bloß, wenn er zurückkommt? Hier gibt es keine Verstecke«, fragt Kira erschrocken und atmet dann erleichtert auf. »Er biegt ab. Los! Wir müssen dichter ran.« Sie wird schneller.

»Da endet die Straße«, stellt Neele fest. »Aber ich kann ihn nicht mehr sehen!« Ratlos schaut sie sich um.

»Das gibt's einfach nicht!«, zischt Kira. »Der kann sich doch nicht in Luft auflösen. Sind wir denn blöd?«

Flori seufzt. »Vielleicht hat er uns reingelegt.«

»Dazu müsste er uns bemerkt haben«, meint Len. »Das glaube ich aber nicht. Es gibt drei Möglichkeiten: Er ist in das schäbige Haus da drüben gegangen, in dem Laden daneben verschwunden oder er genehmigt sich etwas in – wie heißt das? – *Leila's Junk Bistro.*«

»Das lässt sich schnell rausfinden.« Flori ärgert sich darüber, dass ihre Beschattung nicht besser geklappt hat. Er steuert auf das Bistro zu und wirft einen kurzen Blick hinein. Dann schüttelt er den Kopf. »Da sitzen nur drei ältere Damen und stopfen sich mit Kuchen und Sandwiches voll.«

»Also, dann zu dem Shop. Hier gibt es Antiquitäten für Freunde der Seefahrt, alles echt nachgemacht.« Kira drückt die Klinke runter. »*Closed!* Der hat heute Nachmittag geschlossen.«

»Bleibt uns noch das alte Haus da. Klingel doch mal«, sagt Neele.

Len betrachtet das Gebäude. »Sieht so aus, als ob da keiner mehr wohnt. Aber man kann ja nie wissen.«

Nachdem auf sein mehrfaches Pochen keiner öffnet, dreht Len vorsichtig am Knopf der Haustür. »Nicht abgeschlossen«, stellt er fest. Er drückt die Tür langsam auf, leuchtet hinein und winkt dann seinen Freunden, ihm zu folgen.

Modriger Geruch schlägt ihnen entgegen. Aus einem Wasserhahn an der Wand tropft es in den Abfluss darunter. Das Tropfen hallt in dem leeren Raum wider.

»Mir stehen die Haare zu Berge«, flüstert Neele.

Kira kann sich das bei Neeles Haarlänge schlecht

vorstellen. Aber ganz wohl ist ihr auch nicht. Doch die Neugier siegt. »Los, weiter!«

Die anderen Türen sind nur angelehnt. Sie leuchten in drei leere Räume hinein und lassen Brandy alles abschnüffeln.

»Dahinten führt eine Treppe nach oben.« Flori sieht die anderen fragend an.

Etwas zögernd nickt Len und geht mit Brandy voran. Als der Hund anfängt zu knurren, wird es ihnen aber doch mehr als unheimlich.

»Wenn uns da oben nun jemand auflauert«, flüstert Neele.

Keiner antwortet ihr. Vorsichtig schleichen sie die Treppe hinauf, die entsetzlich knarrt. Falls sich jemand oben aufhält, muss er ihr Kommen bemerken.

Len zuckt zurück, als er den vor ihm liegenden Raum ausleuchtet. »*Wait, Brandy!*« Er hält den knurrenden Hund zurück. »Liegt da einer auf dem Boden?«

Langsam, Schritt für Schritt, erreichen die Kinder eine Ecke, in der eine Matratze und mehrere alte graue Decken liegen. Vorsichtig leuchten sie das Bündel ab.

Dann wagt es Len, mit dem Fuß leicht dagegenzustupsen. »Leer«, flüstert er erleichtert.

Brandy schnüffelt so eifrig daran herum, als wäre dieses muffige Lager für ihn ein Paradies der Gerüche.

»Hier muss regelmäßig jemand pennen«, sagt Kira und leuchtet mit der Taschenlampe in eine alte Blechdose. »Jede Menge Zigarettenkippen, und auf dem Deckel der Dose ist ein Kerzenstummel festgeklebt.«

Flori zieht die Decken auseinander. Immer noch wühlt Brandy begeistert mit der Schnauze darin herum, bis er heftig niesen muss.

Mit spitzen Fingern holt Flori etwas Helles aus den muffigen Decken. »Ein Stück Papier. Mal sehen, was da draufsteht: ΠΗΝΕΛΘΠΗ 11-03. Was soll das sein?«

»Eine Geheimschrift«, vermutet Neele. »Jemand plant einen Bankraub und will es einem anderen mitteilen.«

Len betrachtet grübelnd das Blatt. »11-03 könnte ein Datum sein: der 3. November. Wir zeigen den Zettel nachher meinem Vater.«

»Wenn Jerome nun ein Bankräuber ist«, überlegt Neele laut, »dann …«

»Peng!« Der Knall einer zufallenden Tür unterbricht sie. Bleich vor Schreck starren die Kinder sich an.

»Kommt! Wir hauen ab!«, zischt Kira und rennt die Treppe hinunter. »Hoffentlich sind wir nicht eingesperrt!«

Tatsächlich ist die Haustür, die sie offen gelassen hatten, jetzt geschlossen. In panischer Angst rennt Kira darauf zu. Als sie den Türgriff erreicht hat, hört sie Brandy hinter sich wild knurren. Er macht einen Satz in die Ecke des Raumes und reißt dabei so kräftig an der Leine, dass Len vornüber auf den Steinboden fällt.

»*Shit!*«, schimpft Len, springt wieder auf die Beine und zerrt an Brandys Leine. »*What's the matter?*«

Kira hat inzwischen die Haustür geöffnet und ist erleichtert, als das Tageslicht in den Raum fällt.

»Hier ist niemand, der Wind muss die Tür zugeweht haben«, stellt Flori erleichtert fest. »Aber was ist mit Brandy los?«

Fast gleichzeitig richten Neele und Kira ihre Taschenlampen auf die Ecke, in der sich etwas Dunkles bewegt. Der Lichtstrahl fällt auf eine fast katzengroße Ratte.

»Igitt!«, ruft Neele. »Ich will hier weg!«

»Jetzt wird's doch gerade spannend«, meint Len und grinst, während er sich das rechte Knie reibt.

»Ich finde das nicht spannend, sondern ekelhaft!« Kira schüttelt sich. »Lasst uns in *Leila's Junk Bistro* da drüben gehen und ein Eis essen. Was heißt eigentlich *junk*?«

Len fällt kein deutsches Wort dafür ein. Er nimmt sein Wörterbuch aus dem Rucksack und schlägt nach. »Aha, Krimskrams. Da habe ich ja was Neues gelernt.«

»Der Name passt«, meint Neele, die durch die Scheiben ins Innere des Cafés schaut. »Die Möbel sehen aus, als wären sie beim Sperrmüll zusammengesucht worden … Ach du Schreck!«

»Was ist los?«

Neugierig beugen sich die anderen vor, um nichts zu verpassen.

»Guckt euch mal die Bedienung an! Mit den Stöckelschuhen und dem engen schwarzen Lederrock würde ich nach dem ersten Schritt platt auf der Nase liegen«, fährt Neele fort.

Kira lacht. »Die Frisur ist wohl die Vorstufe zur Glatze, ziemlich pflegeleicht. Aber das Gesicht ist ein Kunstwerk. Ich schätze, sie bringt für ihr Make-up jeden Morgen mindestens eine Stunde vor dem Spiegel zu.«

»Vielleicht weiß sie etwas über Jerome. Kommt, wir gehen rein!«, schlägt Len vor.

Im Bistro sitzen immer noch nur die älteren Damen bei Tee und Kuchen.

Geistesgegenwärtig zieht Len einen alten Zettel aus seiner Hosentasche und reicht ihn der seltsamen Frau. *»Please give it to the young man who ...«*

Den Rest versteht Kira nicht. Sie bemerkt jedoch, dass Len richtig zusammenzuckt, als er das Gesicht der Frau aus der Nähe betrachtet. Auf ihren rotschwarzen Lippen glitzern kleine silberne Sternchen. Die Augenlider sind dunkellila gepudert, darunter klimpern dicke pechschwarze künstliche Wimpern.

Die Bedienung schüttelt den Kopf und gibt Len das Blatt zurück. Ihre Stimme ist rau und sie spricht mit einem harten Akzent.

Wieder zuckt Len verwundert die Schultern. »Sie sagt, hier ist niemand außer den drei Damen.« Er versucht es noch einmal und gibt eine genaue Beschreibung des Jungen, den sie suchen. Doch die Frau blinzelt sie nur feindselig durch ihre dunklen Wimpern an.

Um der Sache auf den Grund zu gehen, suchen sich

die vier Detektive einen Platz und bestellen sich jeder einen Eisbecher mit frischen Früchten und eine Schüssel voll Wasser für Brandy.

Kira und Neele gehen zur Toilette, um einen Blick in die hinteren Räume zu werfen. Sie kommen an der Küche vorbei, hören dort jemanden hantieren, können aber nichts sehen. Die Tür zur Küche ist angelehnt, und Kira hofft, auf dem Rückweg vielleicht einen Blick hineinwerfen zu können. Doch auf dem Rückweg ist die Tür fest verschlossen.

An den anderen drei Türen steht *Private*. So bleibt den Mädchen nichts anderes übrig, als sich wieder zu Len und Flori zu setzen.

»Nichts«, flüstert Kira den Jungen zu.

»Krimskrams«, murmelt Len vor sich hin. Das Wort scheint ihm zu gefallen.

Flori hat begonnen, die Frau zu zeichnen.

Als sie ihnen die Eisbecher auf den Tisch stellt, fällt ihr Blick auf Floris Block. Kira bemerkt ihren misstrauischen Gesichtsausdruck und wundert sich gleichzeitig über die schwarz lackierten Fingernägel. Sie sind so lang wie die einer Hexe. Und Kira muss noch einmal hingucken. Auf den kleinen Finger der rechten Hand ist ein Fingernagel aus Metall geklebt. Messerscharf und sehr spitz.

Die Frau hat ihren Blick aufgefangen und lacht heiser. *»Very good weapon.«* Blitzschnell zieht sie den Nagel kurz und ohne Anstrengung über Floris Blatt, das plötzlich in zwei Teilen auf dem Tisch liegt.

Erschrocken halten die Kinder den Atem an und starren auf die zerstörte Zeichnung.

Die Frau verschwindet lachend hinter dem Tresen, lässt aber die Kinder nicht aus den Augen. Brandy, der bis dahin ruhig unter dem Tisch gelegen hat, fängt an zu knurren.

»*Okay, Brandy. Shut up!*«, sagt Len. Er findet die ganze Situation unheimlich.

Auch die drei Füchse möchten so schnell wie möglich das Bistro verlassen. Hastig essen sie ihr Eis und lassen die meisten Früchte übrig.

»Die frischen Früchte, wie es auf der Eiskarte heißt, waren wohl frisch aus der Dose«, lästert Neele beim Hinausgehen.

»Gut, dass außer uns die alten Damen da waren«, meint Flori. »Sonst hätte sie mich bestimmt mit dem Fingernagel erdolcht.«

»Mord im Bistro«, spottet Kira. Aber sie muss sich auch erst mal von dem Schreck erholen. »Versteht ihr, was das alles soll?«, fragt sie nach einer Weile.

»Die Frau hat uns ganz offensichtlich bedroht!«, ruft Neele. »Weil sie aus irgendeinem Grund Jerome bei sich versteckt hat. Bestimmt ermordet sie ...«

Len wirft ihr einen vernichtenden Blick zu. »*Nonsense*. Sie wollte uns bloß so schnell wie möglich loswerden.«

»Was machen wir jetzt?«, fragt Flori. »Wir können doch nicht den Rest des Tages hier rumlungern.«

»Du hast Recht. Wir müssen hier weg. In zehn Minuten ist London wieder in dichten Nebel gehüllt«, prophezeit Len fröstelnd mit einem Blick nach oben. »Die Tower Bridge ist kaum noch zu sehen.«

»Am liebsten würde ich mich jetzt mit einem Krimi unter der Bettdecke verkriechen«, seufzt Flori.

Kira pikst ihn in die Rippen. »Davon kannst du träumen. Du bist UNDERGROUND-Detektiv und musst erst noch ein paar Verbrecher fassen.«

»Beginnen wir mit unserem Handtaschendieb«, gibt er zurück.

Len holt seinen Schnurrbart hervor und hält ihn sich unter die Nase. »Wir verkleiden uns wieder, präparieren eine Handtasche mit Brandys Futter, suchen uns einen Platz beim Camden Lock Market und probieren es noch mal.«

»Wir brauchen eine andere Handtasche«, wendet Flori ein.

»Noch eine Tasche kann ich meiner Mutter nicht klauen«, sagt Len. »Aber auf dem Flohmarkt finden wir bestimmt eine, die nicht zu teuer ist.«

»Wenn wir wieder so ein altes Ding nehmen, wirft der Dieb sie gleich in den Kanal«, gibt Neele zu bedenken.

Kira hat eine Idee. »Wir können ruhig eine ganz billige, uralte Tasche nehmen. Dazu kaufen wir eine kleine goldene Dose – Pillendose, Puderdose oder so was. Da tun wir ein paar Krümel von Brandys Futter rein. Wenn der Dieb die Tasche wegwirft, behält er die Dose, weil sie auf den ersten Blick wertvoll aussieht.«

Die Detektive sind sicher, dass ihr Trick diesmal klappt. In einer Toilette verkleiden sie sich. Zum Glück haben sie alles in ihren Rucksäcken mitgenommen, sogar Brandys Lieblingsfutter.

Aktion Lockvogel – 2. Teil

Wie erwartet ist es nicht schwierig, bei Camden Lock Market eine alte Handtasche und eine verzierte Pillendose zu kaufen.

»Diesmal setzen wir uns einfach irgendwo auf eine Treppe«, schlägt Len vor. »Ich habe keine Lust, so weit zurückzulaufen.«

»Okay. Hier kann ich mich hinter einer Bude verstecken. Hmmm, das duftet ja so gut. Vielleicht könnte ich dabei eine Kleinigkeit essen.«

Wie er erwartet hat, schimpft Kira: »Das setzt dich doch außer Gefecht. Kannst du denn nicht …«

Sie stoppt ihre Beschimpfung, als sie Flori breit grinsen sieht, und ärgert sich, dass sie ihm in die Falle gegangen ist.

Auf einer Stufe hockend, beginnen Neele und Len zu flirten. Die Handtasche liegt zum Diebstahl bereit neben Neele.

Kira läuft mit Brandy weiter, als würde sie die anderen nicht kennen. Es gibt viel zu beobachten und für Brandy viel zu schnüffeln. Natürlich zieht Brandy immer wieder in Richtung Len. Kira lässt den Hund jedoch nicht zu dicht an ihre Freunde heran, um sich nicht zu verraten. Jeder, der vorbeigeht, könnte ein Dieb sein, denkt sie. Ob verkleidet oder nicht, man sieht es den Leuten nicht an.

Für kurze Zeit kommt noch einmal die Sonne durch. Aber bald ziehen wieder dicke, feuchte Schwaden am Wasser entlang. Als Kira sich umdreht, kann sie Neele und Len nicht einmal mehr erkennen. Wie oft sie auf und ab schlendert, weiß sie nicht. Langsam wird es ihr jedoch ungemütlich, und sie fragt sich, ob das Ganze überhaupt einen Sinn hat.

Doch dann hört sie plötzlich einen Schrei von Neele und sofort zieht Brandy auch schon wie wild an der Leine. Len flucht und schimpft, als Kira mit Brandy bei ihnen ankommt. Eindeutig zieht er die verabredete Show ab. Einige Passanten beobachten die Kinder erschrocken, andere verschwinden schnell.

»Es hat geklappt! Er kam von hinten, hat die Tasche geklaut und ist wie ein Geist im Nebel verschwunden«, flüstert Len seinen Freunden zu.

»Ich habe ihn genau gesehen«, schnauft Flori aufgeregt. »Er war etwa Mitte zwanzig, ziemlich groß, trug ein schwarzrot kariertes Holzfällerhemd und… Ich zeichne ihn nachher, wenn ich mehr Zeit habe. Jetzt müssen wir die Verfolgung aufnehmen.«

»Los, Brandy! Such dein Lieblingsfutter!«, spornt Len den Hund an.

Zielstrebig schnüffelt Brandy am Boden. Sein Weg führt ihn am Kanal entlang zu einem Hausboot, das leicht im Wasser schaukelt. Er bellt und winselt aufgeregt.

»Habt ihr irgendwas gesehen oder gehört?«, will Kira wissen.

Len schüttelt den Kopf. »Es ging zu schnell und rundherum sind zu viele Geräusche. Was machen wir nun? Ich kann doch nicht mit Brandy auf das Boot springen.«

»Wir sollten es unauffällig beobachten. Wenn es bloß nicht so neblig wäre!« Flori steuert die nächste Sitzgelegenheit an. Er nimmt seinen Skizzenblock heraus und zeichnet den Täter mit dem schwarzrot karierten Hemd.

Die anderen drei setzen sich zu ihm und bewundern die Genauigkeit, mit der er seine Beobachtungen zu Papier bringt.

Brandy zieht immer wieder an der Leine und bellt in Richtung Hausboot.

»So wie Brandy sich benimmt, ist es ziemlich sicher, dass sich der Täter mit der Tasche dort versteckt«, meint Neele. »Bestimmt sitzt die ganze Bande im Hausboot und teilt die Beute.«

»Du hast vielleicht etwas zu viel Fantasie«, meint Kira, »aber ich glaube auch, dass Brandy ein super Spürhund ist und den Dieb mit seinem Lieblingsfutter auf dem Boot riecht. Er …«

»Da fällt mir etwas ein«, unterbricht Neele. »Wir haben die beiden anderen Male nach dem Taschenraub ein Motorengeräusch gehört. Wenn das nun ein kleines Motorboot war, von dem aus der oder die Täter operieren? Nach dem Diebstahl springen sie ins Boot und brausen davon. Und wo brausen sie hin?«

»Zu diesem Hausboot!«, antwortet Len. »Gut kombiniert, Neele! Ich führe Brandy jetzt in die andere Richtung. Mal sehen, ob er die Spur wieder aufnimmt. Ihr beobachtet inzwischen weiter das Hausboot.«

Als Len mit Brandy im Nebel verschwunden ist, sagt Kira plötzlich: »Guckt euch doch mal die Blumen auf dem Boot an. Fällt euch nichts auf?«

Fast gleichzeitig antworten Neele und Flori: »Sie sind nicht echt!«

»Genau«, bestätigt Kira. »Und das Hausboot sieht nicht so gepflegt aus wie die anderen. Die künstlichen Blumen scheinen nur Tarnung zu sein.«

»Tarnung dafür, dass das Boot in Wirklichkeit eine Räuberhöhle ist«, ergänzt Neele.

Len kommt mit Brandy zurück. »Ich kann machen, was ich will. Brandy zieht mich immer wieder hierher zu dem Boot.« Er streichelt den Hund. *»Good old boy.«*

»Dann bleibt uns nur abwarten und kalte Füße kriegen«, bemerkt Flori trocken.

»Okay«, sagt Len. »Mein Vater würde jetzt sagen: *Wait and see*. Wir warten genau eine Stunde. Der *five-o'clock-tea* muss heute ausfallen. Wenn sich nichts tut, sehen wir weiter.«

Die Geduld der Detektive wird auf eine harte Probe gestellt.

Ein einziges Mal entdecken sie durch den Nebel rotschwarzes Karo auf dem Boot. Aber sie sind nicht einmal sicher, dass sie es sich nicht eingebildet haben.

»Halluzinationen nennt man so was«, erklärt Flori. »Aber nein, doch nicht! Seht mal, wer da kommt!«

Jetzt wissen die Kinder, dass sich ihr Warten gelohnt hat.

»Die bunte Frau mit dem Koffer«, flüstert Neele. »Sie klettert auf das Boot. Der Koffer scheint leer zu sein.«

Gespannt starren alle in Richtung Hausboot. Len hält Brandy die Schnauze zu. Fragend guckt das Tier ihn mit großen braunen Augen an. Len schüttelt den Kopf und krault ihn am Hals. Nun weiß Brandy Bescheid, er gibt keinen Laut von sich.

Diesmal brauchen die Detektive nicht lange zu warten. Die bunt gekleidete Frau taucht schon bald wieder in der Tür des Bootes auf. Hinter ihr erscheint der Mann mit dem Holzfällerhemd. Er sieht tatsächlich genauso aus wie auf Floris Skizze.

Die Frau klettert an Land und lässt sich den Koffer, der jetzt schwer zu sein scheint, von dem Mann nachreichen. Nach einem kurzen Gruß macht sie sich auf den Weg.

»Los, hinterher!«, flüstert Neele.

»Sollten nicht zwei hier bleiben?«, fragt Flori.

»Ich glaube, dies ist nur eine Zwischenstation. Da, wo die Frau uns hinführt, werden wir vielleicht alle fünf gebraucht«, meint Len.

Kira nimmt ihr Fernglas aus dem Rucksack. »Wenn wir sie mit zehn Augen plus Fernglas verlieren, gebe ich meinen Job auf.«

Mit Mühe gelingt es den Detektiven, der Frau auf

den Fersen zu bleiben. Trotz des Nebels, einer Busfahrt, zahlreicher Hausecken und Abbiegungen führt die Bunte sie zu ihrem Ziel, dem Pub *The Mysterious Peacock*.

»Sieh mal einer an. Hier finden sich alle wieder ein. Dahinten kommt noch jemand mit einem Koffer. Den habe ich doch gestern auch hier gesehen.« Kira zeigt aufgeregt die Straße entlang.

Len hält Brandy ganz kurz. »An der Seite ist eins der Fenster einen winzigen Spaltbreit offen. Vielleicht können wir da was sehen oder wenigstens hören.«

Vorsichtig schleichen die Detektive an das Haus heran.

Len versucht, so dicht wie möglich an das Fenster zu gelangen. Er reckt den Hals und probiert die unterschiedlichsten Techniken aus, aber er kann nichts erkennen. Der Spalt ist zu schmal.

Doch dann hört er Stimmen. Eine davon kommt ihm bekannt vor. Er gibt den anderen Zeichen, dass sie mitlauschen sollen. Kiras Augen weiten sich vor Überraschung. Kann das möglich sein?

Flori schleicht um die Ecke und kommt mit einer Holzkiste zurück. Er stellt sich auf die Kiste und flüstert: »Ich versuche jetzt, das Fenster ein bisschen weiter aufzuschieben.«

»Mach keinen Mist«, flüstert Neele.

»Ich will es mit eigenen Augen sehen, sonst glaube ich es nicht. Aber wir müssen auf dem Sprung sein, um jederzeit weglaufen zu können.«

Die anderen bewundern Floris Geduld und Ausdauer. Millimeter um Millimeter schiebt er das Fenster nach oben, ohne dabei das geringste Geräusch zu machen.

Endlich kann er einen Blick ins Zimmer werfen. Er nimmt ein kleines Gerät aus seiner Hosentasche und legt es auf die Fensterbank.

Staunend hören die Detektive, wie die Diebe die Beute aufteilen. Die Stimme, die sie kennen, ist am häufigsten zu vernehmen. Sie scheint dem Chef der Bande zu gehören, der bestimmt, was mit den einzelnen Beutestücken geschieht.

Plötzlich fängt Brandy an zu knurren, jemand aus dem Zimmer kommt direkt auf das Fenster zu.

»Schnell weg!« Flori schnappt sein Gerät.

Doch wohin? Von der anderen Seite hören sie Pfeifen und unregelmäßige Schritte. Mit klopfenden Herzen kauern sie sich dicht gedrängt in eine Nische und sind froh über den Nebel, der sie einhüllt.

Die Schritte kommen näher, und die Kinder sehen schattenhaft einen älteren Mann, der sich mit der linken Hand auf einen Stock stützt.

Gern würde Kira den anderen mitteilen, dass ihr dieser Mann schon am Kanal aufgefallen war. Wahrscheinlich hat er die Aufgabe, zukünftige Opfer auszuspionieren.

Er ist jetzt so nah, dass er nach ihnen greifen könnte.

Aber er hat sie nicht gesehen. Er konzentriert sich auf drei Stufen, die ihm Mühe bereiten, und humpelt dann durch die Hintertür.

Kira schnauft erleichtert. »Lasst uns verschwinden!«

Während sie sich auf der anderen Straßenseite verstecken und den Pub beobachten, beraten sie, wie es weitergehen soll.

»Ich muss meinen Vater benachrichtigen. Wir sind uns doch ganz sicher«, sagt Len.

Kira nickt. »Wir haben alle die Stimme erkannt und Flori hat ihn sogar gesehen.«

Plötzlich beginnt Neele zu zappeln. »Da kommt schon der alte Lieferwagen. Gleich werden die Sachen abgeholt.«

Nun zögert Len nicht mehr. Er wählt die Nummer von Scotland Yard und lässt sich mit seinem Vater verbinden.

Die Füchse, McFox und Scotland Yard

Der Rest ist beinahe Routine, wie sie die Beamten von Scotland Yard täglich erledigen.

Doch wider Erwarten werden die Detektive noch einmal gefordert. Zuerst beobachten sie alles aus einem sicheren Versteck heraus. Sie sehen, dass zwei Beamte den Lieferwagen anhalten, als er den Hof verlassen will. Der Wagen und die Wäschekörbe werden zur Untersuchung beschlagnahmt, der Fahrer wird festgenommen. Gleichzeitig klingelt Mr Webster mit zwei Polizisten an der Eingangstür des Pubs, während andere Polizisten den Hintereingang bewachen.

»Dein Vater knöpft sich jetzt den Chef der Bande persönlich vor.« Flori reibt sich die Hände. »Das wird eine Überraschung!«

»Mensch! Guckt doch mal! Da versucht einer, aus dem Fenster zu steigen! Das ist er!«, schreit Neele plötzlich. »Und da steht kein Polizist. Der haut ab!«

Len überlegt nicht lange. Der Chef der Bande darf auf keinen Fall entkommen. *»Move, Brandy!«*

Wie der Blitz saust Brandy über die Straße und schnappt den Mann am Hosenbein, als er gerade auf die Kiste steigen will, die Flori vorher unter das Fenster gestellt hat.

Und dann ist auch Mr Webster da. »*Okay, Brandy. Stop it!*«, befiehlt er und legt dem Bandenchef Handschellen an.

Der Mann protestiert heftig. Er sei nur im Pub gewesen, um ein Bier zu trinken, behauptet er. Mit der Polizei wolle er nichts zu tun haben, deshalb der Versuch mit dem Fenster.

»*Wait and see, Mr Fletcher alias Mr Felton!*«, sagt der Detective Superintendent. Der Gauner ist kein Unbekannter für ihn. Er winkt Len, Neele, Kira und Flori herbei. »Ihr kennt diesen Mann auch?«

»Ja, er hat einen Souvenirladen am Trafalgar Square. Dort wurde regelmäßig von verschiedenen Leuten Diebesgut in Tüten abgegeben und abends von der Frau da mit einem Koffer abgeholt«, erklärt Kira und zeigt auf die bunt Gekleidete, die ihr Gesicht mit einem Tuch verdeckt.

Mr Webster bringt die Anschuldigung auf Englisch vor und fragt den Souvenirhändler, was er dazu zu sagen habe.

Der schimpft sofort los.

Len übersetzt für seine Freunde: »Er beschuldigt Jerome. Die Tüten hätten dem Jungen gehört. Und der soll verschwunden sein.«

»Er ist aber nicht verschwunden, wir haben mit ihm gesprochen«, versucht Neele es mit einem Bluff. »Er ist völlig unschuldig und hat von alldem nichts gewusst. Mr Felton hat gedroht, ihn rauszuwerfen, wenn er die Tüten öffnet oder darüber redet. Und als wir nach den Tüten fragten, hat er ihn vorsichtshalber gleich rausgeschmissen.«

»Ich glaube, du hast ins Schwarze getroffen!«, stellt Kira fest, denn Mr Felton wirkt ziemlich verunsichert, nachdem er das Ganze auf Englisch gehört hat.

Als das Stichwort »Beweise« fällt, tritt Flori einen Schritt vor und hält Lens Vater ein kleines Gerät hin. »Ich habe es zwar nicht geschafft, die Bande und ihren Chef zu fotografieren, aber diese Tonbandaufnahme liefert bestimmt Beweise genug.«

Während sie sich die Aufnahme anhören, sackt der Bandenchef völlig in sich zusammen.

»Das dürfte genügen«, sagt Lens Vater zufrieden. »Mr Felton ging es also besonders um Kreditkarten, Pässe und andere Papiere, die er teuer verkauft. Die Bandenmitglieder bekamen nur das Bargeld und was sonst in den Taschen war. Mr Felton, oder Mr Fletcher, wie er wirklich heißt, begleitet mich jetzt zu Scotland Yard.«

Flori überrascht Lens Vater noch mit seiner Zeichnung von dem Mann im Holzfällerhemd.

Mr Webster erkennt in ihm einen lang gesuchten Dieb: »Billy the Woodpecker! Dem werden wir nachher einen Besuch abstatten«, sagt er.

Als er die fragenden Blicke der Füchse sieht, erklärt er: »*Woodpecker* heißt Specht, und wie ein Specht sich Maden aus Holz pickt, pickt auch Billy überall etwas auf. Nur leider gehört es meistens anderen Menschen. Mal sehen, ob er das Hausboot auch gestohlen hat.«

Nachdem die Diebesbande in zwei Autos verfrachtet worden ist, schüttelt Mr Webster den Detektiven die Hände. »Bis nachher beim Dinner, vielleicht wird es bei mir heute etwas später.«

Als er ins Auto steigen will, fällt Kira der Zettel mit den geheimen Schriftzeichen ein. »Das hätten wir beinahe vergessen. Wissen Sie, was das bedeutet?«

Mr Webster nickt. »Ja, das ist Griechisch und heißt *Penelope*. Wahrscheinlich ist das ein Schiff. Die Zahlen dahinter sind wohl ein Datum.«

»Ein Schiff, das *Penelope* heißt und am dritten November ausläuft.« Flori denkt nach. »Dann hat vielleicht ein wohnungsloser Seemann in dem alten Haus an der Themse übernachtet. Er heuert am dritten November auf der *Penelope* an.«

»Wie wäre es mit Jerome, der als blinder Passagier in ein fremdes Land fliehen will?«, fantasiert Neele.

Mr Webster lacht. »*Wait and see.*«

»Ich glaube nicht, dass Jerome ein Verbrecher ist«, meint Kira. »Dein Bluff mit Jerome war einfach super, Neele. Mr Felton ist voll darauf reingefallen.«

»Und was ist nun mit Jerome?«, will Flori wissen.

Neele guckt auf ihre Armbanduhr. »Wir haben etwas Zeit bis zum Dinner. Können wir nicht noch einmal zu *Leila's Junk Bistro* fahren?«

»Okay. Ich bin dafür. Wir müssen den Fall wirklich ganz aufklären«, meint Kira.

Auch Len und Flori stimmen zu. Bei dem Gedanken

an Leila haben sie allerdings ein unheimliches Gefühl in der Magengegend.

»Wir brauchen ja nicht reinzugehen. Wir sehen uns nur draußen ein bisschen um«, schlägt Len vor. »Ich wette, der Laden hat auch einen Hinterausgang.«

Doch bei dem Nebel können sie nur mit Mühe das Haus erkennen. Wie normale Spaziergänger schlendern sie an dem Bistro vorbei und werfen einen Blick ins Innere.

»Jetzt sind mehr Gäste drin«, stellt Flori fest. »Die Mischung ist wie die Einrichtung: von allem etwas. Normale Touristen, schräge Jugendliche und ein paar total ausgeflippte Typen.«

Neele fängt schon wieder mit ihren Storys an. »Der Seemann in der Ecke ist vielleicht ein Pirat und hat gerade ein Schiff auf der Themse geplündert. Jetzt protzt er mit seiner Beute. Der andere dahinten …«

»Und *die andere* hier vorne spinnt wieder Seemannsgarn«, unterbricht Kira. »Aber die Typen sehen echt so aus, als hätten sie was auf dem Kerbholz. Vielleicht braucht Leila ihren Fingernagel, um sie sich vom Hals zu halten.«

Flori lacht. »Und ob es ihr passt oder nicht, ich werde sie noch einmal zeichnen.«

»Eigentlich sind wir ziemlich feige«, meint Neele. »Wir sollten uns ruhig wieder reinsetzen. Es sind auch andere Touristen drin, uns kann nichts passieren.«

Doch Len schüttelt den Kopf. »Krimskrams! Das

kann ich nicht verantworten. Ich habe meinem Vater versprochen, uns nicht in Gefahr zu bringen.«

»Dann lass uns wenigstens gucken, ob es einen zweiten Ausgang gibt.« Neele ist voller Tatendrang. Sie hat keine Lust mehr, zu warten und nur zu beobachten. Schon biegt sie in einen Seitengang ein und versucht, über die Mauer zu spähen. »Mach mal eine Räuberleiter für mich«, bittet sie Flori.

Gespannt lässt sie ihre Blicke durch den Hof schweifen. Aber sie sieht nur Mülltonnen, Kisten, Kästen und Fässer.

Plötzlich geht in einem der Fenster Licht an und Neele kann genau in die Küche von *Leila's Junk Bistro* gucken. Ein Mann steht am Herd und dreht ihr den Rücken zu. Dann bückt er sich, hebt etwas auf und trägt es zum Fenster. Und diesen Mann erkennt Neele sofort.

»Ich fall gleich in Ohnmacht«, flüstert sie ihren Freunden zu. »Jerome arbeitet in der Küche.«

»Ach, jetzt ahne ich, warum Leila ihn angeblich nicht gesehen hat. Sie hat seine Arbeitsstelle nicht angemeldet. Schwarzarbeit, wahrscheinlich schlecht bezahlt«, vermutet Len.

»Er sortiert die Abfälle. Leute, gleich kommt er aus der Tür neben der Küche. Das ist die Gelegenheit! Was machen wir?«

»Sag ihm, dass Mr Felton von der Polizei abgeholt worden ist.«

In Neeles Gesicht taucht ein bisschen Panik auf.

Doch dann reißt sie sich zusammen und ruft Jerome an, der auf der anderen Seite der Mauer mit dem Müll hantiert.

Erschrocken guckt er hoch und sieht einen Moment lang so aus, als wollte er weglaufen.

»Mr Felton has been caught by the police!«, ruft Neele ihm zu.

Erstaunt und fragend blickt Jerome sie an.

Da taucht Lens Kopf neben Neeles auf. Kira hält ihn mit der Räuberleiter. Len erklärt Jerome in Kurzfassung, was passiert ist.

Jerome atmet erleichtert auf. Er erzählt, dass Mr Felton ihn ständig beschimpft, bedroht und bedrängt hat.

»Mr Felton hat Jerome rausgeschmissen, weil er Angst hatte, er könnte uns etwas über die Tüten sagen. Dabei wusste er selber nicht mehr darüber als wir. Aber auch er hat geahnt, dass etwas faul war«, übersetzt Len für seine Freunde.

»Frag ihn doch mal, ob es hier besser ist. Diese Leila ist ja auch nicht gerade die Sanftmut in Person«, ruft Kira von unten.

Sie hören Len einige Zeit mit Jerome reden. Plötzlich lachen beide und auch Neele stimmt mit ein.

»Was ist los? Hast du was verstanden?«, fragt Kira neugierig.

»Komm endlich runter, mir tun die Hände weh!«, ruft Flori.

Lachend springt Neele auf den Boden. »Wenn ich

es richtig verstanden habe, ist Leila Jeromes Mutter.«

»Genau«, bestätigt Len, der nun auch Kira von der Last erlöst. »Zuerst hat er nur gesagt, sie sei ganz harmlos, und dabei gegrinst. Dann gab er zu, dass sie seine Mutter ist.«

»Und weshalb wollte sie uns nicht sagen, dass er im Bistro war?«

»Sie hat gedacht, wir arbeiten für Mr Felton und spionieren ihrem Sohn nach. Als wir reinkamen, ist Jerome in der Küche verschwunden und hat seine Mutter gebeten, uns so schnell wie möglich zu vergraulen.«

»Das hat sie spitzenmäßig geschafft! Aber warum trägt sie diesen gefährlichen Fingernagel?«

»Den Fingernagel hat sie sich tatsächlich aufgeklebt, um aufdringliche Typen abzuschrecken. Und ihr Aussehen ändert sie jeden Tag. Es macht ihr Spaß, die Leute ein wenig zu verwirren. Sie war mal beim Theater. Ein Teil ihrer Garderobe stammt daher, dazu Perücken und alle möglichen Tricks, wie man seine Stimme verstellt und andere hinters Licht führt.«

»Von der könnten wir ja was lernen«, meint Kira begeistert.

Len nickt. »Vielleicht bringt sie uns was bei. Wir sollten uns nicht wundern, wenn sie morgen als Hippiemädchen vor uns steht, mit Blumen im Haar, einem langen Schlabberrock und Jesuslatschen, hat Jerome gesagt.«

»Wieso morgen?«, will Neele wissen.

»Weil Jerome uns eingeladen hat. Er will uns jedem einen Rieseneisbecher mit wirklich frischen Früchten spendieren, Konservenfrüchte gibt es nur für Gäste, die man loswerden will. Außerdem interessiert er sich für unseren Detektiv-Klub.«

»Du meinst, er will UNDERGROUND-Detektiv und Mitglied bei McFox werden?«, fragt Kira.

»*Maybe.*« Len zuckt die Schultern. »Wir brauchen immer tüchtige neue Detektive. Und der nächste Fall kommt bestimmt!«

Die drei ???®
und der
unsichtbare Gegner

Inhalt

Ein Wort von Albert Hitfield

Wie stets ist es mir ein Vergnügen, euch einen Fall der drei ??? zu präsentieren. Wenn ihr das in jeder Hinsicht ungewöhnliche Detektivteam schon kennt, so geht gleich zum ersten Kapitel über. Wenn nicht, dann übernehme ich hiermit die Vorstellung. Beginnen wir mit Justus Jonas, dem Anführer des Trios. Er ist blitzgescheit, und er hat mehr gelesen und sich mehr davon gemerkt als die meisten Menschen, die ich kenne. Überdies kann er mit nur wenigen Fakten, die er aufgreift und verarbeitet, zu ganz erstaunlichen Schlussfolgerungen gelangen.

Peter Shaw verfügt vor allem über sportliche Talente und dazu ist er ein Optimist, ein treuer Freund und ein Lebenskünstler. Insgeheim ahnt er des Öfteren, dass Justus' Bravourstücke manchmal doch etwas zu gefährlich sind, und möglicherweise teilen noch andere diese Meinung …

Bob Andrews ist ruhig und eher unauffällig und er ist für das Archiv und die Recherchen der drei ??? verantwortlich. Das heißt aber nicht, dass er nur dasitzt, während die anderen ihre wagemutigen Taten vollbringen. Bob steht genauso tapfer seinen Mann wie die Kollegen.

Diesen Fall greifen die drei ??? aus eigener Initiative auf. Wie schon öfter verlassen sie ihre Heimatstadt Rocky Beach in Kalifornien; diesmal machen sie sich zu einer Ferienreise quer durch die Vereinigten Staaten auf. Aber die Reise wird zur Flucht vor lauerndem Terror! Die Jungen werden nämlich von etwas Bedrohlichem verfolgt, das sie nicht abschütteln und auch nicht beherzt stellen können – es entzieht sich dem Zugriff immer ganz knapp.

Na, hat euch das neugierig gemacht? Kein Wunder. Dann stürzen wir uns ins Abenteuer!

Albert Hitfield

Eine wandelnde Katastrophe

Die Küchentür wurde mit einem Ruck aufgerissen, dann wieder zugeschlagen. Mit fest zusammengepressten Lippen und hochroten Wangen war Mrs Shaw in die Küche gestürmt.

»Ich bring den alten Spinner noch vor Gericht!«, verkündete sie. »Er ist eine wandelnde Katastrophe! Und ich werde ihm mein Haus verbieten. Ich will ihn nicht mehr sehen!«

Erbittert starrte sie ihren Sohn Peter an, dann dessen Freunde, Justus Jonas und Bob Andrews.

»Nass bis auf die Haut!«, stieß Mrs Shaw hervor. »Sämtliche Damen unseres Klubs – klatschnass! Ich bin Mrs Harrison im Supermarkt begegnet und sie hat es mir erzählt.«

»Oje«, meinte Peter. »Das war wohl wieder mal Opa?«

»Wer denn sonst?«, entgegnete seine Mutter. »Und weißt du, was er diesmal angestellt hat? Er war so gütig und schenkte der Kirchengemeinde eine neue automatische Feuerschutzanlage. Er hat sie auch selbst im Gemeindesaal montiert, mit einem hoch empfindlichen Rauchdetektor zum Auslösen der Sprühdüsen. Eine seiner Erfindungen natürlich. Gestern veranstalteten die

Damen eine Modenschau, und der Pastor kam dazu und war so leichtsinnig, sich eine Zigarette anzuzünden!«

Peter bemühte sich, ernst zu bleiben, musste aber grinsen.

»Das ist überhaupt nicht komisch!«, fauchte Mrs Shaw. Aber dann ließ sie sich auch anstecken. Es zuckte um ihre Mundwinkel – da, sie lächelte. Die Jungen lachten zuerst noch unterdrückt, aber bald brachen alle, einschließlich Mrs Shaw, in schallendes Gelächter aus.

»Damit hat er ja wohl eine Lanze für die Forderungen der Nichtraucher gebrochen«, musste sie zugeben. Sie setzte sich an den Küchentisch und wischte sich die Lachtränen aus den Augen. Die Jungen standen an die Küchenschränke gelehnt und knabberten Kekse.

»Schon ehe er in Rente ging, war mein Vater so exzentrisch«, berichtete Mrs Shaw. »Einmal baute er ein Haus mit einem Dach, das sich wie bei einem Kabriolett zurückklappen ließ. Verrückt! Keiner wollte darin wohnen, denn das Dach war undicht!«

»Mr Peck hat manchmal wirklich originelle Einfälle«, bemerkte Justus vorsichtig.

Mrs Shaw verzog das Gesicht. »Die Modenschau gestern Vormittag war bestimmt wahnsinnig originell.«

»Ach was, Mama, Opa bringt das wieder in Ordnung, nicht wahr?«, sagte Peter. »Das tut er doch jedes Mal.«

»Ja, und deshalb bringen wir es zu nichts«, entgegnete Mrs Shaw. »Eines Tages werden ihn seine irrwitzigen Einfälle noch ins Gefängnis bringen. Nicht alles lässt sich mit Geld wieder gutmachen.«

Das stimmte. Kurz vorher hatte ein Trupp Arbeiter vom städtischen Gartenamt versucht, eine kranke Ulme zu fällen, die vor Mr Pecks Haus wuchs. Fest entschlossen zur Verteidigung »seines« Baumes, war der alte Herr mit einem Baseballschläger angerückt und hatte die drei Männer zu ihrem Lastwagen zurückgetrieben. Darauf waren zwei Polizeibeamte im Auftrag von Hauptkommissar Reynolds erschienen und hatten versucht, sich mit Mr Peck gütlich zu einigen. Als auch das misslang, hatten sie ihn in Handschellen abgeführt. Mrs Shaw musste ihn gegen Kaution aus der Untersuchungshaft holen und ihn dann dazu überreden, einen Anwalt zu nehmen. Schließlich war die Anklage von Nötigung und versuchter Körperverletzung auf ungebührliches Betragen abgeändert worden und Mr Peck hatte eine Geldstrafe bezahlen und eine Verwarnung einstecken müssen. Die Behörde hatte keinen zweiten Versuch unternommen, den Baum zu fällen; so verblieb er als Mahnmal für Mr Pecks Jähzorn und seinen unbeugsamen Eigensinn.

»Und jetzt will er nach New York«, erklärte Mrs Shaw.

Peter war völlig verblüfft. »Für immer?«, fragte er. »Was denn, er wird doch nicht wegziehen wollen?«

»Nein. Er hat etwas erfunden, das so bedeutsam ist, dass er nicht einmal darüber reden will, und er will es persönlich bei den richtigen Leuten vorführen. Offenbar sitzen die in New York. Opa meint, ein Anruf oder ein Brief würden hier nichts einbringen. Er müsse selbst hinfahren.«

»Okay«, meinte Peter. »Was ist dagegen einzuwenden?«

»Na, wenn ihn nun die Leute gar nicht empfangen? Wenn sie ihm einfach sagen, er solle die Sache schriftlich einreichen, und ihn wieder nach Hause schicken? Dann wird er sich mit Gewalt Zutritt verschaffen!«

»Mama, du übertreibst.«

»Durchaus nicht. Ich kenne meinen Vater. Der nimmt eine Abfuhr nicht hin. Und wenn den Leuten, die er aufsuchen will, seine Idee nicht gefällt, wird er einen Wutanfall bekommen und sie alle Idioten titulieren.«

»Mama, nun hör mal …«

»Glaubt mir, ich kenne ihn!« Mrs Shaw gab nicht nach. »Er wird mit fürchterlichen Drohungen um sich werfen und sie werden die Polizei holen. Es wird genauso kommen wie damals, als er diese Solarheizung so verbesserte, dass das Wasser darin regelrecht kochte. Oder damals, als der neue Luftbefeuchter …«

»Der hat aber funktioniert!«, stellte Peter richtig.

»Ja, schon. Nur hatte den schon ein anderer erfunden, und Opa versteifte sich darauf, man habe ihm seine Erfindung gestohlen. Aber nun erklärt mir mal bitte, wie jemand aus Dubuque in Iowa einem Mann aus Rocky Beach in Kalifornien eine Erfindung stehlen soll. Na?«

Peter schwieg.

Justus und Bob wechselten einen belustigten Blick.

»Und nicht genug damit, dass Opa in New York aufkreuzen will, was ihm bestimmt Scherereien einbringt, da kommt ja noch die Reise dazu«, führte Mrs Shaw an.

»Aber Mama, Opa ist doch schon öfter geflogen. Wir bringen ihn zum Flugplatz und …«

»Er will aber mit dem Auto fahren«, sagte Mrs Shaw. »Die ganze Strecke. Quer durch den riesigen Kontinent. Über Montana will er fahren. Er sagt, Montana habe er noch nicht gesehen, und in Oregon oder Washington war er auch noch nicht und das will er alles mitnehmen. Er sagt, seine besten Einfälle kommen ihm beim Autofahren. Vielleicht ist das eine Erklärung dafür, dass er so oft für zu schnelles Fahren einen Strafzettel bekommt.«

Peter grinste. »Mama, wenn du dir solche Sorgen machst, warum begleitest du dann Opa nicht? Papa und ich kommen schon zurecht und die Reise wäre doch ein Erlebnis …«

»Von wegen Erlebnis«, wehrte Mrs Shaw ab. »Nicht für mich. Nicht mit meinem Vater. Du weißt, dass wir keine zehn Sekunden zusammen sein können, ohne dass wir uns in die Haare geraten. Wenn du meinst, dass eine Fahrt mit ihm durch das ganze Land ein Vergnügen sei, dann geh doch du mit.«

Da riss Peter die Augen auf. »Meinst du das im Ernst? Das wäre ja *die* Sache!«

»Wirklich?«, hakte seine Mutter nach. »Könntest du ihn aus Schwierigkeiten heraushalten? Aufpassen, damit er nicht verhaftet wird und nicht auf andere Leute losgeht?«

»Aber Mama, klar doch. Das heißt, ich werde es versuchen, so gut ich kann, aber …«

»Aber du glaubst nicht, dass du es schaffst, wie?«, ergänzte seine Mutter. »Tja, er war eben immer schon …«

Plötzlich hielt sie inne und blickte nachdenklich auf Justus. Der Erste Detektiv führte sich gerade genießerisch einen Schokoladenkeks zu Gemüte. Aber obwohl Mund und Hände beschäftigt waren, schien sein Blick in weite Fernen zu schweifen. Doch Mrs Shaw ließ sich dadurch nicht täuschen. Justus war der Anführer der drei ???. Mrs Shaw wusste, dass Justus nie etwas entging, was sich in seiner Gegenwart abspielte, auch wenn er geistesabwesend und dösig wirkte. Sie wusste auch, dass Justus ein ganz hervorragendes Gedächtnis hatte. Wenn sie ihn fragte, könnte er vermutlich alles, was jetzt eben gesprochen worden war, Wort für Wort wiedergeben.

Justus vermochte Mrs Shaw manchmal regelrecht einzuschüchtern. Er war enorm selbstsicher. Das war richtig ungewohnt bei einem so jungen Menschen. Aber nun erschien ihr Justus wie der rettende Engel.

»Ich würde gern die Dienste der drei ??? in Anspruch nehmen«, sagte Mrs Shaw unvermittelt.

Die drei ??? – das war eine Junior-Detektivagentur, die die Jungen gegründet hatten. Ihre Eltern hielten das Unternehmen für eine Art Klub, aber die Freunde hatten tatsächlich schon eine ganze Anzahl schwieriger Fälle aufgeklärt.

»Hier hätten wir einen Fall für euer Detektivbüro«, fuhr Mrs Shaw fort. »Bringt meinen Vater wohlbehalten nach New York und ich werde es euch angemessen honorieren.«

Justus grinste. »Das ist aber kein Fall für uns«, erklärte er. »Wir sind Detektive, keine Leibwächter.«

»Ihr könntet es ja als eine wertvolle Erfahrung betrachten«, regte Mrs Shaw an. »Ihr wollt doch nicht immer nur das Gleiche tun, oder? Da werdet ihr mit der Zeit einseitig.«

Justus sah Bob an und bemerkte in seinem Blick einen Funken Optimismus.

»Ich bin dafür«, sagte Bob.

»Es wäre eine großartige Aufgabe, finde ich«, meinte Justus.

»Ihr habt ja keine Ahnung, wozu sich diese Aufgabe auswachsen kann.« Peter winkte ab. »Opa auf dem Kriegspfad – das ist fürchterlich.«

»Und auf den Kriegspfad wird er sich todsicher begeben«, prophezeite Peters Mutter. »Er ist fest davon überzeugt, dass kreative Menschen wie er oft ungerecht und ruppig behandelt werden, und schon dieser Gedanke bringt ihn auf die Palme. Wenn ihr ihn also davon abhalten könntet, Amok zu laufen und jedem, der ihm über den Weg läuft, ein Bein zu stellen, wäre ich euch unendlich dankbar.«

Das Telefon klingelte.

»Auch das noch!«, rief Mrs Shaw. »Am liebsten würde ich gar nicht abnehmen.«

»Ich mach das, Mama«, erbot sich Peter. Er ging zum Zweitapparat in der Küche. Die anderen hörten, wie er »Hallo« sagte und dann: »Sind Sie sicher?« Er lauschte einen Augenblick stumm und meinte dann: »Augenblick mal, bitte. Ich richte es ihr aus.«

Er wandte sich an seine Mutter. »Es ist Mr Castro, Opas Freund von gegenüber. Er sollte heute mit Opa Schach spielen, aber als er hinkam, war niemand zu Hause. Er sagte, die Hintertür sei offen und der Wasserhahn über der Spüle aufgedreht. Er meint, wir sollten die Polizei benachrichtigen.«

»Die Polizei?«, wiederholte Mrs Shaw. »Unsinn. Opa ist mal eben kurz weggegangen. Er wird gleich wiederkommen.«

»Mama, sein Auto ist vor dem Haus geparkt, aber er ist nicht da. Und würde er wirklich weggehen und das Wasser nicht abdrehen und die Tür offen lassen?«

»Na ja … Schön, ich geh mal rüber.«

Da griff Justus ein. »Wir drei gehen hin«, bot er an. »Sie wollen ja den drei ??? einen Fall übertragen und schon gibt es etwas zu ermitteln. Sie warten hier. Wir rufen Sie aus Mr Pecks Haus an.«

Die drei Jungen liefen eifrig zur Tür hinaus und fragten sich, was Peters Großvater nun schon wieder angestellt hatte.

Feindliche Begegnung

Mr Castro schritt vor Mr Pecks Haus auf und ab, als die drei Jungen mit den Fahrrädern ankamen. Er war ein magerer, nervöser Mann mit kurzem grauen Haar und gebräuntem, runzligem Gesicht und an diesem strahlenden Frühlingstag war er ganz außer sich.

»Sieht deinem Großvater gar nicht ähnlich«, sagte er zu Peter. »Wir wollten Schach spielen, und diese Partie wollte er auf keinen Fall versäumen, auch wenn er sich sonst manchmal drückte. Er hatte nämlich bei unserer letzten Partie verloren und wollte nun gleichziehen. Dein Opa ist kein guter Verlierer.«

»Das ganz bestimmt nicht«, bestätigte Peter.

Die Jungen gingen zur Haustür hinein, die unverschlossen war. Mr Castro kam nach. Es war ihm anzumerken, dass er die schlimmsten Befürchtungen hegte. »Ich spüre irgendwie, dass etwas Schreckliches passiert ist«, sagte er. »Dein Großvater würde niemals aus dem Haus gehen und dabei das Wasser laufen lassen und die Hintertür nicht zumachen.«

Sie gingen zur Küche, wo sie ratlos auf die Spüle starrten, als könne die ihnen etwas erzählen.

»Er wollte Wasser heiß machen«, stellte Justus fest. »Schaut mal, der Kessel da auf der Arbeitsplatte und der Deckel gleich daneben. Und von der Spüle aus blickte er zu dem Fenster hier über dem Ausguss hinaus und da sah er … irgendetwas.«

Justus schaute durch ebendieses Fenster und fragte sich, was Mr Peck wohl gesehen hatte. Er selbst konnte einen Streifen des Rasens seitlich von Mr Pecks Haus sehen, ferner eine sauber gestutzte Hecke, die Mr Pecks Grundstück von dem seines Nachbarn trennte. Hinter der Hecke lag ein Garten, der ganz verwildert und voller Unkraut war. Das Haus drüben war ebenso vernachlässigt. An den Fensterrahmen war die Farbe abgeplatzt und am Dach fehlten einige Ziegel.

»Wer wohnt denn da?«, fragte Justus Mr Castro.

Die Antwort kam von Peter. »Ein Mann namens Snabel, aber dort kann Opa nicht sein. Er und Snabel sind erbitterte Feinde. Jedes Mal wenn sie aufeinander treffen, fliegen die Fetzen.«

»Das mag ja sein«, meinte Justus, »aber irgendwer hat sich vor gar nicht langer Zeit durch diese Hecke gezwängt oder ist darüber gestiegen. Seht ihr, wie dort ein paar Zweige geknickt sind? Das Holz unter der Rinde ist noch weiß, was auf ganz frische Bruchstellen hindeutet.«

Die Jungen und Mr Castro gingen vors Haus und durch den Garten zu der Hecke.

»Sie ist nicht hoch. Mr Peck hätte ohne weiteres darüber steigen können«, stellte Justus fest. »Und dabei sind wahrscheinlich diese Zweige abgeknickt.«

Mr Castro stöhnte. »Als Ben Peck das letzte Mal in Ed Snabels Garten kam, drohte ihm Snabel an, er werde ihn erschießen. Mrs Milford von gegenüber rief die Polizei und beide, Ben und Snabel, erstatteten Anzeige. Ben behauptete, Snabel habe seinen Rasenmäher gestohlen, und Snabel beschuldigte Ben, er habe in seine Garage einbrechen wollen. Letzten Endes zogen sie dann beide ihre Klage zurück, aber eine Zeit lang war das Verhältnis zum Zerreißen gespannt.«

»Dann wäre es ratsam, Mr Peck davon zu überzeugen, dass er Mr Snabels Grundstück schnellstens verlässt«, sagte Justus. »Vorausgesetzt natürlich, dass er dort ist – aber meines Erachtens trifft das zu.«

Justus stieg nun selbst über die Hecke und knickte dabei noch ein paar Zweige und Peter und Bob folgten ihm. Mr Castro zögerte noch, aber schließlich kam auch er nach und die vier machten sich zu einem Rundgang um das verlotterte Haus auf. Weit brauchten sie nicht zu gehen. Hinter dem Haus stand eine Garage und hinter dieser ein kleiner Bau aus Glas und Holz – ein Gewächshaus. Es war nicht vernachlässigt wie das Wohnhaus. Das Holzrahmenwerk war in strahlendem Weiß gestrichen, und die Glasscheiben in Wänden und Dach sahen blank geputzt aus, obwohl sie stark beschlagen waren.

Plötzlich war hinter dem Gewächshaus ein schadenfrohes, hämische Liedchen zu vernehmen:

»Ich hab vieles schon ertragen,
doch jetzt geht's Snabel an den Kragen!«

»Ach du Schreck!«, rief Peter. »Opa?«

»Ja, was ist?«

Mr Bennington Peck spähte um die Ecke des Gewächshauses. Er war ein schlanker, drahtiger Mann von tadelloser Haltung und er wirkte für sein Alter bemerkenswert munter. Die Rechtschaffenheit blitzte ihm aus den blauen Augen und sein Gesicht war gerötet. »Peter, mein Junge! Und Justus! Und Bob! Kommt mal her und seht euch an, was ich entdeckt habe. Oh, Castro, entschuldigen Sie. Wir hatten eine Verabredung, nicht? Tut mir Leid, dass Sie umsonst gewartet haben!«

»Ja, ich warte seit geraumer Zeit«, erklärte Mr Castro. »Ich wollte schon die Polizei rufen, aber Ihre Angehörigen fanden das voreilig. Peck, was zum Donnerwetter treiben Sie hier?«

»Ich versuche, die Tür hier am Gewächshaus aufzubekommen«, erwiderte Mr Peck. Zum Beweis dafür unternahm er einen weiteren Versuch mit seinem Taschenmesser am Schloss. »Ed Snabel wird Sie verklagen!«, warnte ihn Castro.

»Opa, du hast uns wirklich einen Schrecken eingejagt!«, sagte Peter.

Mr Peck war ganz zerknirscht. »Ach, das tut mir aber Leid, Peter. Das wollte ich nicht. Aber geh mal ganz nah an die Scheibe ran und schau rein. Sieh dir an, was da drinnen ist!«

»Opa, Mr Snabel wird dir einen Einbruch anhängen.«

»Quatsch! Von Einbruch kann gar keine Rede sein. Ich will doch nur die Tür aufkriegen, damit ich mir mein rechtmäßiges Eigentum wiederholen kann. Siehst du diese Dose? Das ist Malathion! Das Spritzmittel, das ich vorige Woche bei Harper's kaufte. Ich wollte meine chinesische Ulme damit spritzen und da war das Malathion einfach weg! Und das dort ist der Pflanzenheber, der mir fehlt. Ich dachte, ich hätte ihn verlegt. Er hat eine Kerbe am Griff. Also klaut Snabel nicht nur Rasenmäher, er reißt sich auch Pflanzenheber und Spritzmittel unter den Nagel. Und er spioniert mir nach. Was er überhaupt mit einem Rasenmäher will, wo er doch nie mäht, ist mir schleierhaft! Das alles ist die pure Bosheit. Aber wenn er seine Orchideen auf Ausstellungen schleppt und sich vor anderen Orchideenzüchtern groß aufspielt, da sagt er bestimmt kein Wort davon, dass er zu geizig ist, um sich seinen eigenen Kram zu kaufen!«

Erbittert stocherte Mr Peck mit seinem Taschenmesser am Schloss des Gewächshauses herum.

»Opa, bist du denn ganz sicher?«, hielt ihm Peter vor.

»Ich werde doch meinen eigenen Pflanzenheber wieder erkennen!«, wehrte sich Mr Peck. »Ich hatte ihn ja vermisst und genauso das Malathion. Und dann sah ich die geknickten Zweige in meiner Hecke. So verkalkt bin ich noch nicht, dass ich mich an der Nase herumführen lasse.«

In diesem Augenblick war zu hören, wie in Snabels Zufahrt ein Wagen einbog. Ein untersetzter dunkelhaariger Mann tauchte an der Ecke der Garage auf. Er hatte tief liegende Augen unter buschigen Brauen und er machte ein bitterböses Gesicht.

»Ed Snabel, Sie waren schon wieder in meinem Geräteschuppen!«, beschuldigte ihn Mr Peck sogleich. »Machen Sie gefälligst das Gewächshaus auf und geben Sie mir meinen Pflanzenheber und mein Malathion zurück.«

»Sie sind ein streitsüchtiger alter Idiot«, sagte Snabel. »Sie gehören wirklich eingesperrt. Machen Sie, dass Sie von meinem Grundstück runterkommen, oder ich hole die Polizei, und diesmal halte ich meine Anzeige aufrecht!«

Mr Peck ließ die Klinge seines Taschenmessers zuschnappen. Dann fuchtelte er mit dem geschlossenen Messer vor Snabels Nase herum. »Diesmal drücke ich noch ein Auge zu«, äußerte er erhaben, »aber wenn ich Sie noch einmal erwische, wie Sie in meinem Garten rumschnüffeln, nehme ich die Sache selber in die Hand – da brauche ich dann gar keine Polizei!«

»Großvater, bitte!« Peter war der Wortwechsel ungemein peinlich.

»Hack nicht auf mir rum, Junge!«, drohte ihm Mr Peck. »Das kann ich nun mal nicht vertragen – nicht mal von meinem eigenen Fleisch und Blut!«

Mr Peck stakste energisch vom Gewächshaus weg. Die drei ??? kamen durch den Garten hinterher und Mr Castro bildete das Schlusslicht. Castro war erleichtert, sah aber ganz aufgelöst aus. »Manchmal ist es mir zuwider, hierher zu kommen.« Castro stöhnte. »Man kommt sich vor wie in einem Sperrgebiet feindlicher Mächte.«

»Dieses Scheusal!«, stieß Mr Peck hervor, als er wieder über die Hecke stieg und auf sein Haus zuging. »Wir müssten eine Eigentümervereinigung haben, wie es in manchen Wohnanlagen gehandhabt wird. Dann könnten wir abstimmen, wer ein Grundstück kaufen darf und wem das abgeschlagen wird.«

»Das wäre wohl gegen die Verfassung«, fand Mr Castro. »Und außerdem könnte man ja auch gegen Sie abstimmen!«

»Reden Sie keinen Unsinn!«, fuhr Mr Peck auf. »Und vertun Sie die Zeit nicht mit unnützem Gewäsch, Castro. Wollen Sie nun Schach spielen oder wollen Sie nicht?«

Mr Castro gab einen Laut von sich wie ein Topf, der überkocht, aber er folgte Mr Peck ins Haus. Mr Peck füllte nun endlich seinen Wasserkessel und setzte ihn auf den Herd. Dann gingen die beiden Männer ins Wohnzimmer, wo das Schachbrett schon aufgestellt war.

Auf dem Küchentisch stand ein Telefon. Peter wählte seine Nummer zu Hause. Er wollte seiner Mutter berichten, dass alles in Ordnung sei, zumindest vorläufig.

»Meinst du, wir könnten verhindern, dass es Ärger gibt, wenn wir ihn auf dieser Reise begleiten?«, fragte Peter Justus mit gedämpfter Stimme.

Dem Ersten Detektiv waren Zweifel anzumerken. Aber dann hellte sich sein Gesicht auf und er grinste. »Leicht dürfte es nicht sein«, meinte er, »aber dafür ganz gewiss nicht langweilig.« Diesen Fall unterschätzte Justus allerdings. Noch konnte er nicht ahnen, dass den drei ??? eines der haarsträubendsten Abenteuer ihrer Laufbahn bevorstand.

Das Abenteuer beginnt

In der Woche nach dem Streit um das gärtnerische Zubehör lud Mrs Shaw ihren Vater zum Abendessen ein. Sie trug ausschließlich Lieblingsgerichte von Mr Peck auf, bis hin zu einem köstlichen Schokoladenkuchen mit Schlagsahnekrönung. Als Mr Peck und die drei Shaws gegessen hatten, servierte Mrs Shaw noch Kaffee, und dann erwähnte sie ganz beiläufig, dass für Peter und seine Freunde eine Autofahrt von Küste zu Küste ungemein lehrreich sein würde. Sie meinte auch gleich, sie könne es bestimmt erreichen, dass die drei Jungen die letzten paar Tage vor dem offiziellen

Ferienbeginn freibekämen, falls Mr Peck sie auf seine Reise nach New York mitnehmen wollte. Mr Peck war sprachlos.

»Hör mal, Papa«, sagte Mrs Shaw. »Erinnerst du dich noch an die Reise, die wir in dem Jahr machten, als ich zehn war? Du und Mama und ich fuhren nach Carlsbad Caverns, zu den Höhlen, weißt du noch? Es war so wunderbar! Ich habe das niemals vergessen. Für Peter würde es genauso viel bedeuten, wenn er dich begleiten dürfte. Und wenn Justus und Bob noch mitkommen können, wäre Peter überhaupt keine Belastung für dich. Um die drei Jungen brauchst du dich nicht zu sorgen. Sie sind sehr vernünftig.«

Mr Peck rührte in seiner Kaffeetasse und sah seine Tochter forschend an. Sie kannte diesen Blick und sie fühlte sich durchschaut. Mrs Shaw spürte, wie sie rot wurde, und sie hantierte nervös mit ihrer Serviette.

»Du denkst, ich brauche Aufsicht«, meinte Mr Peck geradeheraus. »Ja, die Jungen sind vernünftig. Sie würden ausgezeichnete Aufpasser abgeben.«

»Papa, so ist es doch gar nicht. Nur weil du die ganze weite Strecke fahren willst und … und Kindern bietet sich nicht oft eine solche Gelegenheit … Also, es wäre doch schade …«

»… schade ums Benzin?«, ergänzte Mr Peck ironisch.

Er wandte sich an Mr Shaw, der sich vorsichtshalber noch nicht geäußert hatte. Mr Shaw diskutierte nicht gern mit Mr Peck. Nicht dass er immer den Kürzeren zog, wenn er mit seinem Schwiegervater eine Meinungsverschiedenheit hatte. Aber es endete immer damit, dass keiner von beiden siegreich aus dem Streit hervorging. Hier führten Meinungsverschiedenheiten nicht zum Friedensschluss, sondern höchstens zum Waffenstillstand. Stets drohte im Hintergrund eine neue Schlacht, die irgendwann auszufechten war.

Aber vor dieser Diskussion konnte sich Mr Shaw nun nicht drücken.

»Findest du auch, dass ich einen Aufpasser brauche?«, wollte Mr Peck von seinem Schwiegersohn wissen.

Mr Shaw holte tief Atem und beschloss, dem alten Herrn reinen Wein einzuschenken. »Normalerweise nicht«, sagte er. »Aber wenn ich hier alles liegen und stehen lassen muss, um nach Indiana oder Idaho zu fliegen, na weißt du, das wäre schon …«

»Nach Indiana oder Idaho fliegen – dass ich nicht lache!«, rief Mr Peck. »Wozu denn das? Etwa um mich aus dem Gefängnis zu holen? So wie ihr beide das hinstellt, bin ich in den letzten vierzig Jahren jeden Samstagabend hinter Gittern gelandet. Darf ich euch daran erinnern, dass man mich erst ein einziges Mal verhaftet hat – richtig verhaftet –, und das nur, weil ich mir von diesem Idioten vom Gartenamt meinen Baum nicht kaputtmachen lassen wollte. Seit damals tut ihr gerade so, als sei ich verrückt oder kriminell oder noch was Schlimmeres. Gut, ich werde euch meine Meinung sagen …«

Er hielt inne und warf Peter, der schweigend dagesessen und kaum zu atmen gewagt hatte, einen aufmunternden Blick zu. »Ich finde die Idee großartig, dass die Jungen mitkommen!«, verkündete Mr Peck. »Es ist eine lange Fahrt und ich brauche Unterhaltung. Da sind Jungen mir lieber als alte Knacker wie Castro oder Harry Jacobson. Castro schleppt auf Reisen immer ein extra Köfferchen für seine Medikamente mit. Und Jacobson ist in Rente gegangen, um die Versicherungsagentur los zu sein, aber nun redet er von nichts anderem als Versicherungen. Widerlich! Also, wenn Peter und seine Freunde von zu Hause und von der Schule die Erlaubnis bekommen, wäre das eine feine Sache. Und da es ja nur noch zwei Wochen bis zum Ferienbeginn sind, werde ich meine Reise bis dahin verschieben. Wenn wir Anfang Juni losfahren, können wir die weite Strecke übers Flachland bewältigen, ehe die große Hitze kommt, und vielleicht können wir durch Kanada zurückfahren. Na, wie würde dir das gefallen, Peter?«

Peter sprang auf. »Toll!«, rief er. »Na und ob!«

Er flitzte ans Telefon, um seine Freunde Bob und Justus anzurufen.

Für Bob war es leicht, seine Eltern zu der Erlaubnis zu bewegen. Sie hatten volles Vertrauen in die Reife der drei ??? – besonders was Justus anging – und gönnten Bob von Herzen die großartige Gelegenheit, Amerika kennen zu lernen. Bob ließ sich dann bei der Stadtbibliothek von Rocky Beach, wo er als Aushilfe beschäftigt war, Urlaub geben.

Justus wohnte seit dem frühen Tod seiner Eltern bei seiner Tante Mathilda und seinem Onkel Titus, den Eigentümern der Firma »Gebrauchtwaren-Center T. Jonas«. Tante Mathilda und Onkel Titus zögerten nur kurz, ehe sie Justus die Erlaubnis zu der Reise gaben. Justus legte ihnen überzeugend dar, eine Reise quer durch den Kontinent und zurück sei doch ein Abenteuer, wie man es nur einmal erlebte. »Große Erfahrungen prägen den Charakter«, erklärte Justus würdevoll, »und es wird eine große Erfahrung sein.«

»Dein Charakter ist schon genug geprägt«, meinte Tante Mathilda.

Aber sie ging dann doch auf den Speicher, holte einen Schlafsack herunter und legte ihn zum Lüften auf dem Rasen aus. Justus folgte ihr wie ein Schatten.

»Das heißt, ich kann mitfahren?«, fragte er.

»Tja, wie wohl das Wetter im Juni in Minnesota ist?«, meinte Tante Mathilda.

»Wunderbar!«, rief Onkel Titus.

Justus strahlte. »Ich verspreche, dass ich noch die Inventur auf dem Schrottplatz fertig mache, ehe wir fahren.«

»Am liebsten würde ich mitfahren«, sagte Onkel Titus bedauernd.

Er war in jüngeren Jahren Dampforgelspieler bei einem Wanderzirkus gewesen. Manchmal träumte er noch von dem aufregenden Zirkusleben und den Reisen über Land.

»Jemand muss ja zu Hause bleiben und sich ums Geschäft kümmern«, hielt ihm Tante Mathilda mit einem Lächeln vor.

An den kühlen Frühlingsnachmittagen und den länger werdenden Abenden arbeitete Justus schwer, um die Inventur zu Ende zu bringen.

So verging die Zeit und endlich kam der letzte Schultag. Nun begannen die drei ??? fieberhaft, zu packen und Abschied zu nehmen. An einem nebligen Junimorgen setzte Mr Shaw die Jungen und ihr Gepäck in Mr Pecks Vorgarten ab. Schlafsäcke hatten die Jungen allerdings nicht dabei – Peters Großvater hatte entschieden gegen das Kampieren im Freien gestimmt. »Zum Pfadfinderspielen bin ich zu alt«, erklärte er. »Das ist vielleicht das letzte große Abenteuer meines Lebensherbstes und da möchte ich stilvoll reisen. Wir übernachten in Hotels und Motels und wir machen es uns richtig bequem auf unserer langen Fahrt.«

Schließlich waren die drei Jungen samt Reisegepäck sicher in Mr Pecks bejahrtem, aber robustem Buick verstaut. Und dann ging es los. Peter blickte noch einmal zurück, um seinem Vater zu winken, ehe sie um die Ecke bogen, und auch Justus drehte sich um. Beide Jungen sahen, wie eine untersetzte Gestalt verstohlen um die Ecke von Mr Pecks Haus kam, dort halb verborgen im Gebüsch stehen blieb und dem wegfahrenden Auto nachsah. Es war Edgar Snabel.

»Der hat's ja ganz schön eilig, wieder mal bei Opas Haus herumzuschnüffeln, wie?«, murmelte Peter.

»Was hast du gesagt, Peter?«, rief sein Großvater vom Fahrersitz.

»Nichts, Opa.« Peter tat ganz unschuldig. »Ich fragte mich nur, ob wir in diesem fantastischen Lokal in Santa Barbara die erste Rast einlegen könnten. Du weißt doch, wo man im Freien essen kann?«

»Recht hast du«, stimmte Mr Peck zu. »Ich bin auch schon hungrig. Komisch, dass das Frühstück kaum vorhält, wenn man so früh aufsteht. Habe ich heute überhaupt gefrühstückt? Ich weiß es nicht mehr.«

Glänzender Laune steuerte Mr Peck seinen Wagen zur Pazifik-Küstenautobahn und Justus grinste. Das erste kleine Hindernis war umgangen. Die Reise würde vielleicht doch ganz friedlich verlaufen.

Doch im Innersten glaubte Justus nicht so recht daran. Dafür kannte er den eigensinnigen, erregbaren Mr Peck zu gut. Auf dieser Reise, mit ihm am Lenkrad, war alles offen – und alles möglich.

Der Mann im Nebel

Das zweite Frühstück in Santa Barbara war ein Festmahl. Die drei ??? und Mr Peck speisten an einem Gartentisch vor einem Haus, das noch aus den Tagen stammte, als Kalifornien spanische Kolonie war. Die Sonne war durchgekommen und der Nebel hatte sich verzogen. Die Luft war klar und frisch.

»Herrlich!«, rief Mr Peck. »Und es wird immer besser. Ihr werdet schon sehen!«

In schneller Fahrt ging es nach Norden, manchmal parallel zur Brandung und zum Strand, dann wieder oben auf der Steilküste entlang, sodass sie das Meer tief unter sich sahen. Kurz hinter Gaviota fuhren sie durch einen Tunnel und danach hatte sich die Landschaft ganz verändert. Statt der Küste sahen sie nun Vieh auf der Weide. Die Wiesen waren noch grün nach den winterlichen Regenfällen und blühender Senf sprenkelte das Grün mit Gold. Hier und da hüpften Kälber an den Hängen umher und Fohlen sprangen über die Koppeln.

Am frühen Nachmittag bekamen sie das Meer wieder zu Gesicht.

»Pismo Beach!«, verkündete Mr Peck. »Als ich jung war, Peter, ehe deine Mutter zur Welt kam, fuhren deine Großmutter und ich oft am Wochenende hierher nach Pismo und gruben Muscheln aus. Seit Jahren hab ich das nicht mehr getan. Muscheln sind wohl jetzt nicht mehr so aufregend für mich. Aber es wäre doch ein Spaß, zum Strand hinunterzufahren.«

»Sie wollen mit dem Auto auf dem Sand fahren?«, fragte Bob. »Kann man das hier?«

»Bei Pismo geht das«, sagte Mr Peck. »Mal sehen, ob wir die Stelle wieder finden.«

Er fuhr von der Autobahn ab, kurvte in Seitenstraßen und Sackgassen herum, aber schließlich kam er zu einer Rampe, die vom Ende der asphaltierten Straße auf die steinharte Sandfläche am Ufer führte.

»Und wir werden nicht stecken bleiben?«, wollte Peter wissen. Manchmal misstraute er den Unternehmungen seines Großvaters. »Ist das sicher?«

»Ganz sicher«, beruhigte ihn Mr Peck. »Sieh mal da rüber.«

Er zeigte auf einen Volkswagen, der dicht vor der Wasserlinie über den Strand flitzte. Hin und wieder rollte eine Welle näher heran, und das kleine Auto schoss durch die Brandung, sodass Wasserfontänen hoch aufspritzten.

»Toll!« Peter war begeistert. »Aber Volkswagen sind ja auch wasserdicht, sagt man. Wenn der Buick das nun nicht durchhält?«

»Du bist ein Angsthase«, meinte sein Großvater.

Peter seufzte. Er wusste, dass er sich oftmals unnötig sorgte, aber wie war das mit Mr Peck als Großvater zu ändern?

Der Buick nahm die Rampe und rollte dann sacht auf den Strand. Landeinwärts hatte sich wieder Nebel ausgebreitet. »Hier gibt es oft Nebel, eigenartig«, sagte Mr Peck. Er hielt, zog die Handbremse an und wandte sich zu den Jungen.

»Ich muss mir ein wenig die Beine vertreten. Hat jemand Lust auf einen Spaziergang?«

»Und ob«, sagte Peter.

Alle vier Türen sprangen gleichzeitig auf. Die Jungen stiegen aus. Mr Peck schloss den Wagen ab und dann wanderten sie über den Strand. Nach wenigen Minuten kamen sie durch die kleine Stadt Pismo Beach, eigentlich nicht mehr als eine Gruppe dicht beieinander stehender Häuser, die sich vor einer Deichmauer drängten. Am anderen Ende des Orts ragten Klippen auf, die von Hotels und Motels gekrönt waren.

Der Nebel kam nun näher, hüllte die Spaziergänger allmählich ein und entzog ihnen die Sicht auf den vor ihnen liegenden Strand. Ringsum war es bedrückend still, wie immer bei Nebel. Die Jungen wussten, dass die Autobahn auf der Höhe gleich hinter den Hotels vorbeiführte, aber die Verkehrsgeräusche konnten sie nicht mehr hören.

Erst waren sie ganz allein an dem Strand, dann kam aus der Einöde eine Gestalt mit schnellem Schritt auf sie zu. Plötzlich wurde der Nebel wieder ganz dicht und der einsame Spaziergänger tauchte darin unter. Die Welt war nur noch eine graue, kalte Leere.

Justus spürte eine Vorahnung, ein Gefühl, dass im Nebel etwas Bedrohliches lauerte – etwas, das sie packen und fortschleppen könnte und jeden Hilferuf ersticken würde.

Er erschauerte. Es war nichts, das wusste er. Es gab hier keine Bedrohung, nur harmlosen Nebel, der die Sonne verdeckte und den Strand feuchtkalt und abweisend erscheinen ließ.

»Sind wir nicht weit genug gegangen, Mr Peck?«, erkundigte sich Bob. Er schritt vor Justus und hatte ein wenig zugelegt, um mit Peter mitzuhalten, der größer und sportlicher war. Bob sah nach rechts, wo Mr Peck eben noch gegangen war. Doch Mr Peck war nirgends zu sehen.

Peter blieb stehen. »Opa!«, rief er. »Hallo, wo bist du denn?«

Es kam keine Antwort.

»Mr Peck?«, rief nun auch Justus.

Sie warteten kurz, dann meinte Justus, es gäbe keinen Grund zur Sorge. Justus sprach mit voller Überzeugung, aber auch in ihm kam nun Angst auf, während er versuchte, Peter zu beruhigen. Wo war Mr Peck? Er konnte ja nicht einfach im Nebel verschwinden – oder etwa doch?

»Am besten bleiben wir dicht beisammen«, schlug Peter vor. Neben Bob war er kaum mehr als ein undeutlicher Umriss. Er fasste den kleineren Jungen an der Schulter, als wolle er damit verhindern, dass Bob in der Düsternis verschwand.

»Mr Peck?«, rief Bob.

»Großvater, wo bist du?« Peters Stimme klang jetzt beschwörend.

»Still!«, sagte da die vertraute, bärbeißige Stimme.

Eine jähe Windbö riss einen Augenblick lang den Nebel auf. Nun sahen die drei ??? Mr Peck. Er hatte sich am Fuß eines Felsens neben einen Steinklotz hingekauert und er schien angespannt etwas zu beobachten.

»Opa, was ist denn los?«, flüsterte Peter.

Der alte Herr bedeutete ihm wortlos zu schweigen.

»Aha! Hatte ich mir's doch gedacht!«, knurrte Mr Peck schließlich. Es klang, als sei er bis aufs Äußerste gereizt.

Der einsame Wanderer, den die Jungen am Strand gesehen hatten, hatte sich inzwischen genähert – und nun war er da. Er schritt vorsichtig aus und manchmal stolperte er im Nebel und schlenkerte mit den Armen.

»Halunke!«, schrie Mr Peck. Er sprang mit einem großen Satz hinter dem Stein hervor und stürzte sich auf die schattenhafte Gestalt.

Der Mann wich taumelnd zurück und stieß einen erstickten Schrei aus.

»Wie können Sie es wagen?«, brüllte Mr Peck. Er packte den Mann vorn am Hemd. »Was unterstehen Sie sich, mir hierher zu folgen?«

»Loslassen! Sie sind ja total übergeschnappt!« Die Stimme des anderen kippte über.

»Ach du Schreck!«, entfuhr es Peter.

»Peck, Sie verrückter alter Trottel!«, schrie der Mann. »Lassen Sie mich los oder ich drehe Ihnen Ihren dürren Hals um!«

Die Stimme klang fürchterlich vertraut. Es war Ed Snabel, Mr Pecks verhasster Nachbar.

Mr Peck gab seinen Erzfeind nicht frei. Stattdessen schüttelte er den Mann tüchtig durch. »Sie heuchlerischer Schnüffler!«, tobte er. »Ich weiß, was Sie vorhaben. Sie wissen Bescheid über meine neueste Erfindung, jawohl, weil Sie herumschleichen, wenn anständige Leute im Bett liegen! Nicht genug, dass Sie mir Sachen aus meinem Garten klauen. Sie wollen sich auch meine Ideen unter den Nagel reißen! Nur weil Sie selber ein Spatzenhirn haben …«

Der Mann riss sich los und trat stolpernd ein paar Schritte zurück.

»Sie Wahnsinniger!«, rief Snabel. Dann brüllte er aus vollem Hals: »Polizei! Hilfe! Mörder!«

»Mr Snabel, bitte!« Peter trat energisch zwischen seinen Großvater und Snabel und legte diesem die Hand auf den Arm. »Bitte, mein Großvater hat das nicht so gemeint. Er ist ein wenig …«

»Willst du wohl still sein!«, rief Ben Peck wütend. »Da gibt es nichts zu entschuldigen! Ich habe mich deutlich ausgedrückt. Ich weiß, was dieser schleimige Kriecher treibt, und diesmal kommt er mir nicht ungeschoren davon. Ich werde ihn hinter Gitter bringen, genau das werde ich tun!«

Wieder versuchte Mr Peck, Snabel zu packen. Diesmal setzte sich Snabel nicht lautstark zur Wehr. Wie erstarrt wich er zurück, die Augen auf Mr Peck gerichtet.

»Spion!«, höhnte Mr Peck. »Schnüffler! Betrüger! Wieso sind Sie eigentlich nicht bei der Arbeit an einem gewöhnlichen Donnerstag, na? Weil Sie denken, woanders gibt es was zu holen, wie?«

Snabel machte kehrt und lief geduckt den Strand entlang.

»Die Wahrheit tut weh, wie?«, rief ihm Mr Peck nach.

Aber Ed Snabel war schon verschwunden, aufgeschluckt vom Nebel, sicher vor dem schrecklichen alten Kerl, der sich noch immer nicht beruhigen konnte.

»Nicht zu fassen!«, schnaubte Ben Peck. »Eine Beleidigung! Wenn er mir noch mal so kommt, mache ich ihn fertig, aber gründlich!«

Peter spürte, dass er zitterte. Es war ein Albtraum und sein Großvater war wahnsinnig – absolut verrückt. Er war gemeingefährlich. Er würde mit seiner Reise Schiffbruch erleiden, noch ehe sie nach San Francisco kämen. Er würde in einer der Städte längs der Küste im Gefängnis landen. Oder vielleicht würden Justus und Bob finden, dass sie sich mit ihrer Aufgabe übernommen hatten, und mitsamt ihren Siebensachen den nächsten Greyhound-Bus zurück nach Rocky Beach nehmen. »Großvater«, fing Peter schließlich an, »warum glaubst du, Mr Snabel sei uns hierher gefolgt? Ich finde das irgendwie absurd. Niemand kann ihm verbieten, auch einen Ausflug zu machen, oder? Vielleicht hat er hier in Pismo Beach Freunde und wollte sie besuchen.«

»Unsinn!«, fuhr Mr Peck auf. »Snabel hat gar keine Freunde. Dem könnte man einen Freund in Geschenkpackung zuschicken, und er wüsste nicht, was das überhaupt ist. Wetten, dass wir den nicht zum letzten Mal gesehen haben? Aber das, was er von mir haben will, wird er nicht bekommen. Nur über meine Leiche!«

»Was will er denn von Ihnen haben, Mr Peck?«, fragte Justus. Seine Worte hörten sich so an, als ließe er sich gern überzeugen, und das nahm Mr Peck den Wind aus den Segeln. »Er will mein Gedankengut stehlen«, sagte Peck.

»Die Erfindung?«, fragte Peter. »Die du diesen Leuten in New York vorführen willst?«

»Na klar. Und sag das nicht so, als wäre ich irgendein Spinner. Die Sache ist eine bedeutsame Neuerung. Sie könnte eine revolutionäre Entwicklung für den ganzen … ganzen …«

Er brach plötzlich ab. »Nein«, sagte er. »In eurem eigenen Interesse ist es besser, das nicht näher zu erläutern. Snabel ist vielleicht nicht der Einzige, der scharf darauf ist. Und wir machen uns lieber wieder auf den Weg, wenn wir noch vor Abend nach Monterey kommen wollen.«

Er schlenderte den Strand entlang, mit einem Mal so ruhig und unbekümmert, als sei überhaupt nichts geschehen. Die drei ??? folgten ihm langsam und keiner von ihnen wurde aus dem alten Herrn schlau. Sie waren erst am Anfang einer weiten Reise. Mindestens einen Monat lang würden sie unterwegs sein, möglicherweise noch länger. War Peters Großvater nur ein launischer Exzentriker, oder machten sie diese Überlandfahrt mit einem Mann, der tatsächlich den Verstand verloren hatte?

??? *Schwer zu sagen, ob Mr Peck mit seinen Anschuldigungen gegen seinen Nachbarn im Recht ist. Wir wissen auch noch nicht, ob Snabel zufällig oder mit Absicht in Pismo Beach aufgetaucht ist. Jedenfalls gibt es zu denken, dass er bei den schlimmsten Schimpfworten von Mr Peck – Spion, Betrüger – nicht in Wut geriet, so wie man es normalerweise erwarten würde, wenn zwei sich streiten …*

Hier ist doch etwas faul

»Auf dieser Reise«, tat Mr Peck kund, »will ich jedes Mal ein Einzelzimmer für mich haben. Jungen haben immerfort Sonderwünsche, mal etwas zu trinken, mal ein Käsebrot um drei Uhr früh. In meinem Alter lässt man sich durch solche Extratouren nicht gern im Schlaf stören.«

Folglich buchte Mr Peck ein Einzelzimmer und ein Dreibettzimmer in einem Motel, einige Straßenzüge hinter den Kaianlagen in Monterey, Fisherman's Wharf genannt. Später lud er die Jungen zu einem köstlichen Fischessen in eines der Restaurants auf der Cannery Row ein. In glänzender Laune entwarf er ein Bild von Monterey und Kalifornien zur Zeit der Spanier.

Die Begegnung mit Snabel schien weit zurückzuliegen und war überhaupt nicht mehr wichtig. Allem Anschein nach hatte sie Mr Peck aus seinem Bewusstsein verdrängt.

An diesem Abend gingen die drei ??? früh zu Bett. Schon bald machten sie sich klar, dass Mr Peck mit der Zimmerbelegung die richtige Entscheidung getroffen hatte, nur war die Sachlage genau umgekehrt. Hätte er mit einem von ihnen in einem Raum geschlafen, so hätte *der* die ganze Nacht kein Auge zugetan. Peters Großvater schnarchte nämlich mit solcher Lautstärke, dass die Wand zwischen den beiden Zimmern vibrierte.

»Er hat verengte Nebenhöhlen«, mutmaßte Bob.

»Das bestreitet Mama«, entgegnete Peter. »Sie sieht es so, dass er sich aus Prinzip bemerkbar machen will, auch wenn er schläft.«

Aber dank der Trennwand zwischen ihnen und dem alten Herrn störte das Schnarchen die Jungen bald nicht mehr so sehr. Sie schliefen trotzdem ein und wachten erst auf, als die Morgensonne durch den Spalt zwischen den Vorhängen schien.

Mr Peck war schon auf. Sie konnten hören, wie er duschte. Zu Wasserrauschen und Gespritze sang er laut, und nun mussten sie sich beeilen, um fertig zu werden, bis er dann an ihre Tür klopfte.

Zum Frühstück gab es Würstchen und Waffeln und einen Krug Orangensaft in einer Gaststätte beim Kai. Justus war morgens immer recht wortkarg. Unerschütterlich und stetig futterte er und schaute dabei zum Fenster auf die Bucht hinaus. Und da erkannte er plötzlich einen der Vorübergehenden! Der Mann überquerte gerade die Straße vor dem Restaurant. Justus zuckte unwillkürlich zusammen. Dann richtete er den Blick wieder auf seinen Teller und wischte sorgfältig einen Klecks Saft mit einem Stück Waffel auf.

Peter saß Justus gegenüber, neben seinem Großvater. Es war ihm nicht entgangen, wie Justus zusammengezuckt war und den Gesichtsausdruck gewechselt hatte, und er setzte zu einer Frage an. Justus runzelte die Stirn und schüttelte fast unmerklich den Kopf und Peter machte den Mund wieder zu.

»Hast du genug, Justus?«, fragte Mr Peck.

»Ja, vielen Dank, Mr Peck. Es war sehr gut.«

»Es war prima!«, bestätigte auch Bob.

Mr Peck schob seinen Stuhl zurück und ging zur Kasse, um zu bezahlen.

»Was ist denn, Justus?« Peter beugte sich vor. »Du hast vorhin so … so eigenartig ausgesehen.«

»Snabel ist hier«, sagte Justus.

Peter sah zum Fenster hin. »Hier? Wirklich?«

»Er ist hier vorübergegangen und dann zur Cannery Row«, berichtete Justus.

Mr Peck kam noch einmal an den Tisch, um ein Trinkgeld zu hinterlassen.

»Wollt ihr euch nicht kurz auf dem Kai umschauen?«, regte er an. »Und dann sollten wir weiterfahren. Bis zum Abend würde ich gern San Francisco hinter mich bringen – ja, vielleicht noch bis Santa Rosa fahren. Dann können wir morgen einen Tag im Sequoia-Nationalpark mit den prächtigen Mammutbäumen verbringen.«

Die drei Jungen folgten Mr Peck ins Freie und über die Straße. Bob hatte seine Kamera bei sich und wollte ein paar Aufnahmen von der Bucht machen. Er ging voran bis ans Ende der Kaimauer, denn dort bot sich ein eindrucksvoller Ausblick auf die an der Anlegestelle vertäuten Boote und auf die Jachten, die über die Bucht zum offenen Meer segelten.

Es war noch früh am Tag, aber auf dem Fisherman's Wharf herrschte reger Betrieb. Touristen drängten sich vor und in den Läden, wo es Muscheln und importierten Kitsch als Souvenirs zu kaufen gab. Bob knipste seine Bilder und Peter schaute den über dem Wasser kreisenden Möwen zu. Mr Peck betrachtete die Auslage eines Muschelladens.

Dann streifte Mr Pecks Blick über den Pier zur Straße vor und er erstarrte förmlich. »Dieses Ekel!«, rief er.

Justus brauchte gar nicht hinzusehen. Es war Snabel, das stand fest. Ein zweites Mal war er aufgetaucht und Mr Pecks gute Laune war im Nu verflogen. Nun hatte er wieder eine Mordswut.

»Hör mal, Opa«, meinte Peter. »Mach dir nichts draus, ja? Wir sind in einem freien Land. Und der Bursche hat das Recht, hierher zu kommen, wenn ihm danach ist.«

Mr Peck schnaufte erbittert. »Na schön. Aber dann weigere ich mich, jetzt ebenfalls hier zu sein!«

Flugs trat Mr Peck in den Andenkenladen und duckte sich hinter die große Abalone-Muschel, die im Schaufenster ausgestellt war. Außer seinem weißen Haar konnten die Jungen nichts mehr von ihm sehen.

Snabel kam auf dem Kai heran, völlig ruhig und ohne zu ahnen, dass er beobachtet wurde. Er trug eine Fototasche über der Schulter und den Apparat hatte er in der Hand. Es war eine Canon II, das gleiche Modell wie Bobs Kamera. Wie Bob war auch Snabel offenbar auf der Suche nach eindrucksvollen Motiven. Er war an diesem Morgen der typische Tourist, mit offenem Hemdkragen und steifen neuen Jeans. Dazu trug er weiße Freizeitschuhe – ebenfalls neu – und einen irgendwo unterwegs aufgegabelten, breitrandigen Strohhut, der sein Gesicht beschattete.

Peter zögerte. Sollte er Snabel einen warnenden Hinweis geben, dass sein Großvater jeden Augenblick wieder zuschlagen könnte? Aber das würde Mr Peck als Verrat betrachten. Peter war unschlüssig. Auf keinen Fall wollte er noch einmal Zeuge einer Auseinandersetzung zwischen den beiden Männern sein; andererseits wollte er sich auch nicht den Zorn seines Großvaters zuziehen.

Schließlich wandte Peter sich ab und schaute auf die Bucht hinaus. Justus tat es ihm nach. Und Bob ging ein paar Schritte den Pier entlang zu einer Bank. Dort setzte er sich hin, blickte über die Bucht und tat so, als sehe er Snabel gar nicht.

Snabel kam mit seiner Kamera daher. Er blieb so dicht neben Peter stehen, dass sich ihre Schultern fast berührten. Aber Snabel bemerkte die Jungen gar nicht. Er schaute in die Richtung zurück, aus der er gekommen war, und sah dann auf die Uhr, als erwarte er jemanden.

Nach etwa zwei Minuten näherten sich Schritte.

»Na, Snabel?«, fragte eine Männerstimme.

In den hingeworfenen Worten lagen Erheiterung und eine Spur Verachtung. Justus wandte den Kopf und sah sich den Ankömmling an. Es war ein Mann um die vierzig mit glattem dunklem Haar. Auch die Haut war glatt. Er trug eine seidene Hose und ein weiches Hemd, das elegant und teuer wirkte. Eine Sonnenbrille verdeckte einen großen Teil seines Gesichts, aber Justus sah eine kühne, schmale Nase und dünne Lippen, die sich zu einem amüsierten kleinen Lächeln verzogen hatten. Die kleinen Ohren lagen dicht am Kopf an. Der Mann hatte etwas Blasiertes an sich, als sei er gewohnt, immer nur das Beste zu bekommen. Neben dem Chic dieses aalglatten Burschen wirkte der untersetzte Snabel steif und linkisch in den nagelneuen Jeans und den blendend weißen Schuhen.

»Ich habe es mitgebracht«, sagte Snabel.

Der Neuankömmling sah zu Justus hinüber.

Justus wandte sich ab und ließ den Blick scheinbar unbeteiligt über die Bucht schweifen.

»Hier herüber«, sagte der Mann zu Snabel. Er ging ein paar Schritte den Pier entlang und Snabel lief gehorsam und beflissen mit.

Wieder spähte Justus zu den beiden Männern hin. Die beiden waren jetzt ganz in Bobs Nähe. Snabel war offensichtlich bemüht, sich einen saloppen Anstrich zu geben. Er stellte einen Fuß auf das Ende der Bank, auf der Bob saß, und ließ seine Kamera vom Tragegurt baumeln. Und plötzlich fiel sein Blick auf Bob, der erfolglos versuchte, in den Erdboden zu versinken.

»Teufel noch mal!«, sagte Snabel. Er bückte sich und starrte Bob direkt ins Gesicht. Justus sah deutlich, wie Snabel blass wurde. Er richtete sich auf und schaute sich um und nun bemerkte er auch Peter und Justus. Und die weißen Haare über der Abalone-Muschel! Und nun erhob sich Mr Peck in vernichtender Empörung und die blauen Augen blitzten vor Zorn. Snabel wurde totenbleich.

»Es geht wieder los«, murmelte Peter. Er ging auf Snabel zu, weil er sich zwischen ihn und den Andenkenladen stellen wollte, aber er kam zu spät. Mit purpurrotem Gesicht stürzte Mr Peck aus dem Laden. Die Fäuste hatte er geballt, als wolle er Snabel auf der Stelle windelweich prügeln.

Snabel legte hastig seine Kamera auf der Bank ab und nahm die Hände hoch. Erst dachten die Jungen, er wolle losschlagen. Aber das tat er nicht. Stattdessen trat er ein paar Schritte zurück und hielt die Hände zur Abwehr vors Gesicht.

Der elegante Herr in der seidenen Hose war plötzlich wie vom Erdboden verschwunden.

»Ha!«, rief Ben Peck. Wieder packte er Snabel vorn am Hemd. »Das haben Sie wohl nicht gedacht, dass ich Sie schon so bald wieder erwische, was? Aber ich weiß genau, was Sie vorhaben, Snabel, und das werde ich zu verhindern wissen. Kapieren Sie doch endlich! Lassen Sie die Finger davon, Mann, solange es noch nicht zu spät ist!«

Snabel fuhr sich mit der Zunge über die Lippen. Er setzte zum Sprechen an, brachte aber nur gurgelnde Laute heraus. Dann hustete er.

Merkwürdigerweise versuchte er nicht, Mr Peck von sich zu stoßen. Er versuchte auch nicht, auszuweichen oder zuzuschlagen und wegzulaufen. Er starrte Mr Peck nur an. Sein Gesicht war gespenstisch bleich.

Mr Peck ließ Snabels Hemd los, dann klopfte er überlegen an Snabels Brust wie an eine Tür. »Lassen Sie sich eines gesagt sein: Verschwinden Sie jetzt, sonst werden Sie es Ihr Leben lang bereuen.«

Höchst zufrieden mit der Wirkung seiner Maßnahme wandte sich Mr Peck erheitert an die Jungen. »Fahren wir weiter«, sagte er. »Die Gegend hier ist neuerdings doch nicht mehr so reizvoll.«

Peter merkte, dass er den Atem angehalten hatte. Nun holte er tief Luft. Bob nahm seine Kamera von der Bank.

Die drei ??? folgten Mr Peck den Kai entlang und

hinüber zum Parkplatz, wo sie den Buick abgestellt hatten. Mr Peck kicherte, als er den Wagen aufschloss und einstieg, und als sie langsam in die Straße einfuhren und sich zur Autobahn einordneten, lachte er lauthals.

Jemand rief ihnen etwas nach. Es war Snabel. Er kam hinter dem Auto hergelaufen, in einer Hand den Strohhut und in der anderen die Kamera.

»Warten Sie!«, brüllte er. »Peck! Nur einen Augenblick!«

Mr Peck trat forsch aufs Gaspedal und der Wagen schoss los. »Opa, worum ging es da überhaupt?«, wollte Peter wissen.

»Na, was denkst denn du?«, gab sein Großvater zurück. »Dieser elende Schmarotzer! Erst will er bei mir einbrechen, und nun spioniert er uns nach, weil er glaubt, ich habe meine Aufzeichnungen und mein Demonstrationsmodell bei mir. Er will meine Erfindung an sich bringen und sie selbst verwerten. Da hat er sich aber geschnitten! Der landet eher im Gefängnis, als dass er mir mein Eigentum abnimmt!«

»Du wirst ihn noch mit einem Herzanfall ins Krankenhaus bringen, wenn du das noch einmal machst«, warnte ihn Peter. »Er war ja zu Tode geängstigt. Opa, wenn du es so weitertreibst, landest du selber hinter Gittern. Und Mama wird uns die Hölle heiß machen!«

??? *Ich stelle euch an diesem Punkt einige Fragen:*

1. *Hat Snabel am Kai fotografiert?*
2. *Was könnte dahinter stecken, dass Snabels eleganter Bekannter urplötzlich verschwand, als die beiden Erzfeinde sich in die Haare gerieten?*
3. *Wieder reagiert Snabel eher betroffen als zornig auf Pecks Beschimpfungen. Was mag das signalisieren?*

Peter macht eine haarsträubende Entdeckung

»Opa ist einfach ein feiner Kerl!«, stellte Peter fest. »Wer sonst würde mit drei Musterknaben wie uns quer durchs ganze Land kutschieren? Und dabei scheint es ihm noch Spaß zu machen. Nur wenn er seinen Rappel kriegt … dann gute Nacht!« Justus nickte. Er kannte Mr Peck seit Jahren, aber er war noch nie so intensiv mit ihm zusammen gewesen. Was er so unternahm, war für Justus manchmal ein Schock, manchmal ein Rätsel. Der Erste Detektiv ließ sich ansonsten von Erwachsenen nicht oft ins Bockshorn jagen, aber Mr Peck war eine Klasse für sich. Justus war inzwischen sicher, dass es noch viel mehr Schwierigkeiten geben würde, ehe die Reise zu Ende war – handfeste Scherereien!

Es war halb zwei Uhr nachmittags. Justus und Peter lehnten an der Stoßstange des Buick und beobachteten Mr Peck. Er und Bob waren ein Stück den grasbewachsenen Hang hinaufgestiegen und Bob fotografierte voll Eifer. Mr Peck schaute glückselig auf die Bucht von San Francisco und die Golden Gate Bridge hinunter. Er war prächtiger Laune. Peter hoffte, dass die Hochstimmung vorhalten würde.

Mr Pecks Empörung am Vortag war tatsächlich von kurzer Dauer gewesen. Er hatte nur noch geknurrt und gegrollt, bis sie auf der Autobahn 101 waren. Dann waren die Gedanken an Snabel wie Nebel vor der Sonne zergangen und Mr Peck hatte sogar ein Liedchen gepfiffen. Sie waren nach Norden gefahren und hatten in San Francisco Halt gemacht, um zu essen und ein paar Souvenirs zu kaufen. Beim Mittagessen hatte Mr Peck den Jungen von dem großen Erdbeben in San Francisco im Jahre 1906 erzählt.

»Die Stadt ist damals fast ganz abgebrannt, nicht wahr?«, fragte Justus.

Mr Peck nickte. »Die Gas- und Wasserleitungen wurden durch das Erdbeben zerstört, und als das Gas sich entzündete, gab es kein Löschwasser.«

Dann sah er auf die Uhr und verkündete, es sei Zeit zum Weiterfahren.

Kurz nach zwei Uhr überquerten sie die Golden Gate Bridge. Bei Sausalito fuhren sie von der Autobahn ab und in die Berge, und dort hielten sie an, damit Bob noch mehr Fotos machen konnte. Während dieses Aufenthalts, gegen halb drei, entdeckte Bob, dass er den Film in seiner Kamera verknipst hatte. »Das ist ja eigenartig«, meinte Bob. »Ich hätte schwören können, dass ich auf diesem Film noch eine ganze Menge Aufnahmen hatte.« Er trabte hangabwärts, holte seine Fototasche vom Rücksitz des Wagens und legte einen neuen Film ein. Dann machte er noch ein paar Bilder.

Sie fuhren zurück zur Autobahn, dann weiter nach Norden durch die schöne Landschaft. Unterdessen zog die Sonne nach Westen.

Zum Abendessen machten sie in Santa Rosa Halt und Mr Peck nahm in einem Motel zwei Zimmer mit Verbindungstür. Mr Peck meinte scherzend, er müsse die Jungen besser unter Kontrolle halten.

»Auf dieser Reise wird ja jeder ständig von den anderen beobachtet«, bemerkte Peter. Er war wieder recht düsterer Stimmung, aber das gab sich bald. Sein Großvater schlug vor, noch ins Schwimmbecken beim Motel zu gehen, und da heiterte sich sein Gemüt wieder auf. Das Essen im Restaurant machte ihm noch mehr Spaß, und im Zimmer fühlte er sich dann wohlig müde, während er mit Bob und Justus noch vor dem Fernseher saß.

Peter wollte sich am Automaten unten beim Schwimmbecken noch eine Limonade holen. Auf dem Weg zur Tür sah er aus dem Fenster. Und da vergaß Peter glatt seine Limonade.

Das Zimmer der drei Jungen lag im Obergeschoss,

mit Blick auf den Parkplatz. Peter sah unten auf dem Asphalt Reihen von Autos. Da stand der Buick, fast unmittelbar unter dem Balkon ihres Zimmers, und neben dem Buick war ein blitzblanker neuer Lincoln geparkt.

Aus dem Lincoln stieg gerade Edgar Snabel.

Peter blieb die Luft weg. Einen Augenblick war er starr, erschrocken und wie gelähmt. Dann drehte er sich um und sagte: »Justus, Bob, kommt mal eben.«

Im Nu waren die beiden anderen an Peters Seite. Durchs Fenster konnten sie sehen, wie Snabel langsam um Mr Pecks Wagen herumging. Er bückte sich und schaute durchs Seitenfenster ins Innere. Nun ging er zum Heck und versuchte, den Kofferraumdeckel zu heben, dies allerdings vergeblich. Und dann sah er zurück zum Büro des Motels und zu den oberen Fenstern hinauf.

Blitzschnell traten die drei Jungen zurück.

Snabel runzelte die Stirn, stieg dann in den Lincoln und fuhr weg.

Erst waren alle sprachlos.

»Vielleicht trifft der Verdacht deines Großvaters zu«, sagte Justus schließlich. »Vielleicht hat Snabel tatsächlich vor, ihm sein geistiges Eigentum zu stehlen.«

Peter schüttelte den Kopf. »Du, das weiß ich tatsächlich nicht. Für mich stand fest, dass das nur eine von Opas verrückten Ideen war. Aber vielleicht ist er doch kein Spinner. Oder er ist wirklich wahnsinnig und Snabel desgleichen. Na ... jedenfalls wollen wir

Opa nicht auf die Nase binden, dass wir Snabel wieder gesehen haben. Sonst läuft er schnurstracks aufs nächste Polizeirevier und beantragt einen Haftbefehl gegen Snabel. Und dann könnte Opa leicht selber in einer Zelle landen – man kann nie wissen!«

»Nein, eben nicht«, stimmte Justus zu. »Nicht bei Mr Peck.«

»Es könnte doch auch Zufall sein«, wandte Bob ein. »Snabel ist vielleicht auch auf einer Urlaubsreise, und da kam er zufällig hier vorbei, sah aber hier Mr Pecks Wagen und fand, es sei wohl besser, die Nacht woanders zuzubringen.«

»Dabei fällt mir etwas auf«, sagte Peter. »Woher hat Snabel einen fabrikneuen Lincoln? Er fährt doch einen verbeulten, alten Chevy.«

»Es könnte auch ein Mietwagen sein«, meinte Justus. »Er dachte vielleicht, seine alte Karre steht so eine Fahrt nicht mehr durch.«

Damit wandten sich die drei ??? wieder dem Bildschirm zu. Mr Peck kam noch ins Zimmer und sah sich eine Zeit lang ebenfalls die Sendung an. Um halb elf fanden sie einhellig, nun sei der Tag gelaufen, und bald war es in beiden Zimmern dunkel.

Mr Peck schlief sofort ein und bald drang sein Schnarchen in voller Lautstärke aus dem Nebenzimmer herüber. Bob seufzte, Justus kicherte. Und Peter stand auf, um die Verbindungstür richtig zu schließen, und dann stieg er wieder ins Bett und konnte schließlich auch einschlafen.

Er hatte einen seltsamen Traum, der ihm freilich auf beängstigende Weise vertraut war. In diesem Traum folgte er seinem Großvater durch eine Hotelhalle. Es war eine große Halle voller eleganter, gut gekleideter Leute, die zu ihnen herstarrten und mit den Fingern auf sie zeigten und sie auslachten. Plötzlich merkte Peter, dass sein Großvater nur ein rotes Unterhemd und eine weiße Unterhose mit eingestickten roten Herzen anhatte. Und Peter selbst hatte überhaupt nichts an!

Peter erwachte mit Grausen. Es war stockfinster und ganz still und nach Peters Gefühl musste es mitten in der Nacht sein. Er schlüpfte aus dem Bett, weil er im Badezimmer einen Schluck Wasser trinken wollte, und ging am Fenster vorüber.

Da schlich doch wieder jemand langsam und verstohlen hinter den in einer Reihe geparkten Autos entlang! Peter erstarrte.

Die schattenhafte Gestalt ging neben dem Buick in die Hocke.

»Justus!« Peter war mit einem Satz an Justus' Bett und schüttelte ihn. »Justus«, flüsterte er. »Schnell! Wach auf! Es ist Snabel. Er ist unten auf dem Parkplatz und macht sich an unserem Auto zu schaffen!«

??? *Bob wunderte sich, dass der Film in seiner Kamera früher »verknipst« war, als er sich ausgerechnet hatte. Zugegeben, es ist schwierig, daran eine Vermutung zu knüpfen – aber nicht unmöglich!*

Eingekreist!

Mit bloßen Füßen flitzten die drei ??? die Außentreppe hinunter.

Justus stolperte und setzte den Fuß geräuschvoll auf der nächsten Stufe auf. Er musste sich am Geländer festhalten, um nicht zu fallen.

Die Gestalt, die neben dem Buick kauerte, richtete sich auf, blickte kurz zur Treppe hoch und rannte dann an den abgestellten Autos vorbei zur Straße vor.

Die Jungen setzten ihm nach, was barfuß freilich kein Vergnügen war. Als sie vorn an der Straße ankamen, war der Schnüffler verschwunden.

»Verflixt! Er ist uns entwischt!«, rief Bob.

»Haben wir dir zu verdanken, Justus«, stellte Peter fest.

»Bist du ganz sicher, dass es Snabel war?«, fragte Justus. Die spitze Bemerkung überhörte er lieber.

»Absolut«, erklärte Peter. »Ich konnte kurz sein Gesicht sehen, als er an einer der Lampen vor der Terrasse vorüberlief.«

Die Jungen trabten zum Buick zurück. Sie gingen um den Wagen herum und kontrollierten die Türen. Alle waren verschlossen und ebenso der Kofferraum. Justus ließ sich auf Hände und Knie nieder und sah sich den Unterboden an, aber er konnte nichts feststellen.

»Ich brauche eine Taschenlampe«, sagte er.

Über ihnen öffnete sich eine Tür und Mr Peck trat auf seinen Balkon heraus.

»Was ist denn hier los?«, fragte er. »Es ist kurz vor vier!«

Es sollte ein Flüsterton sein, aber Mr Pecks Flüsterstimme trug ein paar hundert Meter weit. Im gegenüberliegenden Trakt des Motels gingen Lichter an und mehrere Gäste sahen zum Fenster hinaus.

»Hier unten ist einer herumgeschlichen«, berichtete Peter.

»Bestimmt wieder Snabel!«, stieß Mr Peck hervor.

Peter bestätigte das nicht, aber er stritt es auch nicht ab. Mr Peck gebot den Jungen, wieder heraufzukommen, und als sie in ihrem Zimmer waren, ließ er sich höchst ungehalten über Snabel aus. »Er kann sich vermutlich denken, was ich erfunden habe«, erklärte er. »Aber er wird es nicht bekommen!«

»Und was ist das, Opa?«, fragte Peter.

»Lass mal«, wehrte sein Großvater ab. »Je weniger ihr wisst, umso besser seid ihr dran. Jetzt geht wieder ins Bett und schlaft noch ein paar Stunden. Hat doch keinen Sinn, dass ihr wegen dieser Schießbudenfigur aufbleibt. Immerhin hat er keinen Schaden angerichtet. So ist es doch, oder nicht?«

»Ja, es sieht so aus, Mr Peck«, bestätigte Justus.

Mr Peck nickte. »Ist genau sein Stil – rumschleichen und schnüffeln, aber nichts Handfestes unternehmen!«

Mr Peck zog sich ins Bett zurück und in erstaunlich kurzer Zeit schnarchte er auch wieder.

»Ich hoffe, Opa hat Recht.« Peter war voll Unbehagen. »Aber wenn Snabel nun doch mehr vorhat als ein wenig schnüffeln und spionieren? Und wenn er den Wagen tatsächlich beschädigen will, sodass wir gar nicht mehr weiterkommen? Ich will mich jetzt lieber da unten hinlegen, für den Fall, dass er noch mal herkommt.«

Peter nahm seine Bettdecke und schlich ins Zimmer seines Großvaters. Ohne dass Mr Peck bei seinem ohrenbetäubenden Schnarchen gestört wurde, nahm Peter lautlos die Wagenschlüssel von der Kommode. Dann gingen er und Justus die Treppe hinunter. Sie holten die Taschenlampe aus dem Handschuhfach, aber beim Anknipsen tat sich nichts.

»Mist«, schimpfte Peter. »Die Batterien sind leer. Verstehe ich nicht. Was hatte Snabel überhaupt vor?«

»Was es auch war«, sagte Justus, »es ist ihm nicht gelungen. Also, wenn er sich wieder blicken lässt, dann schreist du ganz laut.«

Peter versprach, dies zu tun – aus vollem Hals –, und Justus ging wieder die Treppe hinauf. Peter schlüpfte auf den Rücksitz des Buick und machte es sich dort bequem. Aber bestimmt würde er kein Auge mehr zutun!

Er schlief dann doch – allerdings unruhig – und hatte noch mehr seltsame Träume. Als er wieder erwachte, war gerade die Sonne aufgegangen, die Vögel zwitscherten in den Bäumen und eine mollige Frau in einem lilafarbenen Jogginganzug klopfte ans Seitenfenster.

»Alles in Ordnung?«, fragte die Frau.

Peter setzte sich auf – und rutschte von der Sitzbank auf den Wagenboden. Erschrocken rüttelte die Frau am Türgriff, aber Peter hatte abgeschlossen, ehe er sich schlafen gelegt hatte.

»Alles klar!«, rief Peter. »Vielen Dank, aber mir geht's gut!«

Er zog die Decke um sich, weil er im Schlafanzug war, öffnete die Tür und stieg aus.

»Was denken sich eigentlich deine Eltern?«, rief die Frau ungehalten. »Das ist doch gefährlich, einfach im Freien zu schlafen!«

»Ja, Madam.« Peter flüchtete treppauf und klopfte an die Tür, damit Bob oder Justus ihn einließ.

»Unerhört!«, sagte die Frau auf dem Parkplatz zu sich selbst. »Was sich manche Leute so einfallen lassen, nur um sich ein zusätzliches Zimmer zu sparen!«

Bob machte auf und Peter trat ins Zimmer. »Opa erzählen wir besser nichts davon«, meinte er. »Der würde hochgehen, wenn er sich diese Dame anhören müsste.«

»Das kann aber sein.« Bob lachte.

An diesem Tag fuhren sie auf der Autobahn nach Norden. Mr Peck war bester Laune. Die riesenhaften Bäume zu beiden Seiten der Fahrbahn erinnerten ihn an frühere Reisen – Reisen zu zweit, als seine Frau noch gelebt hatte.

»Du hast deine Großmutter wohl nicht mehr so gut im Gedächtnis?«, fragte er Peter.

»Nur ein wenig. Sie konnte so wunderbaren Apfelkuchen backen, das weiß ich noch.«

»Oh ja, das ist richtig«, bestätigte Mr Peck. »Und er war ein richtiger Trost gegen alle Widrigkeiten.«

Justus sah den alten Herrn an und dachte im Stillen, dass Mr Peck wirklich zwei Gesichter hatte. Einmal war er der liebevolle, begeisterungsfähige Großvater, der seinem Enkel und dessen Freunden eine fantastische Ferienreise ermöglichte. Und dann wieder war er der streitsüchtige alte Sonderling, der sich mit maßlos übertriebenen Verdächtigungen gegen einen Nachbarn herumquälte. Obwohl er Mr Peck zunächst wirklich für verrückt gehalten hatte, musste Justus jetzt zugeben, dass in seinen Anschuldigungen ein Körnchen Wahrheit lag. Edgar Snabel war tatsächlich um den Buick herumgeschlichen.

Wollte er nun Mr Pecks Erfindung an sich bringen? Oder gab es einen anderen Grund für seine Machenschaften?

Wohl zum hundertsten Mal fragte sich Justus, was Mr Pecks neue Erfindung denn nun sein mochte. Ihn zu fragen, schied natürlich aus, denn Mr Peck war fest entschlossen, die Sache geheim zu halten. Doch er hatte nichts dagegen, wenn das Thema Snabel zur Sprache kam, und Justus hoffte, die drei ??? könnten etwas mitbekommen, wenn Mr Peck erst richtig in Fahrt war.

»Eines frage ich mich: Was wird aus den Orchideen?«, meldete sich Justus unvermittelt zu Wort.

»Orchideen?« Bob starrte Justus an. »Was denn für Orchideen?«

»Mr Snabel züchtet doch Orchideen, nicht?«, entgegnete Justus.

»Tut er«, äußerte Mr Peck knapp.

»Mr Snabel macht aber gar nicht den Eindruck, als habe er die nötige Geduld im Umgang mit Pflanzen«, fuhr Justus fort. »Er mäht ja nicht einmal seinen Rasen.«

»Ja, weil sich Rasenmähen nicht auszahlt«, erklärte Mr Peck. »Außer man ist Berufsgärtner. Snabel interessiert sich überhaupt nicht für Pflanzen – nur für Geld. Er macht sich nur deshalb all die Mühe mit seinen Orchideen, weil sie sehr kostbar sind. Er beliefert Blumengeschäfte und er ist Mitglied eines Orchideenvereins und einmal im Monat trifft er sich mit einer ganzen Schar anderer Orchideenzüchter zum Erfahrungsaustausch und zum Vorführen eigener Züchtungen. Wetten, dass er dort auch mal was mitgehen lässt?«

»Und wer kümmert sich eigentlich jetzt um Snabels Orchideen?«, fragte Justus.

»Vielleicht jemand vom Verein«, meinte Mr Peck. »Ich muss gestehen, dass mir das nicht gerade den Schlaf raubt. Aber dabei fällt mir ein: Als er seinerzeit in die Gegend gezogen war, wurde mir vorübergehend das Wasser abgestellt. Das Tiefbauamt hatte ein Leck zwischen der Hauptleitung in der Straße und meinem Haus entdeckt. Während sie das reparierten, lief bei mir kein Wasser. Also ging ich mit einem Topf zu Snabel, um mir aus dem Hahn außen am Haus ein paar Liter Wasser zu holen. Und wisst ihr, was passierte?«

»Er rief die Polizei«, vermutete Bob.

»Das drohte er mir an«, berichtete Mr Peck. »Und er warf mir vor, ich würde zum Rasensprengen meinen Schlauch an seinem Hahn anschließen, wenn er nicht zu Hause sei! Als ob ich ein so mieser Geizkragen bin!«

Mr Pecks Nacken war rot angelaufen und zum ersten Mal an diesem Tag ließen ihn die Mammutbäume völlig kalt.

»Snabel ist eindeutig paranoid«, setzte er den Jungen auseinander. »Deshalb dachte er auch, ich zapfe ihm das Wasser ab. Wisst ihr, was paranoid heißt? Das heißt, jemand ist geistig so gestört, dass er in dem Wahn lebt, ständig von allen möglichen Leuten verfolgt zu werden. Snabel ist paranoid!«

Justus war richtig erschrocken über Mr Pecks unverhältnismäßig heftigen Zorn. Er fand, nun habe er zum Stichwort Snabel vorläufig genug gehört, und er machte wohlweislich keine weiteren Bemerkungen mehr, die Mr Peck an seinen unsympathischen Nachbarn erinnern könnten. Eine Zeit lang schwiegen sie alle während der Fahrt.

Aber der Tag war zu schön und die Mammutbäume waren einfach fantastisch. Mr Peck vergaß seinen Ärger und gab sich wieder dem Gedenken an alte Zeiten hin. Seine gute Laune hielt auf der ganzen Strecke bis Crescent City in Kalifornien an. Die Sonne stand schon tief, als sie in die kleine Hafenstadt einfuhren, und sie nahmen zwei Zimmer in einem Motel und machten sich frisch. Dann zogen sie los, um sich den Bootshafen anzusehen.

Die kleine Kaianlage war viel primitiver als Fisherman's Wharf in Monterey. Aber man konnte am Kai parken und immerhin gab es mehrere Restaurants und ein paar Läden. Gegenüber den Restaurants war die Anlegestelle für Segelboote. Hier herrschte reger Betrieb. Die Segler bastelten an ihren Booten herum und brachten sie auf Hochglanz. Pärchen schlenderten gemächlich den Gehweg entlang.

»Snabel haben wir wohl abgehängt«, ließ sich Mr Peck plötzlich vernehmen. Peter spürte Furcht wie einen feinen Stich. Sein Großvater hatte den unsympathischen Orchideenzüchter nun seit Stunden nicht mehr erwähnt, und er hatte gehofft, Mr Peck habe Snabel vergessen. Nun, dem war nicht so.

»Ich habe unterwegs immer wieder in den Rückspiegel gesehen«, erklärte er den Jungen. »Anscheinend war uns niemand auf den Fersen. Ihr Jungen habt wohl den elenden Schleicher gründlich verscheucht, als ihr ihn gestern Nacht bei unserem Wagen entdeckt habt.«

»Das möchte ich doch hoffen«, sagte Peter ganz ernsthaft.

Dann blickte er zur Hauptstraße hinüber – dort waren plötzlich Motorengedröhn und lautes Rufen zu hören.

Sieben Motorräder rasten auf den Kai los. Die Fahrer waren durchweg stämmige, junge Männer in schwarzen Lederjacken.

»Hmm!«, sagte Mr Peck. »Das sind ja richtige Rowdys.«

So sahen sie tatsächlich aus. Zum schwarzen Leder gehörte für die meisten offenbar auch ein Bart – entweder ein dichter, struppiger Vollbart, von dem das Gesicht fast ganz zugewachsen war, oder ein eigenartig steif abstehender Bart, der zu bizarrer Form zurechtgestutzt war. Außerdem trugen die Burschen Gürtel und lederne Armbänder, die mit Ziernägeln beschlagen waren, und Handschuhe, auf denen ebenfalls Nagelköpfe blinkten, so groß wie Manschettenknöpfe.

»Hallo, Opi!«, tönte einer der Kerle frech. Er fuhr mit dem Motorrad ganz dicht an Mr Peck heran und schwenkte im letzten Augenblick ab.

Die Jungen waren schon auf einen Zornesausbruch von Mr Peck gefasst, doch der blieb aus. Stattdessen sah der alte Herr den Motorradfahrern nach und grinste. »Motorradfahrer sind manchmal recht sympathische Leute«, bemerkte er, »aber die sind im Augenblick hier nicht vertreten.«

»Opa, gehen wir weiter, ja?«, regte Peter an.

Die Motorradfahrer waren inzwischen zum Ende des

Kais gebraust. Dort scharten sie sich um den einen, der Mr Peck zu erschrecken versucht hatte, und alle sahen zu Mr Peck und den Jungen herüber, als hätten sie etwas ausgeheckt.

»Komm doch!« Peter zog seinen Großvater am Ärmel. »Wir wollen hier weg.«

»Yippiiiiie!«, brüllte einer der Fahrer.

Ein Motor heulte auf und derselbe Bursche raste mit Vollgas von neuem auf Mr Peck und die Jungen los!

»Bleibt ganz ruhig stehen!«, rief Mr Peck, und dann trat er vor, um sich der schweren Maschine entgegenzustellen.

Justus wurde es vor Entsetzen ganz übel. Hinter dem ersten Motorrad kamen die anderen Fahrer an, mit hässlichem Grinsen und höhnischem Lachen. Einer von ihnen schwenkte etwas durch die Luft. Es war ein Gürtel – ein bedrohlich aussehender Lederriemen voller kantiger Metallbeschläge.

Die anderen Spaziergänger verzogen sich schleunigst. Jemand rief noch etwas von »Polizei holen«.

Die Motorradfahrer brausten an Mr Peck vorbei, dann wendeten sie und kamen noch einmal an. Nun brüllten sie vor Lachen. Jetzt umringten die Fahrer Mr Peck und die Jungen in einem geschlossenen Kreis. Und während sie immer rundherum fuhren, zog sich der Kreis immer enger um die eingeschlossenen Opfer zusammen. Es war ein Spiel – ein grausames Spiel!

»Auf ihn!«, brüllte einer aus der Bande, und er scherte aus dem Kreis aus und fuhr direkt auf Mr Peck los. Im allerletzten Augenblick brachte er seine Maschine zum Stehen.

Die Jungen sahen über dem Bart des jungen Mannes kleine dunkle Augen mit stechendem Blick und kleine weiße Zähne in einem mit Staub und Öl verschmierten Gesicht. Sein Gelächter war sogar noch über dem Motorengedröhn zu hören. Und da machte Mr Peck eine Bewegung. Es war eine so unauffällige Bewegung, dass die Jungen sie kaum wahrnahmen. Mr Peck hatte etwas von sich weggeworfen.

Ein Knall, dann eine Rauchwolke – dicker schwarzer Rauch, der den Kreis der Angreifer einhüllte.

Die kleinen Augen blickten starr. Der grinsende Mund öffnete sich zu einem Entsetzensschrei. Der Fahrer zuckte zurück, und dann wendete er seine Maschine so scharf, dass sie umstürzte. Mr Peck warf noch einmal. Wieder gab es einen explosionsartigen Knall und wieder quoll dichter Rauch auf.

Die Motorradfahrer wichen zurück. Völlig verstört schauten sie in alle Richtungen und suchten den, der da geschossen hatte.

Sirenengeheul näherte sich auf der Straße. Zwei Polizeiwagen mit Blaulicht bogen auf den Kai ein.

»Wollen wir jetzt zum Essen gehen, Jungs?«, meinte Mr Peck. Entschlossen schritt er auf eines der Restaurants am Kai los. Die Jungen trabten hinterdrein.

Am Eingang zu dem Restaurant drängten sich Leute,

die den Vorfall auf dem Kai beobachtet hatten. Sie traten beiseite, um Mr Peck vorbeizulassen.

»Alles in Ordnung?« Ein Mann legte Mr Peck die Hand auf die Schulter.

»Mit solchen Kerlen ist nicht zu spaßen«, sagte ein anderer Zuschauer. »Die können richtig brutal werden!«

»Junger Mann, es war keineswegs meine Absicht, mit ihnen zu spaßen«, stellte Mr Peck richtig. »Wenn nicht gerade die Polizei gekommen wäre, hätte ich diesen Rabauken schon gezeigt, wie ernst ich es meine!«

??? *Mutig hielt Mr Peck die Motorradbande in Schach. Ein Glück, dass sich unsere Reisenden nicht auch noch gleichzeitig mit Ed Snabel herumschlagen mussten. Schlimm genug ist freilich, dass Snabel nun offensichtlich den Buick gezielt verfolgt.*

Wisst ihr, worüber ich mich auch schon geärgert habe? Über eine nicht funktionierende Taschenlampe.

Tage der Gefahr

Mr Peck blickte gespannt zum Fenster des Restaurants hinaus. Er sah die Polizisten auf dem Kai, die sich gerade die Führerscheine der Motorradfahrer zeigen ließen.

»Wenn mir nicht so viel daran läge weiterzukommen, würde ich dieses Lumpenpack verklagen«, ereiferte sich Mr Peck. »Und zwar wegen Nötigung und versuchter Körperverletzung. Dann kämen die Kerle hinter Gitter und die Umwelt hätte eine Zeit lang Ruhe vor ihnen.« Er klappte die Speisekarte auf.

Draußen auf dem Kai hatten die jungen Männer ihre Maschinen wieder gestartet. In geschlossener Formation schwenkten sie um und fuhren auf dem Pier langsam vor. Die Polizisten stiegen wieder in ihre Wagen und folgten ihnen.

»Ob die wohl jetzt ins Gefängnis kommen?«, fragte Bob.

»Das bezweifle ich«, meinte Mr Peck. »Ich nehme eher an, dass die Polizei ihnen bis zur Stadtgrenze nachfährt, um die Rowdys endgültig loszuwerden.«

»Opa, was war denn das für ein Schlag?«, fragte Peter.

»Schlag?«, wiederholte Mr Peck. »Wieso Schlag?« Er hatte sich in die Speisekarte vertieft; die Motorradbande schien er ganz vergessen zu haben.

»Du hast doch dem Burschen, der auf dich losfuhr,

etwas entgegengeworfen, und da gab es einen Schlag, wie wenn ein Schuss knallt. Was war denn das? Ein Knallkörper?«

»Aber nicht doch!«, wehrte Mr Peck empört ab. »Feuerwerkskörper sind in vielen Teilen des Landes streng verboten. Das war eine meiner kleinen Erfindungen. Ich hoffe, sie wird ein geschäftlicher Erfolg, wenn ich sie auf den Markt bringe. Es ist ein einfaches, handliches Gerät, das einen lauten Knall und eine Rauchwolke erzeugt, aber völlig unschädlich ist und den gesetzlichen Bestimmungen entspricht. Es könnte auf breiter Basis als Abwehrmaßnahme gegen räuberische Überfälle vermarktet werden. Es erschreckt nämlich Straßenräuber so gründlich, dass sie ein für alle Mal von ihrem Handwerk genug haben.«

Peter grinste. »Wenn es sogar einem Motorradfahrer einen solchen Schrecken einjagt, wird das wohl für jeden anderen genügen. Aber was geschieht, wenn sich die Sache herumspricht und all die Straßenräuber wissen, dass das Ding ganz harmlos ist?«

»Dann werde ich es an Postboten verkaufen«, sagte Mr Peck munter. »Ihr ahnt gar nicht, wie viel Ärger die mit ungezogenen Hunden haben.«

Und damit wandte sich Mr Peck wieder der Speisekarte zu und wählte den Barsch zum Abendessen.

Am nächsten Tag, kurz nach ein Uhr nachmittags, waren sie gerade durch Portland in Oregon gefahren, als Peter das Hinweisschild an der Straße erspähte.

»Du, Opa, da ist ein Parkplatz mit Aussicht auf

den Vulkan Mount St. Helens. Können wir da anhalten?«

»Natürlich«, sagte Mr Peck. »Wie viele aktive Vulkane bekommt man schon im Leben zu Gesicht? Eine günstige Gelegenheit soll man sich bekanntlich nicht entgehen lassen.« Er bog von der Autobahn ab und der Wagen fuhr ins Bergland hoch, immer aufwärts, durch immer neue Kurven. Der ohnehin schon graue Tag trübte sich noch mehr ein und urplötzlich trieben Wolkenfetzen dicht über der Straße dahin. Schließlich kamen sie zu dem Aussichtsplatz, und da merkten sie, dass sie sich Mount St. Helens nun eben vorstellen mussten. Sie waren jetzt über der nach unten drückenden Wolkenschicht, und als sie nach Osten blickten, wo der Berg sein musste, sahen sie nur undurchdringliches Gewoge und sonst nichts.

»So ein Pech!« Peter war enttäuscht.

Mr Peck grinste. »Macht nichts. Wir haben das ganze weite Land vor uns und da gibt es noch viele prächtige Ausblicke.« Er wendete den Wagen und sie fuhren zur Autobahn zurück. Noch ehe sie diese wieder erreichten, prasselte der Regen an die Windschutzscheibe.

Auf der Autobahn 5 fuhren einige Wagen schon mit Licht. Mr Peck beschloss kurzerhand, dass man nicht weiterfahren, sondern die Nacht in Longview in Washington zubringen werde. Er war so mit seinen Überlegungen beschäftigt, dass er den Lincoln, der auf dem Randstreifen neben ihrer Fahrbahn parkte, gar nicht bemerkte. Die Scheinwerfer waren abgestellt, aber die Scheibenwischer arbeiteten, und aus dem Auspuff stieg das Abgas sichtbar in die feuchte Luft.

Justus erstarrte beim Anblick des Wagens. Als sie vorbeifuhren und sich in den nach Norden fließenden Verkehr einfädelten, blickte er angestrengt zurück.

Jemand war über das Lenkrad gebeugt. War es Snabel? Der Wagen sah genauso aus wie der, den Snabel in Santa Rosa gefahren hatte, aber ganz sicher war sich Justus nicht. Er wusste, dass es auf der Strecke solche grauen Lincolns zu hunderten geben musste. Fast automatisch merkte er sich das amtliche Kennzeichen: 920-KTJ.

»Snabel«, zischte da Mr Peck. Jäh trat er auf die Bremse. Der nachfolgende Fahrer hupte.

»Opa, pass doch auf!«, rief Peter.

Mr Peck beschleunigte wieder, gerade als der Wagen hinter ihnen auswich und bremste. Es kam nicht zur Kollision. Die Jungen waren freilich sehr erschrocken und Mr Peck bereute sichtlich seine Blitzaktion.

»Tut mir Leid«, entschuldigte er sich. »Der Wagen, der da neben der Fahrbahn parkte… Ich sah ihn nur ganz kurz im Vorbeifahren, aber ich könnte schwören, dass das Snabel war.«

Die Jungen blickten zurück. Der Lincoln stand noch immer auf dem Randstreifen und sein Grauton verschmolz mit dem Grau des Regentages.

»Er ist aber nicht hinter uns her«, stellte Justus fest. »Er parkt nur dort, als wolle er sich gerade die Straßenkarte ansehen oder … oder als sei ihm plötzlich übel geworden.«

»Vielleicht hat Snabel trotzdem vor, uns zu folgen. Wenn er nur einen Funken Verstand hat, kann er sich ausrechnen, dass wir mindestens bis Seattle auf diesem Autobahnabschnitt bleiben. Vielleicht versucht er, uns in Sicherheit zu wiegen.«

Danach ging es schweigend weiter. An diesem Tag endete die Autobahnfahrt frühzeitig, und sie fuhren durch die Straßen von Longview, bis sie in einer Nebenstraße ein kleines Motel fanden. Mr Peck befand es für tauglich; es lag ziemlich weit von der Autobahn weg. Hier würde Snabel sie niemals aufspüren. »Glaubt nur nicht, dass mir das Spaß macht«, erwähnte Mr Peck noch. »Nie in meinem Leben habe ich mich vor einer Auseinandersetzung gedrückt, aber die Auseinandersetzung mit Snabel kann leicht zur Dauerbeschäftigung ausarten. Mit ihm werde ich später schon klarkommen. Jetzt ist es erst mal wichtig, dass wir wohlbehalten nach New York kommen – und unterwegs möglichst auch ein wenig Spaß haben.«

Wie bei Mr Peck war es auch nicht die Art der drei ???, vor Problemen davonzulaufen. Aber in diesem Fall erwies sich dies als das einzig Mögliche. Wenn Snabel tatsächlich hinter ihnen her war, konnten sie nichts dagegen machen, bis er etwas unternahm. Und wenn Mr Peck sich nur eingebildet hatte, dass Snabel sie verfolgte, konnten die Jungen nicht viel anderes tun, als eben mit ihm zusammenzuhalten.

In der Nacht erwachte Justus irgendwann nach Mitternacht. Er hörte Mr Peck im Nebenzimmer laut schnarchen. Aber nicht das Schnarchen hatte Justus aufgestört; daran hatte er sich mittlerweile gewöhnt. Es war das helle Licht von Scheinwerfern, das ins Zimmer drang, als ein Auto langsam in die Zufahrt zum Motel einbog und dann anhielt.

Eine Wagentür öffnete sich, aber der Fahrer stellte den Motor nicht ab. Rasche Schritte waren zu hören, die kurz aussetzten und dann den Rhythmus hastig wieder aufnahmen.

Justus stieg aus dem Bett.

Eine Autotür fiel ins Schloss, als Justus zum Fenster eilte. Er sah gerade noch einen großen Wagen zur Straße vorfahren. War es der Lincoln? Er konnte es nicht genau erkennen.

Er legte sich wieder ins Bett und machte sich ernsthaft den Vorwurf, dass er nun auch schon solche fixen Ideen hatte wie Mr Peck. Bald würde er hinter jedem Strauch, hinter ihnen auf jeder Straße Snabel wittern. Es war lachhaft. Und selbst wenn Snabel ihnen auf dieser Fahrt folgte, was erhoffte er sich davon? Bisher hatte er noch nicht den Versuch unternommen, ihren Wagen zu beschädigen oder in ihren Zimmern herumzuschnüffeln.

Und was war überhaupt mit dieser Erfindung, die Mr Peck in New York vorführen wollte? Wo steckte die denn? Falls sie sich nicht in einer Aktentasche verstauen ließ, konnte sich Justus keinen Platz im Auto vorstellen, wo sie versteckt sein könnte. Schließlich schlief Justus wieder ein, und als er aufwachte, waren Bob und Peter schon auf. Er musste sich beeilen.

An diesem Tag fuhren sie nach Osten durch den Staat Washington, erst bergan über den Höhenzug der Cascade Mountains und dann nach der Talfahrt durch eine weite Ebene, die sich dürr und öde vor ihnen erstreckte.

»Das ist ja eine Wüste!«, meinte Peter. Es hörte sich ganz enttäuscht an. »Ich dachte, der Staat Washington sei ganz mit Nadelwald bewachsen.«

»Da hast du dich eben geirrt«, bemerkte sein Großvater.

Aber hinter Spokane ging es wieder in die Berge. Manchmal rauschte neben der Straße ein Fluss und manchmal tauchten sie in ein Waldgebiet ein. Abends machten sie in Cœur d'Alene in Idaho Halt. Wieder suchte Mr Peck gezielt nach einem kleinen, abgelegenen Motel wie zuvor in Longview in Washington. Und wieder einmal dachten sie alle an Snabel.

Aber Mr Peck war ganz guter Stimmung. »Vielleicht haben wir ihn abgehängt«, meinte er. »Ich sah den ganzen Tag über immer mal in den Rückspiegel, aber etwas Verdächtiges fiel mir nicht auf. Dennoch wollen wir nichts riskieren. Wir bleiben hier, und falls er uns tatsächlich noch auf der Spur sein sollte, wird er glauben, wir hätten in Spokane Station gemacht oder seien nach Missoula weitergefahren.«

Peter hoffte inbrünstig, dass Mr Pecks zwanghaftes

Interesse an Snabel sich endlich legen würde. Und es hatte auch ganz den Anschein. Während des Abendessens und einer Runde Minigolf hinterher äußerte sich Mr Peck nicht mehr über seinen Nachbarn. Beim Spiel heimste er die meisten Punkte ein und fuhr dann höchst selbstzufrieden zum Motel zurück.

In der Nacht, als sie alle längst eingeschlafen waren, schrillte ein hoher Heulton durch das Gebäude.

»Was ist denn jetzt los?« Peter setzte sich im Bett auf.

Der Heulton brach nicht ab. Ohrenbetäubend und durchdringend gellte es weiter. Peter schnüffelte, und dann rief er erschrocken: »Justus! Bob! Schnell, aufstehen!«

Er hämmerte an die Wand, um Mr Peck zu wecken. »Opa! Feueralarm! Es brennt im Motel!«

Feuer als Ablenkungsmanöver

Durch die Nacht schrillte mittlerweile das Geheul einer ganzen Anzahl von Sirenen auf dem Anwesen.

Die drei ??? hörten, wie Leute umherhasteten und aufgeregt durcheinander riefen. Autotüren wurden zugeschlagen. Die Luft war von Rauch erfüllt.

Justus lief ans Telefon und rief die Feuerwehr an.

Peter sauste im Schlafanzug ins Freie, auf den Gang vor den Eingängen zu den Zimmern, und hämmerte von dort aus an die Tür zu Mr Pecks Zimmer. »Opa! Opa! Aufstehen! Es brennt!« Hustend taumelte der alte Herr an die Tür.

Und die Sirenen heulten immerzu.

Bob hatte inzwischen seine Jeans an. Er lief den Gang entlang und klopfte an die Zimmertüren, um die Gäste zu wecken.

Eine Frau in einem rosa Frotteemantel öffnete ihre Tür und rieb sich die tränenden Augen. »Was'n los?«, murmelte sie.

»Es brennt im Motel«, erklärte Bob.

Da war sie mit einem Schlag hellwach.

»Norman, steh auf! Sagte ich's nicht, in dieser Bruchbude sollten wir nicht übernachten?«, schrie sie entsetzt ins Zimmer.

Inzwischen hämmerten alle drei Jungen und Mr Peck an die vielen Türen des u-förmig angelegten Moteltrakts. Rauchschwaden umwölkten sie. Offenbar kamen sie aus dem Ende eines der Seitenflügel.

Plötzlich krachte es laut, dann splitterte Glas. Auf dem Parkplatz war ein Wagen, dem Kennzeichen zufolge aus Indiana, auf einen Wagen aus Oregon aufgefahren. Der Fahrer aus Oregon steckte den Kopf aus dem Fenster. »Pass doch auf, wo du hinfährst, du Idiot!«, brüllte er.

Die Gäste flüchteten aus ihren Zimmern, hustend und gegen die Kühle der Nacht notdürftig mit Bademänteln bekleidet. Einige liefen zu ihren Autos und fuhren Hals über Kopf davon, andere versammelten sich im Hof, um abzuwarten, was nun geschehen würde.

»Hat jemand die Feuerwehr angerufen?«, fragte eine Frau.

»Ja«, antwortete Justus. »Ein paar Löschzüge sind unterwegs.«

»Sieh mal, Justus.« Peter wies zu einem Ende des Us hinüber. Dort war eine Tür mit einem Schild »Nur für Personal«. Aus den Ritzen zwischen Tür und Rahmen quoll Rauch.

»Da haben wir's«, erkannte Justus schnell. »Alle zurücktreten, weg vom Brandherd!«

Peter und Bob drängten die anderen Gäste höflich, aber bestimmt von dieser Tür weg.

Und da endlich kamen mit Motorengedröhn und Sirenengeheul die Feuerwehrfahrzeuge angerückt.

»Was geht hier vor?«, meldete sich ein kahlköpfiger, kleiner Mann in einem alten Bademantel. »Ich bin der Geschäftsführer.« In einer Hand hatte er einen Schlüsselbund, in der anderen einen Handfeuerlöscher.

»Der Brandherd ist vermutlich hinter dieser Tür«, setzte Justus an.

Schon wollte der Mann die Tür aufschließen.

»Halt!«, rief Justus noch. »Die Tür nicht aufmachen!«

Es war zu spät. Der Schlüssel drehte sich im Schloss und die Tür wurde aufgerissen. Eine gewaltige Flamme schoss zur Tür heraus und der Geschäftsführer taumelte erschrocken zurück und ließ den Feuerlöscher fallen. Er riss die Arme hoch, um das Gesicht zu schützen. Eine glühende Hitzewelle brandete gegen die Jungen an.

Peter lief zu dem Mann hin, um ihm zu helfen, und Bob packte den Feuerlöscher. Er hielt ihn nach unten und richtete den Schaumstrahl auf die Glut in dem kleinen Raum.

Vor dem Motel waren zwei Löschzüge angelangt. Feuerwehrmänner kamen gelaufen und riefen Kommandos und im Nu war Bob abgedrängt. Ein Feuerwehrmann richtete einen Schlauch auf die Flammen, ein mächtiger Wasserstrahl rauschte in das kleine Zimmer und schon war alles vorüber. Das Feuer war gelöscht. Die Sirenen der Feuerschutzanlage hörten auf zu schrillen. In dem Abstellraum fand sich nichts außer ein paar angekohlten Mopps und Besen, einem halb geschmolzenen Plastikeimer und einem durchnässten schwarzen Haufen von Lappen auf dem Fußboden.

Ein Feuerwehrmann betrat den Raum und musterte skeptisch das nasse Zeug vor seinen Füßen. Er stieß mit der Schuhspitze daran, dann hob er einen Lappen auf und roch daran. »Irgendwelches Öl«, stellte er fest. »Riecht wie Terpentin. Wurden hier Malerarbeiten gemacht?«

Die Frage war an den Geschäftsführer gerichtet, dem die Flammen die Augenbrauen weggesengt hatten. »Nein!«, erklärte er. Verzweifelt presste er die Hände zusammen. »Ausgeschlossen! Seit Wochen – seit Monaten hatten wir hier nichts mit Farbe zu tun!«

Der Feuerwehrmann schnüffelte noch einmal. »Oder Möbelpolitur?«

»Nein!«, sagte der Geschäftsführer. »Völlig unmöglich. Das Zimmermädchen hat strengste Anweisung von mir, keine Putzlappen herumliegen zu lassen.«

»Na, hoffentlich stimmt das auch«, meinte der Feuerwehrmann. Er ließ den rußgeschwärzten Lappen wieder zu Boden fallen.

Mr Peck, der etwas im Hintergrund stand, räusperte sich nachdrücklich. »Solche Probleme hätten Sie nicht, wenn Sie Polifix benutzten«, sagte er.

»Polifix?«, wiederholte Bob.

»Das ist eine Erfindung von Großvater«, erklärte Peter. »Einmalputztücher mit Spezialimprägnierung zur Möbelpflege. Nach Gebrauch wirft man sie einfach weg.«

»Ich verkaufte die Idee an einen großen Reinigungsmittelkonzern und man hat sie im Safe eingeschlossen und vergessen!«, äußerte Mr Peck erbost. Er marschierte auf sein Zimmer los. Im nächsten Augenblick brüllte er wie von einer Schlange gebissen.

»Verfluchter, diebischer Schnüffler!«, schrie er. »Peter! Justus! Bob! Mal herkommen!«

Die Jungen kamen.

»Schaut euch schnell in eurem Zimmer um!«, herrschte Mr Peck sie an.

Er stand im Türrahmen seines Zimmers und starrte auf das Bett. Hier war gründliche Arbeit geleistet worden. Die Matratze war einfach zusammengeklappt und das Bettzeug lag in einem Haufen am Fußboden. Mr Pecks Hemden und Unterwäsche und Socken waren überall verstreut und sein Toilettenbeutel war auf dem Schreibtisch ausgeschüttet worden.

Justus blickte mit großen Augen auf das Chaos. Erst rührte er sich überhaupt nicht. Dann ging er an Mr Peck vorbei ins Badezimmer. Hoch über der Wanne war in der hinteren Mauer des Gebäudes ein Fenster. Es stand offen, und Schmutzspuren an der Wanne zeigten an, dass jemand mit Straßenschuhen auf das Porzellan getreten war.

Justus stieg auf den Wannenrand und untersuchte die Verriegelung des Fensters. Dort war der Lack abgeschabt.

»Jemand hat den Riegel gewaltsam geöffnet und ist durchs Fenster eingestiegen«, erklärte Justus Mr Peck. »Vielleicht ist er auf demselben Weg auch wieder hinausgelangt, vielleicht aber auch durch die Tür. Im Gedränge und bei der Panikstimmung und dem Rauch hätte er leicht entkommen können.«

Bob kam aus dem angrenzenden Zimmer angelaufen. »He, Freunde, wisst ihr schon das Neueste?«

»Klar doch«, sagte Peter. »Da war einer in unserem Zimmer und hat alles durchwühlt.«

Bob nickte. »Stimmt. Aber soviel ich feststellen konnte, ist nichts weggekommen.«

»Snabel!«, rief Mr Peck. »Sogar hier hat er uns aufgespürt!«

»Aber wie denn, Opa?«, fragte Peter. »Selbst wenn

der Wagen, der gestern an der Abfahrt zum Aussichtsplatz parkte, sein Auto war, haben wir ihn seither nicht wieder gesehen. Wie sollte er wissen, dass wir hier sind?«

»Vermutlich war er uns die ganze Zeit auf den Fersen«, behauptete Mr Peck mit Nachdruck. »Der Lincoln könnte ja ein Mietwagen gewesen sein. Und den hat er womöglich inzwischen wieder abgegeben und ein anderes Modell genommen!«

Da fiel Justus wieder ein, dass er am Vorabend bei dem Motel in Longview einen großen Wagen gesehen hatte, aber er behielt es vorsichtshalber für sich. Das hätte noch gefehlt, den alten Herrn unnötig aufzuregen!

Peter überblickte das verwüstete Zimmer. »Opa, willst du nicht nachsehen, ob er deine Erfindung mitgenommen hat!«

»Die hat er ganz bestimmt nicht«, sagte Mr Peck. »Und die bekommt er auch nicht.«

Entschlossen ging Mr Peck wieder ins Freie und die Jungen folgten ihm.

Manche Gäste standen noch immer da und sahen zu, wie der Geschäftsführer sich wort- und gestenreich zu dem Brand äußerte. Die Löschzüge der Feuerwehr warteten mit laufendem Motor an der Straße und ein Streifenwagen der Polizei parkte in der Zufahrt. Das Licht auf dem Wagendach drehte sich, sodass immer wieder Blitze orangefarbenen Lichts über die Front des Gebäudes flackerten.

Mr Peck schritt energisch auf den Polizisten los, der im Türrahmen des Abstellraums stand und sich mit einem der Feuerwehrleute unterhielt.

»Ihre Vermutungen können Sie sich sparen«, teilte Mr Peck den beiden Männern mit. »Es war Brandstiftung.«

Der Feuerwehrmann und der Polizist sahen ihn mit skeptischer Neugier an. »Wissen Sie Genaueres darüber?«, fragte der Feuerwehrmann.

»Und ob ich etwas weiß!«

Peter seufzte. »Es ist mal wieder so weit«, vertraute er Justus an.

»Ed Snabel hat das Feuer gelegt«, äußerte Mr Peck. »Und zwar zu dem Zweck, damit er unauffällig in mein Zimmer gelangen und es durchsuchen konnte. Soeben entdeckte ich, dass in meinem Zimmer und in dem der Jungen alles zerwühlt wurde. Der Mann ist extrem rücksichtslos. Er hat zahlreiche Menschen in Gefahr gebracht, nur um sich das zu verschaffen, was er haben will. Das ganze Haus hätte abbrennen können, aber ihn hätte das nicht gerührt!«

Der Geschäftsführer strahlte Mr Peck an, als sei der alte Herr auf einer weißen Wolke vom Himmel herabgesegelt. »Sag ich doch die ganze Zeit!«, rief er. »Ich erklärte Ihnen ja, dass wir hier niemals ölige Lappen herumliegen lassen. Zimmermädchen und Putzfrau haben strikte Vorschriften. Das war keine Fahrlässigkeit, sondern Brandstiftung!«

Der Polizist trat in den Abstellraum und blickte aufmerksam zu dem Fenster in der Hinterwand hinauf, das ganz gleich wie das in Mr Pecks Badezimmer war. Es war halb geöffnet und der Riegel war beschädigt!

»Seit wann ist das schon so?«, erkundigte sich der Polizist.

»Das sehe ich jetzt zum ersten Mal«, antwortete der Mann vom Motel. »Bei mir ist alles immer sicher verschlossen und in einwandfreiem Zustand. Ein beschädigter Fensterriegel wäre bei mir spätestens in einer oder zwei Stunden repariert.«

Der Polizist wandte sich an Mr Peck. »Ich möchte mir Ihr Zimmer ansehen.«

Mr Peck kam der Bitte hocherfreut nach. Anschließend zeigten auch die drei Jungen ihr Zimmer.

Der Beamte machte sich Notizen. Sein Kollege kam aus dem Wagen und machte sich daran, an Türen zu klopfen und den Gästen, die in ihre Zimmer zurückgekehrt waren, Fragen zu stellen. Bald meldete der zweite Beamte, dass Mr Pecks Zimmer und das der drei Jungen die einzigen Räume waren, die der Eindringling betreten hatte.

»Ein Hoteldieb könnte das zwar gewesen sein«, sagte der erste Polizist, »aber normalerweise gehen die nicht so vor und …«

»Ed Snabel war das, glauben Sie mir!«, behauptete Mr Peck. »Er ist uns von Rocky Beach hierher gefolgt …«

»Rocky Beach?«, fragte der Beamte.

»Das ist in Kalifornien. Wissen Sie, er hat uns in Pismo Beach aufgelauert und später nochmals in Monterey. Und wenn mich nicht alles täuscht, hat er uns auch diese Motorradbande auf den Hals gehetzt. Er gehört festgenommen. Er ist gemeingefährlich!«

»Und warum verfolgt er Sie? Warum hat er Ihr Zimmer verwüstet? Was sucht er denn?«, fragte der Polizist.

»Meine Erfindung.«

»Ach? Was für eine Erfindung?«

Mr Peck ging in Abwehrstellung. Ein listiger Ausdruck trat in seine Augen. »Ebendas kann ich Ihnen nicht sagen«, erklärte er. »Ich kann mich zum jetzigen Zeitpunkt dazu nicht äußern.«

»Aha«, meinte der Polizist. »Nun, wenn Sie uns diesen Mann und seinen Wagen beschreiben würden, könnten wir …«

»Er fuhr einen Lincoln, aber inzwischen hat er sich vermutlich ein anderes Modell beschafft«, berichtete Mr Peck. »Aber was reden wir hier herum? Der geht uns doch durch die Lappen!« Der Beamte nickte. Er lächelte beruhigend, dann notierte er sich Mr Pecks Namen und seine Heimatanschrift und dazu die Namen und Adressen der Jungen. Er schrieb auch das Kennzeichen des Lincoln auf, das Justus beisteuern konnte. Dann stieg er zu seinem Kollegen in den Streifenwagen und die beiden fuhren weg.

»Diese Trottel!«, war Mr Pecks Kommentar. »Wetten, dass die überhaupt nichts unternehmen?«

»Sie halten uns für verrückt«, sagte Peter. »Opa, eines müssen wir uns klar machen: Wenn Snabel uns tatsächlich verfolgt, sind wir ganz auf uns gestellt!«

??? *Ed Snabel hat zugeschlagen! Allerdings konnte er Mr Pecks Erfindung nicht entwenden. (Ihr könntet schon mal kombinieren, wo diese sein mag, wenn Mr Peck mit absoluter Bestimmtheit sagen kann, dass Snabel sie nicht an sich bringen wird, sei es aus dem Auto, sei es aus einem Hotelzimmer.) Aber der hartnäckige Verfolger scheint in der Lage zu sein, das Peck'sche Kraftfahrzeug gewissermaßen zu »orten«.*

Panik im Park

Es war zwei Tage später. Mr Peck und die Jungen waren durch Idaho nach Livingston in Montana gefahren, dann nach Süden zum Yellowstone-Nationalpark in Wyoming. Auf den Straßen herrschte zu Beginn der Ferienzeit nur schwacher Verkehr. In Yellowstone sahen sie Dampf aus Erdspalten aufzischen und Geysire, aus denen kochend heißes Wasser mehr als dreißig Meter hoch in die Luft spritzte. Staunend blickten sie in Teiche voll blasenwerfendem Schlamm und all die prachtvollen Seen und Wasserfälle konnten sie schon gar nicht mehr zählen. Tief beeindruckt von den Naturwundern in dieser einst vulkanischen Gegend, vergaßen die Reisenden eine Zeit lang ihre Sorgen.

Doch dann wandte sich Peter um und blickte suchend die Straße durch den Park entlang. Bob seufzte. Peter hielt nach dem Feind Ausschau.

»Wir haben seit dieser Abzweigung zum Mount St. Helens nichts Verdächtiges mehr gesehen«, stellte Bob fest.

Da fand Justus, nun sei es an der Zeit, die anderen einzuweihen. Er berichtete von dem großen Wagen, den er in Longview in der Einfahrt des Motels beobachtet hatte.

»Allerdings habe ich nicht den geringsten Beweis dafür, dass der Fahrer Mr Snabel war«, bekannte Justus.

»Vielleicht ist Snabel inzwischen längst wieder in Rocky Beach und gießt seine Orchideen«, meinte Bob. »Vielleicht hatte der Brand in Cœur d'Alene doch nichts mit ihm zu tun … An diesem Abend kamen wir eben zufällig in das Motel, als irgendein Dieb beschloss, Feuer zu legen und die Zimmer auszurauben und …«

»Unsinn!«, schnitt ihm Mr Peck das Wort ab. »Das war kein gewöhnlicher Dieb, der unsere beiden Zimmer durchwühlte. Es fehlte nichts. Meine Brieftasche lag auf dem Nachttisch, und der Schnüffler, der da einbrach, rührte sie nicht an. Auch deine Kamera hat er nicht mitgenommen, Bob.«

»Die hätte er auch gar nicht mitnehmen können«, sagte Bob. »Die lag nämlich im Auto. Ich hatte an dem Abend vergessen, sie mit ins Zimmer zu nehmen.«

??? *Das war – vielleicht – Pech für einen gewissen Jemand!*

»Aber mein Geld?« Mr Peck vertrat hartnäckig seinen Standpunkt. »Ich hörte schon von Hoteldieben – Geld finden die im Handumdrehen. Und sie haben es gar nicht nötig, als Ablenkungsmanöver Feuer zu legen. So gehen die nicht vor.«

Die gehobene Stimmung der Jungen nach dem beeindruckenden Erlebnis der Geysire war schon wieder verflogen. Von neuem bedrängte sie eine schlimme Vorahnung.

»Wir fahren am besten zügig weiter«, schlug Mr Peck vor. Auch er war nun wieder gereizt. »Die Umgebung hier ist mir zu öde. Macht mich nervös.«

Unter normalen Umständen hätte Peter vielleicht gesagt: »Ach, Opa, du siehst schwarz!« Heute war er durchaus nicht sicher, dass sein Großvater unter Einbildungen litt.

Am Abend wählten sie ein Motel in einer kleinen Stadt nahe der Staatsgrenze zwischen Montana und Wyoming. Nachdem sie ihr Gepäck in die Zimmer geschafft hatten, fuhr Mr Peck den Buick weg. Er parkte den Wagen in einer Nebenstraße und verbrachte den restlichen Abend damit, zwischen Motel und Auto hin- und herzuwandern und nachzusehen, ob sich auch niemand an seinem Fahrzeug zu schaffen gemacht hatte.

»Da hast du nun den Wagen außer Sichtweite abgestellt und untergräbst selber deine Vorsichtsmaßnahme«, meinte Peter nach dem fünften Ausflug seines Großvaters zum Wagen. »Wenn Snabel uns tatsächlich gefolgt ist, kann er dich ja spielend dabei beobachten, wie du hin- und herläufst. Dann muss er dir nur bis hierher nachgehen und schon werden unsere Motelzimmer mal wieder gründlich auseinander genommen und die Betten gelüftet.«

Da ging Mr Peck reumütig in sein Zimmer, wo er bald mit geräuschvoller Begleitung schlief. Die drei Jungen lagen noch lange wach und sprachen über den Brand in Cœur d'Alene.

»Snabel kann das nicht gewesen sein«, sagte Peter sehr bestimmt. »Es sei denn, er hat die Gabe der außersinnlichen Wahrnehmung. Einen Wagen, der uns verfolgte, hätten wir bemerkt – auf jeden Fall!«

»Vielleicht hat er sich einen Hubschrauber zugelegt und spürt uns aus der Luft nach«, gab Bob zu bedenken.

»Woher sollte er einen Hubschrauber nehmen?«, entgegnete Peter. »Außerdem macht so eine Maschine Lärm. Das wäre uns aufgefallen.«

Justus setzte sich plötzlich im Bett auf. »Wir werden ihn anrufen!«, verkündete er. »Warum ist mir das nicht früher eingefallen? Wir können ihn doch in seinem Haus in Rocky Beach anrufen, und wenn er ans Telefon geht, wissen wir, dass er nicht mit im Spiel war und wir uns keine Sorgen mehr machen müssen.«

»Weißt du denn seine Nummer?«, fragte Bob.

»Natürlich nicht, aber falls er keine Geheimnummer hat, bekommt man die von der Auskunft.«

Justus griff zum Telefon auf dem Tisch neben seinem Bett. Ein paar Minuten später hörte er bei Edgar Snabel das Telefon klingeln.

»Der wird ganz schön wütend sein, wenn wir ihn jetzt aus dem Bett holen«, meinte Bob.

»In Rocky Beach ist es eine Stunde früher«, stellte Justus richtig. »Wir sind jetzt in der Zeitzone der Rocky Mountains.«

Nach dem dritten Klingelzeichen klickte es, als nehme jemand am anderen Ende der Leitung den Hörer ab. Justus hörte erst gar nichts, dann ein zweites Klicken.

»Guten Tag«, sagte eine Stimme von einem Tonband. »Hier spricht Ed Snabel. Ich bin im Augenblick nicht persönlich zu sprechen. Wenn Sie Ihren Namen und eine Telefonnummer hinterlassen, unter der Sie erreichbar sind, werde ich Sie zurückrufen, sobald ich kann. Nach dem nun folgenden Signalton können Sie Ihre Mitteilung auf Band sprechen.« Es folgte ein quäkendes Tuten.

»Verflixt!« Justus legte auf. »Er hat einen Anrufbeantworter.«

»Dann sind wir so schlau wie zuvor«, stellte Peter fest.

»Wir können es morgen noch einmal versuchen«, meinte Justus. »Vielleicht geht er dann an den Apparat.«

Aber als Justus um acht Uhr in der Frühe Ed Snabel nochmals anzurufen versuchte, ertönte wieder das Klicken des Anrufbeantworters, und die drei ??? gaben die Sache auf.

Sie fühlten sich erschöpft und entmutigt, als sie losfuhren. Doch der Tag war sonnig und schön, mit einem weiten blauen Himmel, der hier und da von Wölkchen gesprenkelt war. Sie fuhren durch Wyoming, über endloses Grasland mit weidendem Vieh. Als sie Rapid City in South Dakota erreichten, verkündete Mr Peck, er werde sich seine Ferien nicht durch Snabel ruinieren lassen. »Wir machen uns jetzt schöne Tage und pfeifen auf diesen lächerlichen Fettwanst«, sagte Ben Peck. »Wir werden uns nichts entgehen lassen, das für uns sehenswert ist.«

Da fassten die Jungen frischen Mut und beim Mittagessen wurde gescherzt und schallend gelacht. Dann schafften sie es, die ganze Strecke nach Süden bis Mount Rushmore zu fahren, ohne ein einziges Mal zurückzublicken. Justus bemerkte allenfalls, dass Mr Peck häufiger in den Rückspiegel schaute, als es der Verkehr erforderte.

Die Straße zur Aussichtsplatte am Mount Rushmore führte in engen Kurven mehrere Kilometer bergan, und dann kam ein Parkplatz, wo sie den Wagen abstellten. Zu Fuß gingen Mr Peck und die Jungen einen breiten Wanderweg hinauf, den die im Wind flatternden Flaggen von fünfzig Staaten säumten. Vom Parkplatz aus war es ein leichter Anstieg von vielleicht vierhundert Metern. Dann standen sie oben und schauten über kiefernbewachsene Hänge auf die riesenhaften Häupter von vier berühmten Präsidenten, die aus dem Gestein der Berge in South Dakota gehauen waren.

»Großartig!« Peter war tief beeindruckt.

Justus hatte einen Reiseführer bei sich. »Die kolossalen Häupter von Washington, Jefferson, Lincoln und Theodore Roosevelt wurden nach dem Plan des verstorbenen Gutzon Borglum ausgeführt«, las er vor. »Jeder Kopf ist zwanzig Meter hoch.«

Peter kicherte unvermittelt. »Vielleicht hörte er als kleiner Junge von seiner Mutter, er solle groß werden und etwas richtig Großes tun, damit sie stolz auf ihn sein könne.«

»Sehr witzig!«, sagte eine Stimme hinter den Jungen.

Peter sah sich um, Mr Peck ebenso.

»Ihre Enkel?«, fragte eine dickliche Dame in zu engen Jeans. Sie strahlte Mr Peck an.

»Nur der eine«, erwiderte Mr Peck.

»Kinder sind etwas Wunderbares!«, gurrte die Frau.

»Sie haben solch herzerfrischende und originelle Einfälle!«

Mr Peck musterte die Jungen, als forsche er nach Anzeichen für herzerfrischende Originalität. Peter starrte wütend vor sich hin und Bob wurde rot.

Justus, dem es verhasst war, ein Kind genannt zu werden, warf der Frau einen bitterbösen Blick zu. Sie mochte etwa Ende fünfzig sein. Sie trug eine Bluse, deren Passe mit grellrosa Rosen bestickt war, dazu rosa Ohrklipps und rosa Lippenstift, genau im Farbton der Rosen. Sie lächelte süßlich und ging ein paar Schritte auf Mr Peck zu.

»Mein großer Kummer ist«, hob sie in gedämpfter Enttäuschung an, »dass ich nie Kinder hatte. Alle meinen, das hätte ich falsch gemacht. ›Bessie‹, sagen sie, ›du wärst eine wunderbare Mutter gewesen.‹ Aber nun habe ich eben meine Freude an den Kindern anderer Leute.«

Mr Peck sah sich ihrem Blick plötzlich aus einer Entfernung gegenüber, die ihm für sein persönliches Wohlbefinden entschieden zu kurz war. Er versuchte, einen Schritt zurückzuweichen, bekam aber zu spüren, dass die Dame ihn am Ärmel festhielt. Sie hatte rosa lackierte Fingernägel, von derselben grellen Farbe wie der Lippenstift.

Peter sah auf die Uhr und räusperte sich. Dann sagte er: »Opa, wir müssen weiter. Oma wartet doch im Motel auf uns.«

Es war eine sehr wirksame Notlüge – besser hätte sie

auch Justus nicht einfallen können. Die rosafarbene Überschwänglichkeit der Dame war gewichen. Sie nahm die Hand von Mr Pecks Arm und trat zurück.

»Oh nein!«, sagte sie. »Dann will ich Sie nicht aufhalten. Es war so nett, ein wenig zu plaudern.«

»Ja, nicht wahr?«, meinte Mr Peck. Er lächelte galant und machte sich zum Parkplatz auf. Die Jungen umringten ihn wie Leibwächter und gaben ihm Flankenschutz.

»Opa, du Schwerenöter!«, rief Peter lachend, als sie im Wagen in Sicherheit waren. »Die Dame wollte dich mit Haut und Haar vereinnahmen!«

Mr Peck grinste und reckte das Kinn vor. »Der alte Knabe ist noch ganz gut in Schuss!«, prahlte er.

Sie fuhren wieder bergab, und dann bogen sie in die Straße ein, die zum nahe gelegenen Custer State Park führte.

»Eine der größten Bisonherden der Welt lebt im Custer State Park«, wusste Justus zu melden. »Im Zoo habe ich Bisons schon gesehen, aber noch nie in der Freiheit.«

»Ja, das ist noch ein ursprüngliches Stück Natur«, sagte Mr Peck. »Justus, hast du eigentlich diesen Reiseführer auswendig gelernt, ehe wir losfuhren? Oder bleibst du nachts wach und prägst dir die betreffenden Seiten ein?«

»Das ist sein fantastisches Gedächtnis«, erklärte Bob. »Was Justus einmal gelesen oder gehört hat, vergisst er sein Leben lang nicht mehr.«

»Könnte ich das nur auch von mir sagen«, meinte Mr Peck. »Bei mir gibt es Tage, da würde ich glatt meinen eigenen Namen vergessen, wenn er nicht im Führerschein stände.«

»Das kommt davon, dass du uns am Hals hast und dazu noch all unsere herzerfrischenden, originellen Einfälle verkraften musst«, sagte Peter, »wie es die Dame ausdrückte.«

»Stimmt, und wenn ihr noch mehr solche originellen Einfälle habt, werde ich euch hier aussetzen, und dann könnt ihr zu Fuß nach Custer marschieren.«

Sie fuhren eine Gefällstrecke hinunter und dann langsam durch eine Toreinfahrt in den Park ein.

Plötzlich stieß Mr Peck hervor: »Jetzt gute Nacht – was kommt denn da an?« Er hielt den Wagen an.

Eine Herde Wildesel hatte sich neben der Fahrbahn versammelt. Ihre zierlichen kleinen Hufe klapperten auf dem Asphalt, als die Tiere an die Wagenfenster herankamen.

»Die wollen wohl Futter haben«, sagte Peter.

»Putzig!«, rief Mr Peck. »Die stehen wahrscheinlich auf Popcorn und Schokolade. Ich hoffe nur, dass die Bisons nicht auch auf eine milde Gabe aus sind.«

Doch das war nicht der Fall. Die großen, zottigen Tiere grasten in einiger Entfernung auf dem Parkgelände, und sie beachteten das Auto überhaupt nicht, als Mr Peck anhielt.

»Früher gab es so viele Bisons, dass die Ebenen davon ganz schwarz waren«, berichtete Justus. »Sie wanderten über die Eisenbahnschienen und hielten stundenlang die Züge auf.«

»Und das sind nun fast die letzten Exemplare, die es noch gibt«, ergänzte Mr Peck. »Es beweist, wozu Menschen fähig sind, wenn sie sich auf die Jagd machen.«

Bob fotografierte unentwegt. »Ich würde gern näher herangehen, wenn das möglich wäre«, sagte er. »Aus dieser Entfernung werden sie auf den Bildern wie Felsblöcke im hohen Gras aussehen.«

»Lass das lieber!«, warnte Peter. »Die Burschen sind gefährlich.«

»Das ganz bestimmt«, bestätigte Mr Peck. »Jedes Jahr versucht irgendein Idiot, sich zum Fotografieren neben einem Bison aufzustellen, und wird prompt aufgespießt. Lass das mal besser. Es sind wilde Tiere und die sind immer unberechenbar.«

Als sie die Bisonherde hinter sich gelassen hatten, fanden sie einen Platz, wo sie von der Fahrbahn abbiegen und parken konnten.

»Ich habe jetzt lange genug gesessen«, stellte Mr Peck fest. »Ein Spaziergang wird mir gut tun.« Er zeigte auf einen Weg, der von der Straße weg in das kiefernbestandene Berggelände führte. »Hat jemand Lust, mit mir zu erkunden, was das Ende dieses Pfads bietet?«

»Na ja, wenn das Ende nicht zu weit weg ist«, sagte Bob.

Mr Peck zog den Zündschlüssel ab. »Kommst du auch mit?«, fragte er Justus.

»Lieber nicht.« Justus winkte ab. »Ich möchte gern hier bleiben und eine Weile nachdenken.«

Mr Peck zuckte die Achseln. »Wie du willst.«

Er zog mit Peter und Bob los und nach ein paar Minuten waren sie im dichten Wald verschwunden. Justus stieg aus und horchte.

Ein anderes Auto kam angefahren. Justus wartete gespannt und bildete sich fest ein, nun werde ein grauer Lincoln auftauchen. Doch nicht der Lincoln kam in Sicht, sondern ein Wohnmobil mit einem älteren Mann am Steuer. Er winkte Justus im Vorüberfahren zu.

Justus stellte erleichtert fest, dass seine Fantasie wieder einmal mit ihm durchzugehen drohte. Niemand folgte ihnen. Wäre Snabel ihnen auf der Spur gewesen, hätte er sich doch zumindest streckenweise in Sichtweite halten müssen. Sie waren immer hellwach und aufmerksam gewesen, hatten aber nun über hunderte von Kilometern nichts Verdächtiges beobachtet.

Ein Vogel zwitscherte in einem Baum hoch über Justus' Kopf und dann flog er mit schwirrenden Flügeln davon. Justus fand es langweilig, hier neben der Straße zu warten. Als die anderen weggingen, hatte er sich vorgenommen, den Buick zu bewachen, aber das war bestimmt sinnlos. Er würde loslaufen und Mr Peck mit den beiden Freunden einholen.

Er schritt flott aus, den ansteigenden Pfad entlang.

Der Wald schloss sich um ihn, und als er bei der ersten Wegbiegung zurückblickte, konnte er die Straße nicht mehr sehen. Er vernahm jedoch Motorengeräusch. Als es verstummte, hörte er, wie sich eine Wagentür öffnete und wieder schloss.

Nun hatte jemand ebenfalls an dieser Stelle angehalten und in der Nähe des Buick geparkt. Justus spürte, wie sein Atem schneller ging. Seine Nackenhaare richteten sich auf. Er trat einen Schritt zur Seite und sah sich nach allen Richtungen um. Der Unbekannte, der bei Mr Pecks Wagen geparkt hatte, kam nun auch den Fußpfad entlang, und Justus wurde von jäher Panik ergriffen. Er musste sich verstecken!

Am Hang war es ziemlich dunkel, da die Bäume reichlich Schatten spendeten. Gebüsch gab es kaum. Aber ein paar Meter seitab vom Weg war ein Gestrüpp aus niedrigen, buschigen Sträuchern. Justus lief hin und ließ sich dahinter auf die Erde fallen. Von da aus spähte er nun zum Weg vor, getarnt durch die dichten Zweige.

Das Gesicht des Neuankömmlings konnte Justus nicht sehen; nur ein Paar Füße kamen in sein Blickfeld. Er hörte heiseres, mühsames Atmen. Der Unbekannte blieb stehen, den Blick auf den ansteigenden Weg gerichtet. Er trug helle Laufschuhe und Jeans. Justus musste annehmen, dass der Mann nicht gerade ein sportlicher Typ war. Die Schuhe waren fast neu, die Jeans sahen richtig steif aus und der Mann stand nun schon eine ganze Weile zum Ausruhen da.

Warum wartete er so lange und ging nicht weiter? War ihm etwas aufgefallen? Hatte Justus irgendetwas hinterlassen, als er vom Weg abgegangen war?

Mit einem Mal fühlte sich Justus wie auf dem Präsentierteller. Der Mann brauchte sich nur nach rechts zu wenden, dann würde er Justus garantiert erspähen.

Plötzlich brach etwas – wohl ein kleines Tier – aus dem Unterholz zur Linken des Spaziergängers, und er wandte sich zu der Stelle, von wo das Geräusch gekommen war.

In diesem Augenblick erhob sich Justus rasch auf Hände und Knie und schaute über die Büsche hinweg.

Die stämmige Gestalt auf dem Weg hatte eine Pistole in der Hand.

»Ju-hu!«, rief da jemand.

Der Mann auf dem Weg blickte zur Straße hinunter. Nun konnte Justus auch sein Gesicht unter dem breitrandigen Strohhut sehen. Kein Zweifel – das war Snabel.

Justus legte sich wieder platt auf den Boden. Der Schweiß lief ihm übers Gesicht. Ob er es wagen sollte, einfach loszulaufen? Er entschied sich dagegen. Snabel würde ihn bestimmt sehen, sobald er den spärlichen Schutz des Gestrüpps verließ.

»Wir kennen uns doch!«, sagte eine Stimme weiter unten auf dem Weg. Es war eine Frau und nun war sie schon ganz nahe. Justus grinste. Diese Stimme kannte er. Es war Bessie, die Frau, die Mr Peck am Mount Rushmore angesprochen hatte.

»Ich dachte schon, wir hätten uns aus den Augen verloren«, fuhr sie fort. »Nach dem Mittagessen hatten Sie sich plötzlich in Luft aufgelöst!«

Justus erkannte, dass Snabel die Pistole wieder eingesteckt haben musste. Er hörte Gemurmel von Snabel, er habe tanken müssen, und er hörte, wie die Frau sich hochbeglückt darüber ausließ, Mr Snabel wieder gefunden zu haben. Sie bot ihm an, ihn zu begleiten, falls er eine Wanderung vorhabe. Mr Snabel verneinte das aber schroff und sagte, für heute habe er schon genug frische Luft gehabt. Darauf gingen Snabel und die Frau zurück zu ihren Autos, wobei die Frau einen endlosen, belanglosen Redestrom von sich gab.

Justus hob den Kopf und sah den beiden nach.

Die Frau hielt Snabel am Arm, während er mechanisch dahinmarschierte, so starr und stumm, dass er in ihrem entschlossenen Zugriff ebenso gut ein Roboter hätte sein können. Justus konnte sich denken, dass Snabel eine Mordswut hatte, weil ihn die Dame eingeholt und mit Beschlag belegt hatte.

Das ungleiche Paar entschwand. Minuten später hörte Justus erst ein Auto, dann ein zweites starten und die beiden fuhren weg.

Justus fand einen Felsblock, auf den er sich setzte, denn ihm schlotterten die Knie. Er konnte es kaum abwarten, den anderen alles zu erzählen.

Ein tollkühner Schachzug

Als die anderen eine halbe Stunde später zurückkamen, saß Justus noch immer da.

»Da hast du dir eine großartige Wanderung entgehen lassen«, sagte Peter. Bob runzelte die Stirn. »War da was?«, forschte er. »Du siehst so … eigenartig aus.«

»Ich hätte nie gedacht, dass er uns mit einer Waffe nachkommen würde«, bekannte Justus. Er schüttelte den Kopf. »Für mich war das ein richtiger Schock. Mr Peck, wir drei müssten uns jetzt bei Ihnen in aller Form entschuldigen.«

»So?«, meinte Ben Peck. »Und warum das?«

»Snabel war hier«, berichtete Justus, »und er hatte eine Pistole. Bis jetzt hatte ich Zweifel, wenn Sie Ihre Verdächtigungen äußerten. Aber Sie hatten Recht damit. Er verfolgt uns systematisch, und er wartet nur auf eine Gelegenheit, uns tüchtig eins auszuwischen.« Dann erzählte Justus, wie er Snabel auf dem Waldweg gesehen hatte.

Als Justus' Geschichte zu Ende war, lachte Ben Peck schadenfroh. »Na, dieses Weib hat es aber wirklich auf fremde Männer abgesehen, nicht? Und Snabel ist ja ein Unikum; mit ihm ist sie bestimmt fürs Erste voll beschäftigt.«

Peter starrte seinen Großvater fassungslos an. Mr Peck strahlte vor Vergnügen.

»Opa, das ist kein Witz«, sagte Peter. »Der hätte uns

alle erschießen können. Und da wir jetzt klar sehen, sollten wir besser die Polizei verständigen – oder den Sheriff, falls der hier in der Gegend zuständig ist.«

Mr Peck schüttelte den Kopf. »Erinnert ihr euch an den Polizisten bei dem Motelbrand? Als ich dem von Snabel erzählte, hielt er mich für übergeschnappt. Damals sagtet ihr: Egal was nun noch passiert, wir sind auf uns allein gestellt. Und genau das trifft jetzt zu! Aber nun wollen wir hier nicht länger herumstehen und uns den Kopf darüber zerbrechen. Auf geht's, fahren wir weiter!«

Er holte tief Luft, als atme er zum ersten Mal den frischen, unverbrauchten Geruch der Natur ein. »Ich fühle mich richtig erleichtert«, meinte er. »Jetzt wissen wir wenigstens, wie der Hase läuft. Ich fragte mich nämlich schon, ob bei mir nicht allmählich die Verkalkung einsetzt.«

Justus und Peter wechselten einen überraschten Blick. Mr Peck schritt forsch zu seinem Wagen und die Jungen folgten ihm. In der hereinbrechenden Dämmerung fuhren sie nach Rapid City zurück und suchten sich ein Motel. Nach einem Hamburger-Schmaus beim nächsten Schnellimbiss ging Mr Peck zu Bett und schnarchte triumphierend.

Justus legte sich in sein Bett und starrte an die Decke. Er wunderte sich. »Wie stellt er das bloß an?«

»Meinst du Snabel oder Opa?«, fragte Peter.

»Snabel. Anscheinend hat er eine Möglichkeit, uns an jedem Ort aufzuspüren, wohin wir auch fahren.«

Darauf gab es nichts zu sagen und die anderen zerbrachen sich erst gar nicht den Kopf. Bald darauf waren sie alle eingeschlafen.

Als es am nächsten Morgen weiterging, standen alle unter Spannung. Während der Fahrt behielten sie immer die Straße im Auge und sahen häufig zurück. Jedes Mal wenn sie bei den zahlreichen Aussichtspunkten auf der Fahrt zu den South Dakota Badlands, einer Art Wüstenlandschaft, Halt machten, hielten sie sich in der Nähe des Buick. Die eigenartigen, pfeilerähnlich aufstrebenden Felsen in den Badlands verursachten Peter richtiges Unbehagen. Er kam sich vor, als seien sie in einem unbekannten Land und als könne Snabel unerwartet hinter einem Strauch oder einem Felsblock hervorspringen und mit einer tödlichen Waffe das Feuer auf sie eröffnen.

»Opa, was ist denn nun diese Erfindung, die er unbedingt an sich bringen will?«, fragte Peter vielleicht zum hundertsten Mal, seit sie die Reise angetreten hatten.

»Sie ist sehr bedeutsam«, erwiderte Mr Peck ernst, »und du bist wirklich weniger in Gefahr, Peter, wenn du nicht Bescheid weißt.«

Sie fuhren weiter, vorbei an weiteren bizarren Felsformen, bis sie zu einer Heimstätte der Präriehunde kamen. Der Erdboden war mit Löchern übersät, die in unterirdische Gänge führten, und die Präriehunde flitzten von einem Loch zum anderen oder saßen vor ihren Wohnhöhlen in der Sonne.

Es war noch nicht ganz elf Uhr am Vormittag, als sie ihren Abstecher durch die Badlands beendeten. Sie fuhren wieder auf die Autobahn und dann ging es zügig nach Osten. Hier war das Land flach und die Straße erstreckte sich schnurgerade vor ihnen, fast ohne Gefällstrecken oder Kurven. Sie hatten die Autos vor sich und hinter sich im Blick, aber ein Lincoln war nicht darunter. Ben Peck fuhr schnell, überholte häufig und sah sich die Fahrer im Vorbeiziehen an. Dann wieder verlangsamte er das Tempo und ließ andere Autos überholen. Von Edgar Snabel war nichts zu sehen.

»Ich verstehe das nicht«, sagte Peter. »Auf dieser Strecke ist er nicht vor uns und hinter uns sehe ich ihn auch nicht. Er hat uns nicht überholt und wir haben ihn nicht überholt, aber ich wette meinen letzten Dollar, dass er nicht weit weg ist. Wie stellt er das nur an?«

Peter hatte wachsam aus dem Heckfenster geschaut. Jäh erstarrte er. »Motorräder!«, rief er. »Du, Opa, wäre das nicht ein Witz, wenn das dieselbe Bande wäre, die wir in Crescent City getroffen haben?«

Mr Peck warf einen prüfenden Blick in den Rückspiegel. »Wir sind inzwischen eine recht weite Strecke von Crescent City entfernt. Aber vielleicht fahren sie zu irgendeinem Bandentreff. Man hört ja, dass die motorisierten Zweiradfahrer solche Treffs veranstalten.«

Die Motorradfahrer kamen in geradezu militärischer Formation angebraust. Es waren zwei parallele Reihen und in sehr aufrechter Sitzhaltung zogen sie mit geradeaus gerichtetem Blick dahin. Unbestreitbar waren sie genauso bedrohlich wie die Bande in Crescent City und sie waren genauso gepanzert, mit schwarzem Leder und Metallbeschlägen.

Und sie holten stetig auf. Der Abstand zum Buick wurde immer geringer.

»Opa, kannst du nicht schneller fahren?«, drängte Peter.

»Wir haben es nicht nötig zu flüchten, egal wer da ankommt«, äußerte Mr Peck.

Bob grinste. Mr Peck war gewiss nicht ohne Fehler, aber er besaß Mut und Entschlusskraft, und die Jungen begriffen allmählich, dass er sich durchaus nicht so schnell einschüchtern ließ.

»Kein Grund zu der Annahme, dass diese Burschen etwas mit uns im Sinn haben«, sagte er jetzt. »Auch wenn es die Gleichen sind, die wir in Crescent City sahen, haben sie uns inzwischen längst vergessen.«

Nun konnten die Jungen das Dröhnen der Motoren hören, und sie sahen, wie die beiden Fahrer an der Spitze nach links ausscherten, um den Buick zu überholen.

»He, Leute!«, rief Peter. »Das ist ja tatsächlich der große Kerl, der auf dem Pier auf dich losgefahren ist, Opa.«

Mr Peck stieß verächtlich die Luft aus. »Wie willst du das überhaupt feststellen? Der hat einen solchen

Zottelbart, dass er kaum noch wie ein Mensch aussieht.«

Der Fahrer drehte den Kopf zur Seite und sah sich den Buick an, während er vorüberbrauste, und das Pech wollte es, dass Mr Peck in ebendiesem Augenblick zu dem Motorrad hinüberschaute. Die Blicke der beiden trafen sich. Der Fahrer riss verblüfft die Augen auf und sein Mund öffnete sich zu einem überraschten Ausruf. Die Jungen sahen, wie er unverschämt grinste. Dann rief er seinen Freunden etwas zu und zeigte auf Peck und die Jungen.

»Jetzt ist's passiert«, sagte Bob. »Da kommt was auf uns zu.« Die Motorräder schlossen den Buick regelrecht ein und drosselten das Tempo.

Ben Peck gab Gas und der Buick schoss vorwärts. Die Fahrer vor dem Wagen wichen nicht aus. Sie fuhren stur weiter und saßen mit starr nach vorn gerichtetem Blick im Sattel, als wollten sie es darauf ankommen lassen, dass Mr Peck sie über den Haufen fuhr.

»Sie rechnen damit, dass ich nicht auffahre, und damit haben sie Recht«, sagte Peck erbittert. Er nahm das Gas weg und bremste. Er sah nach links. Dann scherte er leicht aus. Der Motorradfahrer vor ihm wich aus. Mr Peck fuhr weiter nach links und der Fahrer in der anderen Kolonne machte ebenfalls Platz. Ringsum erhoben sich zornige Stimmen, aber es war schon zu spät. Der Buick war auf der Überholspur, und die Fahrer, die den Spurwechsel nicht zu blockieren gewagt hatten, blieben hinter ihm zurück.

»Seht mal da vorn!« Mr Peck nickte zu einer Rauchwolke hin, die aus einer Weidefläche neben der Autobahn aufstieg. Dort musste jemand dürres Gras abgeflämmt haben, und da es fast windstill war, trieb der Rauch dicht über dem Boden dahin und verdunkelte die Fahrbahn. Gleich würden sie in die dichten Schwaden eintauchen – und ebenso die Motorradhelden hinter ihnen, die laut höhnten und protestierten.

»Wenn wir in die Rauchwolken hineinfahren, dann haltet euch gut fest«, empfahl Ben Peck. Für eine nähere Erklärung blieb keine Zeit. Sie waren schon mitten im Rauch und von der Straße war nichts mehr zu sehen. Auch die Motorradfahrer waren verschwunden. Ringsum war nur wirbelndes Gras. Ben Peck riss das Lenkrad abrupt nach links herum.

Sie rasten von der Fahrbahn herunter. Einen Herzschlag lang waren sie im freien Flug. Dann setzten sie wieder auf der Erde auf und landeten hart in dem Graben im Mittelstreifen zwischen den Fahrbahnen. Sekundenlang dachte Peter, der Wagen würde sich überschlagen, und er schrie angstvoll auf. Aber sie kamen sicher zum Stehen und nun war der Buick nach Westen ausgerichtet.

Mr Peck holte tief Atem, legte den ersten Gang ein und trat aufs Gaspedal. Erst drehten die Räder durch. Dann machte der Wagen einen Satz nach vorn, rutschte und holperte aus dem Graben heraus und sie fuhren auf dem Grünstreifen längs der Fahrbahn nach Westen weiter. Peck sah nach hinten, als sie aus den

Rauchschwaden hervorbrachen. Die Überholspur nach Westen war frei.

»Und weiter geht's!«, rief Mr Peck. Er schlug das Lenkrad ein und der Wagen landete wohlbehalten auf der Fahrspur in Richtung Westen. Mr Peck beschleunigte und sie hatten wieder klare Sicht.

»Opa, du bist fantastisch!«, schrie Peter begeistert.

»Freu dich nicht zu früh«, warnte Mr Peck. »Diese Rabauken werden bald spitzkriegen, was ich gemacht habe.«

Weiter vorn war eine Ausfahrt und Mr Peck steuerte sie an. Am Ende der Ausfahrt bog er auf die Landstraße ein und fuhr bis zu einer Baumgruppe, einige hundert Meter vor ihnen.

»Jetzt wollen wir mal sehen«, meinte er. Er fuhr von der Straße ab und hielt unter den Bäumen. Nun war der Buick vor dem Verkehr auf der Ausfahrt abgeschirmt.

»Hier werden sie uns nie finden«, behauptete er. »Sie werden uns nämlich vor sich suchen.«

Er atmete rascher als sonst, aber er lachte schadenfroh und beobachtete aufmerksam die Autobahn.

Doch nach knapp einer Minute kamen auch schon die Motorradfahrer wieder ins Blickfeld. Sie fuhren in ihrer starren Formation und behielten offensichtlich die Fahrbahn vor sich angespannt im Blick, während sie nach Westen brausten.

»Eine üble Bande«, sagte Mr Peck. »Die wollten uns wohl eine schlimme Überraschung bereiten.«

Die schweren Maschinen verschwanden in der Ferne.

Plötzlich hatte Justus etwas erspäht. »Seht mal, da drüben.«

Ein grauer Lincoln fuhr auf der Autobahn nach Osten. Kaum hatte Justus ausgesprochen, wurde er langsamer.

»Na, das ist ja die Höhe«, fand Ben Peck.

»Ach, vielleicht ist es gar nicht Snabel«, meinte Bob. »Vielleicht ist es irgendein anderer Lincoln-Fahrer.«

»Und wenn es Snabel ist, können wir ihn zur Abwechslung ruhig vorfahren lassen«, schlug Peter vor.

Aber der Lincoln fuhr nicht weiter. Er bremste, rollte auf das Bankett und hielt an. Und zwar genau gegenüber der Stelle, wo Mr Peck und die Jungen auf Beobachtungsposten saßen!

??? *Noch einmal: Wie macht Ed Snabel das? Was ersetzt ihm den sechsten Sinn, den er zweifellos haben müsste, um Mr Peck & Co. immer wieder aufzuspüren? Ein Tipp für erfahrene ???-Leser: So etwas ist Justus, Bob und Peter durchaus nicht neu; vor längerer Zeit hatten sie es auch schon selbst verwendet.*

Bob in der Klemme

Der Lincoln wartete mit blinkender Parkleuchte.

»Er hat uns wieder mal aufgespürt!« Mr Peck war erbost. »Verflixt noch mal! Das ist Snabel, und er weiß, dass wir hier sind. Aber woher weiß er das?«

Durch die Bäume abgeschirmt, hielten sie Ausschau. Ein Streifenwagen der Polizei tauchte auf der Autobahn auf. Er fuhr hinter dem Lincoln auf den Randstreifen und ein uniformierter Polizist stieg aus. Snabel öffnete die Tür des Lincoln und sprach ein paar Worte mit dem Verkehrspolizisten. Dann gingen beide Männer nach vorn und Snabel hob die Motorhaube und sah sich den Motor an.

»Das ist nur Schau«, erkannte Justus. »Er tut einfach so, als hätte er eine Panne.«

Justus stieg aus dem Buick. »Also gut«, sagte er. »Solange er drüben auf der Autobahn festgenagelt ist, wollen wir mal nachsehen, wie er es anstellt.«

»So?«, meinte Peter. »Wie denn?«

»Das hat Mr Peck bereits ausgesprochen«, erklärte Justus. »Er findet uns immer wieder, so viel steht fest. Es muss an diesem Wagen etwas geben, das ein Signal aussendet. Er empfängt das Signal und weiß jederzeit, wo wir sind – und so war es ihm auch möglich, uns zu folgen, ohne gesehen zu werden. Nur mit dieser Methode konnte er das machen!«

Nun stiegen auch die anderen aus und Mr Peck ging

zum Kofferraum und hob den Deckel. Sie nahmen das Gepäck heraus und stellten es neben dem Wagen ab. Sie nahmen sogar die hinteren Sitze heraus. Justus tastete die Hohlräume unter den Vordersitzen und dem Armaturenbrett ab.

Bob fand schließlich das Ding. Er war unter den Wagen gekrochen. Es war eine Plastikdose, nicht größer als eine Seifenschale, und sie war mit Klebeband am Benzintank befestigt.

»Wenn ich den erwische …!« Mr Peck sah sich zornentbrannt nach einem Wurfgeschoss um.

»Beruhigen Sie sich, Mr Peck!« Justus nahm das Kästchen, stellte sich auf Zehenspitzen und legte es in eine Astgabel eines der Bäume. »Damit ist er erst einmal eine gute Weile beschäftigt und kann sich ausgiebig wundern!«, sagte Justus.

Die drei ??? verstauten Sitze und Gepäck wieder im Wagen. Mr Peck ließ den Motor an und sie setzten die Fahrt fort. Diesmal ging es auf holpriger Straße seitab von der Autobahn gemächlich nach Norden durch ausgedehntes Weideland.

Einmal blickte Bob noch zurück. Das Letzte, was er an der Autobahn sah, war Snabel, im Gespräch mit dem Polizisten, der ratlos auf den Lincoln blickte und sich am Kopf kratzte.

Nach einer Weile stieß Mr Peck auf eine geteerte Straße. Er wandte sich nach Osten und fuhr durch eine Reihe von Dörfern. Zwischen den Ortschaften lagen große Grünflächen, auf denen manchmal Kälber und

Pferde weideten. Bei Pierre in South Dakota überquerten sie den Missouri und dann kamen wieder Dörfer und kleine Städte und immer wieder Weideland. Abends hielten sie bei einer einfachen Privatpension in einer Kleinstadt, knapp achtzig Kilometer vor der Staatsgrenze von Minnesota. Hier gab es eine abschließbare Garage, wo Mr Peck den Wagen einstellen konnte.

Ihre Wirtin war eine heitere und liebenswürdige Frau namens Mrs Leonard, die wie ein Wasserfall redete, ohne je eine Gegenrede abzuwarten. Sie kochte ein ausgezeichnetes Abendessen. Am nächsten Morgen bereitete sie ein kräftiges Bauernfrühstück und schon waren sie wieder unterwegs in der milden, feuchten Landluft.

Nahezu über die gesamte Strecke durch Minnesota benutzten sie die Landstraßen. Doch in Rochester fuhren sie wieder auf die Autobahn und brausten weiter nach La Crosse in Wisconsin. Mr Peck war in Hochstimmung.

»Zum Kuckuck mit Snabel – nun werden wir uns La Crosse ansehen«, verkündete er. »Dort ist Peters Großmutter aufgewachsen. Es ist eine der reizvollsten Städte, die ihr euch vorstellen könnt.«

»Ja, nun sind wir endlich dieses Ding los, das uns Snabel angehängt hat, und damit auch unsere Sorgen«, stellte Peter fest.

»Dieser Snabel ist wirklich ein Heimlichtuer und Schnüffler«, meinte Mr Peck. »Bestimmt hat er seit seinem Einzug in Rocky Beach schon irgendeine fachmännische Spionagetätigkeit ausgeübt. Und wahrscheinlich hat er in all den Jahren an meinem Haus jede Menge Wanzen angebracht. Kein Wunder, dass er so vieles weiß, was ihn nichts angeht.«

Vor nicht langer Zeit hätte Justus diese Feststellung mit ziemlicher Skepsis betrachtet. Nun war auch er von ihrer Richtigkeit überzeugt. Snabel hatte sie tatsächlich zielstrebig durch das Land verfolgt, und es hatte den Anschein, als wolle er Mr Pecks Erfindung an sich bringen, was diese auch sein mochte.

Und – wo sie auch sein mochte. Es war Justus ein Rätsel. Sie hatten ja den Wagen gründlich durchsucht, jedoch nichts von einer ungewöhnlichen Erfindung entdeckt. Ob Mr Peck sie in der Hosentasche mit herumtrug? Oder etwa im Kopf? Wie konnte Snabel sie stehlen, wenn Mr Peck sie im Kopf hatte?

Und warum hatte sich Snabel mit jenem Mann in Monterey getroffen? Auf dem Fisherman's Wharf war dieser zweite Mann plötzlich aufgetaucht – der gut gekleidete Herr, der sich beim geringsten Anzeichen einer Störung einfach in Luft aufgelöst hatte. Allerdings hatte dieser Mann kein Interesse an Mr Peck gezeigt. Warum war er dort hingekommen, um sich mit Snabel zu treffen?

»Da ist es!«, rief Mr Peck plötzlich.

Sie fuhren gerade auf einer Brücke über einen Fluss, und Mr Peck erklärte, das sei der Mississippi. Die Jungen sahen grüne Hügel, die sich jenseits des Wassers erhoben, und im Strom kleine Inseln mit Schatten spendenden Bäumen. Am anderen Ufer lag eine Stadt.

»Das ist La Crosse«, erklärte Mr Peck. »Dort übernachten wir heute.«

Am Abend aßen sie in einem Restaurant am Ufer. Sie beobachteten die schwalbenähnlichen Uferläufer, die dicht über dem Fluss dahinflitzten, und einen Reiher, der vor einer der Inseln im seichten Wasser watete.

»So hat der Mississippi wohl auch für Mark Twain ausgesehen«, sagte Mr Peck. »Wisst ihr noch, wie sich Tom Sawyer und Huck auf einer Insel draußen im Fluss versteckten? Eine solche Insel muss das gewesen sein.«

»Können wir eine Fahrt mit einem Raddampfer machen?«, fragte Bob eifrig. »Auf einem Schild am Empfang im Motel stand, dass alle zwei Stunden ein Boot vom Hafen in La Crosse abgeht.«

»Schön, das machen wir«, stimmte Mr Peck zu.

Am nächsten Morgen warteten sie um 10.45 Uhr, bis sie an Bord der »La Crosse Queen« gehen konnten. Das kleine Schiff verkehrte regelmäßig vom Pier unten bei der State Street zu den Schleusen oberhalb von La Crosse und wieder zurück. Mr Peck war etwas enttäuscht, als er erfuhr, der Antrieb sei ein Dieselmotor und nicht eine richtige altertümliche Dampfmaschine. Peter machte ihm allerdings klar, dass Dieselmotoren wenigstens nicht explodierten und das Schiff zum Sinken brachten, wie man das bei Dampfmaschinen früher erlebt hatte.

»Na schön«, sagte Mr Peck. »Wenigstens ist das Schiff ein echter Raddampfer.«

Die vier gingen an Bord, sobald die Fahrgäste vorgelassen wurden. Sie suchten sich Plätze auf dem Oberdeck und beobachteten die anderen Ausflügler, wie sie über die Laufplanke vom Pier zustiegen. Sie sahen auch Dauerläufer, die schwitzend und schnaufend durch den Riverside Park trabten, und Kinder, die auf dem Rasen spielten. Und Mr Peck sah noch etwas, das ihn sofort wieder zur Weißglut brachte.

»Da!«, rief er aufgebracht. »Schaut! Da ist er wieder!«

Die Jungen schauten hin. Sie hatten den Buick in der Nähe des Piers geparkt und nun sahen sie einen Mann hinter dem Wagen stehen und ihn eingehend betrachten.

Justus stockte der Atem. Das war der gut gekleidete Mann, der sich auf dem Pier in Monterey mit Snabel getroffen hatte!

»Er ist es, nicht wahr?«, rief Mr Peck. »Der zweite Mann. Den werde ich mir vorknöpfen!«

Er sauste zur Treppe, die zum Hauptdeck hinunterführte. Aber eine ganze Schar anderer Passagiere kam gerade herauf und der Motor der »La Crosse Queen« war schon angeworfen worden. Als sich Mr Peck endlich zum Hauptdeck durchgekämpft hatte, vergrößerte sich bereits der Abstand zwischen Schiff und Pier, und die Fahrt hatte begonnen.

Mehr als eine Stunde später legte das Schiff wieder am Pier an. Mr Peck und die drei ??? gingen als Erste von Bord. Sie liefen rasch zum Buick.

Der Wagen war in Ordnung. Es gab kein Anzeichen, dass jemand sich daran zu schaffen gemacht hatte. Peter kroch unter das Auto, um es von unten zu inspizieren. Bob und Justus nahmen das Gepäck aus dem Kofferraum und untersuchten die Rücksitze. Mr Peck fühlte unter dem Armaturenbrett nach und schaute unter die Motorhaube.

»Nichts!«, musste Mr Peck zugeben. »Was zum Kuckuck hat der denn angestellt? Und wie hat er uns überhaupt wieder gefunden – nachdem wir das Ding los waren, das sie uns an den Benzintank geklebt hatten? Wie haben die uns aufgespürt?«

»Vielleicht haben sie uns aufgelauert«, sagte Bob.

Das hatte allgemeine Verblüffung zur Folge.

»Wirklich, überlegt mal: Wenn ich unbedingt jemanden finden wollte, der eine Reise quer durchs Land macht, würde ich an all die Orte gehen, die Touristen normalerweise aufsuchen, und dort warten. In La Crosse würde ich dann eben beim Raddampfer auf Posten liegen, falls der Bursche, auf den es mir ankommt, eine Fahrt mitmacht.«

Mr Peck nickte. »Ja. So könnte es sein. Du bist ja hellwach, Bob. Ihr seid alle drei hellwach.«

»Vielleicht sollten wir schnellstens weiterfahren«, schlug Bob vor, »und uns von jetzt an von den bekannten Sehenswürdigkeiten fern halten. Als wir auf der

Landstraße statt der Autobahn fuhren, gab es keinerlei Probleme.«

Mr Peck war einverstanden. »Gut. Wir fahren zügig weiter, und wenn wir erst in New York sind, haben wir es geschafft. Dann hat Snabel das Nachsehen – dann hat er keine Chance mehr.« Innerhalb einer Viertelstunde hatten sie La Crosse hinter sich gelassen und fuhren auf schmaleren Landstraßen nach Südosten. Abends machten sie am Stadtrand von Rockford in Illinois Halt.

Am nächsten Morgen ging es nach Chicago, und Mr Peck führte den Jungen bei einem schnellen Abstecher über die Uferstraße Lake Shore Drive die Luxusvillen und eleganten Appartementhäuser vor, die das Ufer des Michigansees säumten. »Jetzt könnt ihr erzählen, ihr habt das auch gesehen«, meinte Mr Peck. Im Dachrestaurant eines der Wolkenkratzer aßen sie zu Mittag und später waren sie dann quer durch Indiana unterwegs.

Die Nacht verbrachten sie in Sturgis in Michigan, das nördlich von der Autobahn durch Indiana lag. Bob trennte sich kurz von den anderen und ging in einen Supermarkt. Das Fotogeschäft an der Main Street hatte schon geschlossen und er brauchte neue Filme.

Er fand den Bereich »Film und Foto« und der Abteilungsleiter verkaufte ihm zwei Filme. Er bezahlte und wollte zum Ausgang. Plötzlich versperrte ihm jemand den Weg.

Der elegante Unbekannte aus Monterey hatte sich ihm entgegengestellt. Völlig verdutzt starrte Bob den Mann an. Im ersten Augenblick brachte er kein Wort heraus und konnte sich nicht rühren.

»Du hast es nicht bei dir«, sagte der Mann. Seine Stimme war tonlos, ohne innere Beteiligung, genau wie sein ausdrucksloses, glattes Gesicht. »Na schön. Wir holen es uns.« Er packte Bob am Arm. »Los, komm mit.« Ein kaum wahrnehmbares Lächeln überflog sein Gesicht.

Bob versuchte, sich loszureißen, aber es ging nicht. Der Griff des Mannes war eisenhart. Nun strebte er zu der automatischen Tür und Bob wurde einfach mitgezogen. Die Scheiben öffneten sich, als die beiden näher kamen. Draußen lag der Parkplatz und dahinter…

Beängstigende Gedanken schossen Bob durch den Kopf, einer schrecklicher als der andere. Der gut gekleidete Mann musste Mr Snabels Partner sein. Die beiden würden Bob als Geisel festhalten, bis sie bekamen, was sie die ganze Zeit gewollt hatten – Mr Pecks Erfindung. Und wenn der dickköpfige alte Herr sie nicht herausrückte? Und wenn nun …?

Bob brüllte los. Er stemmte die Absätze fest auf den Boden. Bei der Tür stand ein Trinkwasserspender, und er stürzte sich darauf und packte zu und hielt sich krampfhaft fest – obwohl er ausgerechnet den Knopf erwischt hatte, der das Wasser fließen ließ. Wasser spritzte in starkem Strahl über sein Gesicht und lief ihm ins Genick und durchnässte sein Hemd, aber er hielt unentwegt fest und brüllte dabei.

»Hör mal, Freundchen«, sagte der Unbekannte. »Lass das lieber sein.«

Der Mann sprach bewusst sehr leise und entschlossen. Es hörte sich an, als weise ein Vater ein ungehorsames Kind zurecht.

Der Abteilungsleiter aus dem Supermarkt war herangetreten. »Gibt's Ärger?«, erkundigte er sich.

»Halb so schlimm«, entgegnete der Unbekannte. Er hielt Bob noch immer mit einer Hand fest, und mit der anderen versuchte er, Bobs Hände vom Wasserspender zu lösen. »Mein Junge ist nur … äh … er ist eben manchmal …«

»Das ist Entführung!«, rief Bob heiser. Er wich dem Wasserstrahl aus, so gut er konnte. »Brandstifter! Verbrecher! Holen Sie die Polizei, Mister! Der Kerl ist nicht mein Vater. Ich kenne ihn überhaupt nicht!«

Schon liefen die Leute zusammen – vier oder fünf Kunden mit ihren Einkaufskarren und ein junger Verkäufer in roter Jacke. »Charlie«, sagte der Abteilungsleiter zu dem Verkäufer, »geh mal rasch ans Telefon und ruf beim Sheriff an. Henry Parsons soll herkommen und sich mal um die Sache hier kümmern.«

»Lächerlich!«, fuhr der elegante Fremde auf. »Hören Sie, ich will nicht … will nicht, dass die Polizei hier eingeschaltet wird. Der Junge ist bisher nicht straffällig geworden, und wenn ich ihn jetzt noch mal zurechtstauchen kann, wird es auch nicht so weit kommen.«

Der Mann senkte die Stimme. »Er war da an Marihuana geraten und… und vielleicht auch an was Härteres. Ich will das selbst in die Hand nehmen, ehe…«

»Der Mann ist nicht mein Vater!« Bob gab nicht auf. »Er weiß ja nicht mal, wie ich heiße!«

Der Abteilungsleiter sah den Fremden forschend an.

»Fragen Sie ihn doch!«, hakte Bob nach. »Er soll sagen, wie ich heiße. Wetten, dass er's nicht kann?«

Der Fremde lächelte nur in seiner aalglatten Art. »Mein Sohn Ralph ist äußerst widerspenstig. Das ist sein Alter.«

Bob ließ den Wasserspender los. Er zog seine Brieftasche heraus und reichte sie dem Mann vom Supermarkt. »Hier ist mein Schülerausweis«, sagte er, »mit Foto.«

Und während der Abteilungsleiter den Ausweis aufklappte, drehte sich der elegante Unbekannte um und verschwand durch den Ausgang.

??? *Dieser Fremde ist noch gefährlicher als Snabel, wie mir scheint. Ist er etwa der Empfänger jener uns noch unbekannten Sache, derentwegen hier eine Jagd durch den Kontinent veranstaltet wird?*

Peters riskante Fahrt

Bob saß in einem muffigen, kleinen Raum hinter der Molkereiabteilung des Supermarkts und versuchte, die Fragen des Hilfssheriffs zu beantworten. Leicht war das nicht.

»Aber warum sollte euch jemand quer durch das Land verfolgen?«, wollte der Ordnungshüter wissen.

»Mr Peck sagt, der Grund dafür sei eine Erfindung, die diese Burschen an sich bringen wollen«, gab Bob Auskunft. »Ich denke schon, dass das stimmt.«

Bob erklärte, dass Mr Peck der Großvater seines Freundes war. Dann musste er Mr Pecks Erfindungen beschreiben, soweit sie ihm bekannt waren, und schildern, wie der betagte Erfinder sich geweigert hatte, die Jungen über seine höchst bedeutsame Neuheit aufzuklären, die er in New York zu verkaufen gedachte.

»Er meint, wir seien in Gefahr, wenn wir zu viel wissen«, erklärte Bob.

»Du warst doch schon in Gefahr vorhin«, meinte der Sheriff. Bob nickte, und dankbar nahm er eine Fahrt mit dem Dienstwagen zum Hotel an, wo Justus und Peter und Mr Peck zurückgeblieben waren.

Mr Peck regte sich mächtig auf, als er hörte, was geschehen war, und obwohl er sich strikt weigerte, dem Beamten von seiner Erfindung zu berichten, erzählte er mit Genugtuung die Geschichte ihrer Verfolgung seit Rocky Beach. Er ließ nichts aus – weder den Brand im Motel in Cœur d'Alene noch den Minisender am Benzintank noch die Tatsache, dass der Unbekannte aus Monterey in La Crosse um ihren Wagen herumgeschlichen war.

Als Mr Peck zu berichten begann, war der Beamte höflich und aufmerksam. Als er geendet hatte, spiegelte das Gesicht des Zuhörers Skepsis und Überheblichkeit.

»Aha«, sagte er nur. »Ist das alles?«

»Ist das nicht genug?«, fuhr Mr Peck auf.

»Oh ja, es reicht«, fand der Hilfssheriff.

Justus hatte noch das Kennzeichen des Wagens, den er bei Mount St. Helens gesehen hatte, im Gedächtnis, und er nannte es dem Mann. Dieser notierte sich die Angaben und ließ Mr Peck und Bob das Protokoll unterschreiben. Dann ging er wieder, mit sichtlichem Unbehagen.

»Die Polizei wird die beiden nie erwischen«, sagte Mr Peck. »Die sind doch längst über alle Berge.«

Niemand widersprach ihm.

Später am Abend, als die Jungen schon im Bett lagen, äußerte Justus: »Irgendetwas stimmt hier nicht.«

Peter stöhnte. Er wollte jetzt schlafen.

»Was meinst du denn, Justus?«, fragte Bob.

»Warum sollte Snabels Komplize dich entführen, Bob?«

»Um an Mr Pecks Erfindung heranzukommen«, antwortete Bob.

»Nein, ich meine, wieso ausgerechnet dich und

nicht Mr Peck oder einen von uns beiden anderen«, meinte Justus.

»Tja, das weiß ich auch nicht. Vielleicht, weil ich allein war.«

»Vielleicht war es Bobs spezielle Aura«, warf Peter ein.

Das überhörte Justus. Nachdenklich fuhr er fort: »Und er sagte: ›Du hast es nicht bei dir.‹ Wir nehmen hier an, dass ›es‹ Mr Pecks Erfindung ist, weil wir uns die ganze Zeit damit befassen. Aber ›es‹ könnte im Grunde auch etwas ganz anderes sein.«

»Justus«, bat Bob, »können wir das nicht morgen klären? Mir reicht es für heute.«

»Mir auch«, sagte Peter. »Immerhin sind das unsere Ferien.«

Justus blickte verdrießlich drein, sagte aber: »Na schön.«

Sie wünschten einander Gute Nacht und bald darauf war der einzige Laut im Zimmer das rhythmische Sägen des Schnarchers von nebenan.

??? *Ja, was nur wollen die beiden Komplizen denn nun? Geheimtipp von mir: Zurückblättern bis zu der Begegnung in Monterey. Dort wurden nämlich bereits die Weichen gestellt.*

Am nächsten Morgen fuhren Mr Peck und die drei ??? schon vor Sonnenaufgang weiter und nun war ihre Reise wirklich zu einer Flucht geworden. Sie kamen überein, die Fahrt auf Nebenstraßen wieder aufzugeben. Egal was für Straßen sie benutzten – ihre Verfolger schienen imstande, sie immer wieder zu orten. Und so wählten sie wieder die Autobahn, da hier wenigstens dichter Verkehr herrschte. Wenn Snabel und sein Gefährte einen handfesten Übergriff planten – beispielsweise den Buick von der Straße abzudrängen –, dann konnten Mr Peck und die Jungen auf Hilfe rechnen.

Zügig durchquerten sie Indiana und Ohio. Am Abend war Mr Peck ganz steif und dazu reizbar und erschöpft. Die Vorstellung, dass Snabel ihn nun doch in Panikstimmung gebracht hatte, setzte ihm schwer zu. Sie waren mittlerweile in Pennsylvania, als er das Handtuch warf. Urplötzlich bog er in eine Auffahrt ein und belegte in einem Motel, keine zweihundert Meter von der Autobahn, zwei Zimmer.

»Ihr drei könnt schwimmen gehen oder fernsehen oder sonst was«, sagte er. »Ich muss tanken. Bin gleich wieder da.«

»Wir gehen mit, Opa«, schlug Peter rasch vor.

»Ich brauche aber keinen Aufpasser!«, wehrte Ben Peck schroff ab. »Weiter vorn an der Straße ist eine Tankstelle. Ich komme gleich wieder.«

Da gab es keine Widerrede und er fuhr los. Die Jungen schalteten in ihrem Zimmer das Fernsehgerät ein, aber sie waren zu unruhig, um sich auf das Programm zu konzentrieren. Sie warteten.

Zwanzig Minuten verstrichen qualvoll langsam und dann war es eine halbe Stunde.

»Da ist doch was passiert«, sagte Peter.

Justus schritt im Zimmer auf und ab und Bob sah zum Fenster hinaus. Das Motel lag am Rand einer kleinen Stadt und Bob konnte hinter Bäumen die Lichter der Innenstadt sehen. »Vielleicht wollte er noch etwas aus einem Laden besorgen und ist in die Stadt gefahren«, meinte Bob.

»Oder der Preis an der Tankstelle war ihm zu hoch und da wollte er sich eine andere suchen«, sagte Justus.

Wiederum vergingen fünfzehn Minuten. Die drei ??? brachten es nicht über sich, noch länger untätig zu warten. Sie zogen ihre Jacken an und gingen los, die Straße entlang.

An der nächstgelegenen Tankstelle war Mr Peck nicht. Der Tankwart hatte ihn auch nicht gesehen. »Ein Wagen aus Kalifornien würde mir doch auffallen«, meinte er. »Auch wenn wir hier an einer Hauptverkehrsstrecke liegen, kommt ein solcher nicht oft vorbei.«

Die Jungen gingen weiter, während es allmählich dunkler wurde. Auch bei der zweiten Tankstelle, an der sie vorüberkamen, war Mr Peck nicht. Die dritte lag an einer Kreuzung. Der Tankwart war kaum älter als die Jungen. Er erinnerte sich an einen älteren Herrn mit einem Buick.

»Vor ’ner halben Stunde«, erklärte der Bursche. »Mindestens, würd ich sagen. Der alte Herr tankte auf und ich prüfte den Ölstand, das Kühlwasser und den Reifendruck.«

»Erinnern Sie sich, wohin er von hier aus gefahren ist?«, fragte Peter gespannt.

»Zurück in die gleiche Richtung«, sagte der Tankwart. Er wies in die Richtung, in der das Motel lag. »Ich weiß aber nicht, ob er geradeaus weiterfuhr oder nicht. Da kamen nämlich ein paar Burschen auf Motorrädern an und ich hatte alle Hände voll zu tun.«

»Motorräder?«, wiederholte Peter.

Justus spürte eine ungute Vorahnung. »Wie viele Motorradfahrer waren denn das?«, fragte er.

»Zwei. Wieso?«, wunderte sich der Fahrer.

»Wir … wir hatten da einen Zusammenstoß mit ein paar Motorradfahrern drüben im Westen«, sagte Justus. »Es sind wahrscheinlich nicht die Gleichen, aber konnten Sie sehen, wohin sie fuhren?«

»In dieselbe Richtung«, antwortete der Tankwart. »Genau wie der Alte. Sie fragten mich, wo sie über Nacht kampieren könnten. Ich beschrieb ihnen den Grill- und Campingplatz bei Parson’s Woods. Hört mal, wenn ihr meint, dem alten Herrn ist was passiert und die Burschen hätten damit was zu tun, dann könnte ich … könnte ich ja die Polizei rufen.«

Die Jungen zögerten. Dann dachte Peter daran, wie leicht sein Großvater aufbrauste. Und an diesem Abend war Mr Peck unverkennbar »geladen« gewesen. Wenn er merkte, dass sich die Jungen ohne Anlass Sorgen machten, würde er einen Tobsuchtsanfall bekommen.

»Vielen Dank«, sagte Peter. »Wir … wir wollen uns das noch überlegen.«

»Wie kommt man denn zu diesem Grillplatz?«, fragte Bob.

Der Tankwart erklärte den Jungen, es sei weniger als ein Kilometer bis dahin. Er nahm ein Auftragsformular aus dem Büro und zeichnete auf die unbedruckte Rückseite eine Kartenskizze. Die drei ??? bedankten sich und gingen wieder in Richtung Autobahn die Straße entlang. Bob hielt die provisorische Karte in der Hand.

Ehe sie das Motel erreichten, in dem sie die Nacht verbringen wollten, kamen sie an eine Straße, die nach links abbog. Nach den Angaben auf der Karte schlugen die Jungen diesen Weg ein und fanden sich bald auf einer schmalen Nebenstraße, an der es weder Häuser noch Geschäfte gab, nur hin und wieder eine Straßenlampe. Später kamen auch keine Lampen mehr und nur der fahle Schein des aufgehenden Mondes gab etwas Licht. Doch nach einiger Zeit wurde es wieder heller. Irgendwer hatte in einer Lichtung links von der Straße ein Feuer gemacht. Die Jungen konnten zwei Männer sehen, die sich im Flackerschein der Flammen bewegten. Schweigend gingen sie weiter und bald sahen sie den Buick. Er war neben der Straße, in der Nähe des Feuers, geparkt. Hinter dem Wagen und der Feuerstelle saß Mr Peck. Er hockte vornübergebeugt auf einer Bank, mit dem Rücken gegen einen Holztisch. Er beobachtete die beiden Männer, die sich zwischen ihm und dem Buick zu schaffen machten. Das Gesicht des alten Mannes war wie versteinert.

»Es sind doch die gleichen Motorradfahrer«, flüsterte Peter. »Sie haben Opa geschnappt!«

»Psst!«, machte Justus warnend.

Ein unbefestigter Fußweg führte von der Straße zum Grillplatz. Die Jungen schlichen dort entlang, bis Bob fast über die beiden Motorräder stolperte, die hier abgestellt waren. Die drei ??? blieben stehen, duckten sich hinter die Maschinen und lauschten.

Am Lagerfeuer wurde laut und verächtlich geredet.

»Noch gar nichts haste gesehen, Opi!«, stieß einer der Fahrer hervor. »Mit dir werden wir eine Fahrt machen, die du nie vergessen wirst.« Der Sprecher nahm einen großen Schluck aus einer Bierdose, zerdrückte sie dann in einer Hand und warf sie über die Schulter weg. Er griff in eine Tüte am Boden und zog eine zweite Dose heraus. Er trank gierig, rülpste und wischte sich den Mund mit dem Ärmel ab.

Mr Peck räusperte sich angewidert und sah weg.

»He, du, schau mich an, wenn ich mit dir rede!«, rief der Fahrer.

Peter wollte losstürzen, doch Justus hielt ihn am Arm fest und ließ nicht wieder los.

»Biste schon mal in die Berge raufgerast, alter Knabe, abseits von den Straßen, wo noch keiner gefahren ist?«, wollte der erste Fahrer wissen.

Der andere Kerl lachte. »Mann, das ist Leben! Wird dir Spaß machen, Alterchen – wenn du's durchstehst!«

Beide lachten grölend.

Justus hatte Peters Arm losgelassen, und plötzlich merkte er, dass Peter gar nicht mehr neben ihm war. Er hatte sich in der Dunkelheit weggeschlichen. Justus bekam vor Angst einen ganz trockenen Mund.

Aber dann war Peter wieder da. Er trat ganz nahe an Justus heran und winkte auch Bob herzu. »Die Burschen haben an ihren Maschinen die Zündschlüssel stecken lassen und Opas Schlüssel waren im Wagen«, flüsterte er. Er hielt einen Schlüsselbund hoch, dann einen zweiten und noch einen dritten.

»Die werden Opa nirgends hinbringen!«, flüsterte er wild entschlossen. »Nehmt die Schlüssel und lauft zurück zur Tankstelle und ruft die Polizei. Ich bleibe hier, und wenn die Opa was tun wollen, dann … dann …«

Er brach ab, weil er nicht wusste, wie er seine Androhung beenden sollte.

Justus grinste. Ihm war soeben eine schlechthin großartige Idee gekommen.

Justus saß einen Augenblick ganz still und ließ sich seinen Einfall nochmals durch den Kopf gehen. Er kam ihm durchaus praktikabel vor. Es müsste funktionieren, und es müsste ihnen ermöglichen, Mr Peck wohlbehalten hier herauszuholen.

»Hör mal!«, flüsterte Justus Peter zu. »Du bist doch ein paarmal auf dem Motorrad von Charlie Fisher gefahren, nicht?«

Justus sprach von einem der Originale aus Rocky Beach. Charlie Fisher war ein älterer Mann, der sich seinen Lebensunterhalt als Gelegenheitsarbeiter auf dem Bau verdiente. Er besaß ein uraltes Motorrad und er kam gut mit jungen Leuten aus. Und manchmal, wenn er einen Jungen besonders ins Herz geschlossen hatte – zum Beispiel Peter –, dann ließ er ihn auf seinem Motorrad fahren.

Nun waren freilich Charlies Uraltmodell und die starken Maschinen, die den beiden Fahrern gehörten, so verschieden wie Tag und Nacht.

Peter sah Justus skeptisch an. »Du willst, dass ich eines von diesen Motorrädern hier herausfahre?«, flüsterte er. »Spinnst du oder was ist los mit dir?«

»Vielleicht«, sagte Justus. »Vielleicht auch nicht.«

Dann erklärte er seinen Plan ausführlich.

Es war ein guter Plan und Peter war Feuer und Flamme. Dennoch spürte er, dass der Plan Fehler hatte. Wenn es schief ging – wenn Peter mit dem Motorrad nicht so geschickt umgehen konnte, wie er hoffte –, dann würden ihn die Kerle wahrscheinlich zusammenschlagen, es sei denn, Bob und Justus kämen gegen sie an, was doch sehr zu bezweifeln war.

Doch andererseits – wenn Peter und seine Freunde jetzt nicht eingriffen – würden die beiden mit Mr Peck brutal umspringen. Und das konnte Peter nicht zulassen.

»Na schön«, sagte Peter. »Versuchen wir es!«

Die Jungen krochen zu dem Buick hin. Vorsichtig

und lautlos öffneten sie den Kofferraum und holten ein paar Werkzeuge heraus. Dann machten sie sich an die Arbeit.

Die Fahrer hatten mittlerweile eine ganze Anzahl Bierdosen geleert. Sie sprachen mit schwerer Zunge und bewegten sich täppisch. Peter vermutete, dass sie irgendein Geräusch, das die drei ??? machten, gar nicht wahrnehmen würden, aber darauf ließen es die Jungen nicht ankommen. Sie arbeiteten ohne einen Laut, überwiegend nach Gefühl. Als sie die Werkzeuge erst richtig im Griff hatten, ging es zügig voran.

»Zum Glück sind es nur zwei«, sagte Justus leise. »Wir könnten das nie schaffen, wenn die ganze Bande hier versammelt wäre.« Bedächtig und geräuschlos steckte Justus den Zündschlüssel wieder beim ersten Motorrad ein. Dann gab er Peter, der bei der anderen Maschine stand, den zweiten Schlüsselbund.

Das Motorrad war ein Riesending. Peter war der größte der drei ??? und auch der stärkste. Aber er konnte kaum den Boden mit den Füßen erreichen, als er im Sattel saß. Er schaffte es jedoch, den Ständer hochzuklappen und den Zündschlüssel einzustecken. Dann holte er tief Atem, hielt den Fuß vor den Starter, drehte den Schlüssel herum und stieß mit der Ferse zurück. Der Motor heulte auf wie ein wütendes Raubtier und dann erstarb er wieder. Peter wurde es ganz mulmig vor Entsetzen. Die Fahrer brüllten Unverständliches und kamen taumelnd auf die Füße zu stehen. Peter kickte zum zweiten Mal gegen den Starter.

Wieder röhrte der Motor. Diesmal ging er nicht wieder aus. Peter beugte sich vor und ging mit, als das Motorrad wie ein bockendes Pferd vorwärtsschlitterte und -holperte. Die Maschine sauste in einen Graben, wieder heraus und auf die Straße. Peter schrie halb vor Vergnügen und halb vor Entsetzen, aber er hielt sich im Sattel.

Die beiden Männer setzten sich hintereinander auf das andere Motorrad, der Vordermann kickte gegen den Starter und los ging es. Im Vergleich zu Peter war das ein gut geübter, mechanischer Bewegungsablauf – aber nur für einen Augenblick. Plötzlich waren Gebrüll und Fluchen zu hören, und die Fahrer stürzten zu Boden, denn das Vorderrad hatte sich gelöst.

Die Fahrer rappelten sich hastig auf und flüchteten vor dem schräg zur Seite geneigten Ungeheuer mit dem einen Rad, das in schwankender Kreisbewegung umhertorkelte.

Justus und Bob liefen rasch zu Mr Peck hin. Sie fassten den alten Herrn an beiden Seiten unter und führten ihn zum Buick. Er verstand nicht gleich, was da geschehen war, aber dann ging es ihm auf. Als liefe er um sein Leben, sauste er los und riss die Autotür auf. Die Jungen drängten sich auf die Beifahrersitze, steckten Mr Peck die Schlüssel zu, und noch ehe alle Türen zu waren, fuhr der Wagen los. Mr Peck lenkte ihn in einem weiten Halbkreis herum, wobei er ein halbes Dutzend Büsche niedermähte. Um ein Haar wäre er noch an einem Baum gelandet. Er raste an den beiden völlig verblüfften Motorradfahrern vorbei und dann war der Wagen auf der Straße.

Nach ein paar hundert Metern hielt Mr Peck an. Die Jungen schauten zurück.

Die Motorradhelden standen auf der Straße und schwenkten wutentbrannt die Arme.

Es war überstanden. Justus und Bob konnten wieder lachen.

Top Secret

Eine halbe Stunde später kam Peter auf müden Beinen wieder im Motel an. Er war nass und schmutzig, aber er strahlte übers ganze Gesicht.

»Ich hab das Motorrad in einen Teich gefahren«, berichtete er. »Und die Schlüssel in einen Briefkasten geworfen. Das wird die Burschen eine Zeit lang hier festhalten.« Dann wandte er sich an seinen Großvater. »Opa, was ist eigentlich passiert? Wie bist du in diese Klemme geraten?«

Mr Peck war ein wenig verlegen. »Tja, Peter, diese Affen haben mich völlig überrumpelt. Ich hatte an einer Tankstelle voll getankt, wie ich euch sagte. Dann fuhr ich auf die Nebenstraße, um mal nachzusehen, ob Snabel oder sein Komplize irgendwo einen neuen Minisender festgemacht hatten. Während ich unter den Wagen schaute, kamen urplötzlich diese Trottel angebraust und drohten mir an, sie würden mir alle Knochen im Leib zerbrechen, wenn ich nicht täte, was sie verlangten. Der eine stieg zu mir ins Auto und zwang mich, zu diesem Grillplatz zu fahren.«

Justus war betroffen. »Da waren Sie ernstlich in Gefahr. Ein Glück, dass Sie mit heiler Haut davongekommen sind.«

»Oh, du brauchst mich nicht zu bedauern, Justus«, sagte der alte Herr, nun schon wieder recht munter. »Ich wollte abwarten, bis diese Höhlenmenschen sich sinnlos betrunken hatten, und dann hätte ich es ihnen schon gezeigt. Ich habe schließlich auch ein paar Tricks in petto.«

Peter begriff nicht ganz, worauf sein Großvater anspielte, aber er beschloss, das auf sich beruhen zu lassen.

»Hast du die Polizei verständigt?«, fragte er.

»Mit der Obrigkeit will ich in diesem Fall nichts mehr zu schaffen haben«, erklärte Mr Peck. »Ich möchte kein zweites Mal Zeit vergeuden und die Sache irgendwelchen begriffsstutzigen Polizisten auseinander setzen. Wir fahren gleich weiter, aus der Stadt heraus und nach Westen.«

»Nach Westen?«, fragte Peter.

»Ja, Westen. Damit rechnen nämlich die Motorradfahrer nicht. Und Snabel und Genosse – falls sie auf der Lauer liegen – werden das auf keinen Fall von uns erwarten. Wir suchen irgendwo westlich von hier eine hübsche kleine Stadt und einen Autohändler. Den

Buick geben wir in Zahlung und kaufen einen anderen Wagen und dann können wir ungestört weiterreisen. Jedes Mal hat uns der Buick verraten. Snabel kennt ihn. Sein Freund kennt ihn. Und die Motorradfahrer kennen ihn. Den müssen wir loswerden.«

Peter sah seinen Großvater anerkennend an. »Mann! Ganz schön schlau!«

»Seid ihr ja auch!«, gab Mr Peck das Kompliment zurück. »Na schön, Jungs. Packt eure Sachen. Und meine bitte auch. Ich werde am Empfang Bescheid sagen, dass wir doch lieber weiterfahren.«

Die Wangen des alten Herrn glühten jetzt und seine Augen funkelten unternehmungslustig. »Ich hole den Wagen und fahre ihn zum Seitenausgang – zu der Tür beim Schwimmbecken. Dort kommt ihr mit dem Gepäck hin. Und du, Peter, du musst dir noch trockene Sachen anziehen.«

Peter war schon dabei, das nasse Hemd abzustreifen, und Bob und Justus machten sich ans Kofferpacken. Mr Peck war sehr erleichtert. Nun war er gegen seine Feinde gewappnet und hatte es nicht mehr nötig, vor ihnen zu fliehen.

Bald waren Mr Peck und die Jungen wieder auf der Autobahn, nach Westen unterwegs. Es war fast Mitternacht, als sie nach einer Ausfahrt in eine Stadt an der Grenze zwischen Ohio und Pennsylvania kamen. Hier war der Verkehr ganz schwach und die meisten Häuser waren schon dunkel. Im »Holiday Inn« bei der Autobahn war jedoch Licht und die Reisenden ließen sich dort zwei Zimmer geben. Sie schliefen ein paar Stunden und standen früh wieder auf, und als der Ford-Händler in der Nähe des Hotels aufmachte, warteten sie schon.

Mr Peck erklärte sich ohne lange Diskussion mit dem Preis einverstanden, den ihm der Verkäufer für den Buick bot. Er wählte einen zwei Jahre alten Ford aus dem Gebrauchtwagenangebot und schrieb einen Scheck über den Differenzbetrag aus. Dann wartete er mit den Jungen im Büro, während der Verkäufer bei seiner Bank telefonisch anfragte, ob der Scheck gedeckt sei.

Nach zwölf Uhr verließen Mr Peck und die Jungen endlich mit dem Ford den Firmenparkplatz.

»Nun haben wir sie wohl alle abgeschüttelt«, sagte Mr Peck, der die ganze Zeit mit wachsamem Blick nach Snabel oder seinem Gefährten Ausschau gehalten hatte. Er gähnte herzhaft und rieb sich die Augen. »Ich bin nicht mehr der Jüngste«, meinte er. »Aber ich vergesse das immer wieder. Was meint ihr, sollen wir für heute hier bleiben und uns ausruhen? Jetzt stehen wir ja nicht mehr unter Druck. Snabel wird uns in diesem Ford niemals aufspüren.«

Die Jungen waren mit Freuden einverstanden. Sie fuhren zum »Holiday Inn« zurück und bald lag Mr Peck im Bett und schnarchte selig wie eh und je.

Die Jungen schwammen im Pool und spielten eine Runde Minigolf, aber vom Hotelgelände entfernten sie sich nicht. Am späten Nachmittag kamen sie in ihr

Zimmer zurück. Bob und Peter sahen fern, während Justus am Fenster saß und regungslos hinausschaute. Er hatte die Stirn gefurcht und zupfte an seiner Unterlippe, ein sicheres Zeichen dafür, dass er angestrengt überlegte. Plötzlich nickte er und sagte: »Natürlich!«

Die beiden anderen sahen herüber. »Was ist natürlich?«, fragte Bob.

»Es ist gar nicht die Erfindung deines Großvaters, die Snabel interessiert«, erklärte Justus. »Und sie war es auch nie.«

Peter war verblüfft. »Das … das soll wohl ein Witz sein? Klar geht es um die Erfindung. Bei Custer ging uns der Bursche mit einer Pistole nach. Glaubst du etwa, er wollte Bisons schießen, oder was?«

»Und wie war das mit seinem Freund, als der mich im Supermarkt festhielt?«, fragte Bob.

»Genau der machte mir Kopfzerbrechen«, sagte Justus. Er räusperte sich Achtung gebietend und setzte sich kerzengerade hin. Gleich würde er eine seiner Theorien vom Stapel lassen. »Was genau hat dieser Mann im Supermarkt zu dir gesagt, Bob?«

»Er sagte, ich sei sein Sohn und ich sei an Drogen geraten, und er wollte mich wegbringen. Das ist doch ganz klar. Wahrscheinlich wollte er mich als Geisel entführen – und das Lösegeld wäre Mr Pecks Erfindung gewesen. Glaubst du, die könnte etwas mit der Rüstungsindustrie zu tun haben? Immerhin scheint sie mir von etwas größerem Kaliber als eine Rauchbombe zu sein.«

»Mich interessiert weniger seine Darstellung dem Abteilungsleiter gegenüber. Was sagte er zu dir, ehe der Verkäufer dazukam?«

»Oh, so etwas wie ... wie: ›Ich weiß, du hast es nicht bei dir, also komm mit‹ oder: ›Du hast es nicht dabei, oder?‹ Irgend so was.«

»Und was hattest du da nicht bei dir?«, fragte Justus.

»Ja ... ich nehme an, Mr Pecks Erfindung. Was denn sonst?«

»Könnte es nicht auch etwas anderes sein?«, meinte Justus. »Könnte es nicht etwas sein, was du normalerweise bei dir hast, nur eben an diesem Abend nicht?«

Bob überlegte widerwillig. »Ich weiß nicht, was das sein könnte, außer – oh Mann! Klar! Meine Kamera und die Fototasche. Aber was ... warum sollte das diesen Burschen interessieren?«

Justus grinste. »Eben. Die Kamera und die Tasche, in der du deine Filme aufbewahrst. Du hattest die Sachen im Motel gelassen, aber genau die sind es, die die beiden wollen. Da wette ich tausend zu eins!«

Justus setzte sich zurück und legte die Fingerspitzen gegeneinander, sodass seine Hände ein kleines Zelt bildeten. Er lächelte. »Ich glaube nicht, dass Snabel uns schon zu Beginn unserer Reise verfolgte«, sagte er. »Wisst ihr noch, was er für ein Gesicht machte, als sich Mr Peck am Strand bei Pismo auf ihn stürzte? Er war erschrocken und verängstigt. Meiner Ansicht nach war er aus einem anderen Grund angereist.

Nehmen wir an, dass unsere Begegnung mit Snabel in Pismo reiner Zufall war. Snabel handelte nicht als Spion, als er um Mr Pecks Haus herumschlich und uns an jenem Morgen wegfahren sah. Das war nur eine kleine nachbarliche Schnüffelei, wie er sie gewohnheitsmäßig betreibt. Kurz nachdem wir losgefahren waren, machte er sich auch auf, und zwar mit dem Ziel Monterey, um sich dort mit jemandem zu treffen. Wir legten einen Aufenthalt von etwa einer Stunde ein, als wir in Santa Barbara frühstückten. Er hingegen fuhr durch bis Pismo Beach, wo er Halt machte, um sich die Beine zu vertreten. Er ging genau wie wir am Strand entlang, und als dein Großvater ihn zu Gesicht bekam und sich gleich mächtig aufregte, war Snabel zumindest ebenso überrascht wie Mr Peck. Man konnte es seinem Gesicht ansehen.

Er ging dann über den Strand wieder zurück und fuhr nach Monterey und dort änderte sich plötzlich die Lage. Wisst ihr noch, was in Monterey passierte?«

»Na, wir stießen am Kai mit ihm zusammen«, sagte Peter, »und wir sahen diesen anderen Burschen – den, der Bob im Supermarkt schnappen wollte.«

»Genau. Und Snabel war kein Verfolger, als er am Fisherman's Wharf ankam, so viel steht fest. Er machte keinen Versuch, sich zu verstecken. Er ging in der Sonne auf dem Pier entlang und benahm sich wie ein x-beliebiger Tourist.«

Justus bedeckte die Augen mit der Hand. Bob und

Peter wussten, nun würde er sich die Szene noch einmal ins Gedächtnis rufen – sie in seinem erstaunlich guten Erinnerungsvermögen wieder durchspielen, wie man ein Videoband abspielt. So konnten sich Einzelheiten, die den drei Jungen ursprünglich nicht besonders wichtig vorgekommen waren, als sie am Fisherman's Wharf plötzlich mit Snabel zusammentrafen, nun deutlich herausschälen.

»An diesem Tag hatte Snabel seine Kamera bei sich – das gleiche Modell, wie Bob es hat –, aber er machte gar keine Fotos. Er wartete nur, die Kamera in den Händen. Und zu dem zweiten Mann sagte er dann: ›Ich habe es mitgebracht.‹

Lässt das nicht erkennen, dass Snabel dem zweiten Mann etwas übergeben wollte? Der andere sagte ihm dann, er solle weitergehen, und sie entfernten sich von Peter und mir und blieben dann bei der Bank stehen, auf der Bob saß. Und da erkannte uns Snabel. Wisst ihr noch, wie blass er wurde? Mr Peck kam aus dem Laden, in dem er alles beobachtet hatte. Und da verschwand der Mann, der sich mit Snabel getroffen hatte, ganz plötzlich. Er war mit einem Mal einfach nicht mehr da. Mr Peck knöpfte sich Snabel vor und erklärte ihm, das lasse er sich nicht bieten und Snabel solle zur Vernunft kommen und die Finger von seinem Vorhaben lassen.

Wieder war Snabel gewaltig erschrocken. Er hatte nicht damit gerechnet, Mr Peck hier zu sehen. Mr Peck sagte zu uns, wir würden weiterfahren, und Bob nahm seine Kamera, die er neben sich auf die Bank gelegt hatte, und wir gingen weg.

Und genau nach diesem Vorfall hat Snabel die Verfolgung aufgenommen. Erinnert ihr euch, wie er dem Wagen noch nachlief, als wir losfuhren, und uns etwas nachrief?«

Peter nickte und Bob starrte Justus sprachlos an.

»Stimmt«, musste Bob zugeben. »Aber warum?«

»Weil du eben nicht deine eigene Kamera an dich genommen hattest, Bob«, sagte Justus, »sondern den Apparat, den Snabel mitgebracht hatte – und den er auf der Bank abgelegt hatte, als ihm Mr Peck auf den Leib rückte.«

»Du meinst, es geht ihm um diese Kamera?«, fragte Peter. »Aber das ist nicht logisch. Wenn er die Kamera wiederhaben wollte, warum kam er dann nicht einfach an die Tür unseres Zimmers im Motel in Santa Rosa und klopfte und sagte: ›Hört mal, Leute, wir haben unsere Kameras verwechselt – hier ist eure!‹ Wozu dann die Verfolgung und das Herumspionieren und die versuchte Entführung und all das?«

»Wenn es nur um die Kamera ginge, wäre der ganze Aufwand sinnlos. Niemand würde nur wegen einer Kamera die ganze Strecke von Monterey bis Santa Rosa fahren. Niemand würde uns durch das ganze Land verfolgen. Es muss sich um den Film handeln, der in der Kamera war. Der ist für Snabel und für den anderen Mann wichtig, und sie wollen nicht, dass wir wegen dieses Films Verdacht schöpfen.«

»Ja«, sagte Bob. »Kann sein.« Er stand auf und warf seine Fototasche aufs Bett. Sie enthielt neun Filme, einer war noch unbelichtet. Die anderen waren voll und die Rollen waren verklebt und mussten nur noch ins Labor gebracht werden.

»Irgendwo in der Stadt hier muss es einen Fotoschnelldienst geben«, sagte Bob. »Schauen wir mal nach.«

Es klappte. Das Geschäft lag in einer schmalen Nebenstraße, nur drei Häuserblocks vom Hotel entfernt. Die Jungen gaben der Frau hinter dem Ladentisch Bobs Filme. Dann gingen sie auf die Straße und spazierten dort von Schaufenster zu Schaufenster, bis sie die Abzüge abholen konnten.

Die Aktion kostete die drei ??? den größten Teil ihrer Barschaft. Bob zitterte regelrecht, während er die gelben Umschläge vom Fotogeschäft zum Parkplatz trug. Peter und Justus schauten ihm über die Schulter, während er sich die Abzüge ansah. Sie sahen Bilder von Mr Peck bei Mount Rushmore, Bilder von der Bisonherde in Custer und Bilder von den hohen Felsgebilden in den Badlands. Und mitten unter all den Reiseschnappschüssen war die Aufnahme eines Flugzeugs, das gerade von einer Rollbahn abhob.

»Das habe ich nicht aufgenommen«, erkannte Bob.

Peter nahm das Bild und sah es sich ganz genau an. Das Flugzeug war von schlanker Bauweise, wie eine dünne Spindel, und es hatte nach hinten abgewinkelte Tragflächen. »Sieht aus wie ein Militärflugzeug«, fand

Peter. »Das ist mit Sicherheit nicht irgendeine Passagiermaschine.«

Bob blätterte rasch die übrigen Abzüge durch. Da waren noch Bilder von einer Art technischer Anlage, die wie eine Kreuzung zwischen einer Ölraffinerie und einem Getreidesilo aussah. Es gab auch Nahaufnahmen von technischen Konstruktionsplänen und Tabellen, die auf einer Fläche ausgebreitet und mit Reißzwecken fixiert worden waren. Und es gab Fotos, die jemand aus einem aufgeschlagenen Notizbuch aufgenommen hatte – Seiten voller Gleichungen und Berechnungen.

Bob lief der Schweiß übers Gesicht, als sie die Bilder sortiert hatten. »Also das sollte Snabel dem zweiten Mann übergeben«, stellte er fest. »Das sind vielleicht Fotos von militärischen Einrichtungen, nicht wahr? Dann wäre Snabel ein Spion, der einer feindlichen Macht geheime Informationen zuspielt!«

Ein Spion wird geködert

»Das FBI!«, rief Mr Peck. »Das ist es! Wir verständigen das FBI und die kümmern sich dann um diesen niederträchtigen Halunken!«

Peter suchte schon im Telefonbuch. »Fehlanzeige«, meldete er. »Hier am Ort ist keine FBI-Dienststelle.«

»Hast du das im Ernst angenommen?«, fragte Mr

Peck. »Wir wenden uns natürlich an das FBI in New York, und zwar auf der Stelle. Packt eure Sachen.«

Das taten sie, und sie fuhren die Nacht durch und dann durch das graue Frühlicht, bis sie schließlich in einen weiß gekachelten Tunnel einfuhren, in dem reger Verkehr herrschte. Nach dem Tunnel kam die Großstadt – Wolkenkratzer, Verkehrschaos und Taxis, die sich vor dem gewaltigen Gebäude der Pennsylvania Station die Parkplätze streitig machten.

Mr Peck hielt auf der gegenüberliegenden Straßenseite an, und Justus ging in den Bahnhof, um im Telefonbuch die Anschrift des FBI zu suchen. Die Jungen waren ungeheuer aufgeregt. Mit der Polizei von Rocky Beach hatten die drei ??? zwar schon zusammengearbeitet, aber noch nie mit dem FBI, geschweige denn in einem Fall von Spionageverdacht.

Gegen neun Uhr dreißig hatten Mr Peck und die Jungen die Behörde gefunden und saßen in einem Zimmer vor einem Mann, der wohl Agent sein musste. Sein Name war Anderson. Er war ein gut aussehender Mann mit flachsblondem Haar, regelmäßigen weißen Zähnen und einem festen Händedruck und er hatte die Ruhe weg. Dies kam ihm gleich sehr zustatten, als Mr Peck mit seinem Bericht über den Kriminellen Snabel begann, der einer feindlichen Macht militärische Geheiminformationen lieferte. Mr Peck war so außer sich vor Entrüstung, dass er sich bald stotternd in unzusammenhängenden Satzfetzen verhedderte.

Der FBI-Mann wartete höflich ab, bis Mr Peck sich wieder unter Kontrolle hatte.

»Großvater, bitte!«, mischte sich Peter flehentlich ein. »Wir sind uns ja über den Sachverhalt nicht sicher. Warum zeigst du nicht einfach die Fotos?«

»Natürlich sind wir sicher!«, rief Mr Peck. Doch dann warf er den Umschlag mit den Fotos unwirsch auf den Tisch. »Diese Aufnahmen hier waren in Bobs Kamera – nur dass es nicht Bobs Kamera ist«, erklärte er. »Die beiden Apparate wurden vertauscht. Dieser Verräter Snabel wollte die Fotos an einen ausländischen Agenten verschachern!«

Mr Anderson sah sich die Fotos an und er verzog dabei keine Miene.

Justus ergriff die Gelegenheit, sich zu Wort zu melden.

»Mr Anderson, ich möchte Ihnen gern mich und meine Freunde vorstellen.« Damit nahm Justus eine Karte aus der Tasche und reichte sie dem Agenten. Mr Anderson las aufmerksam, was auf der Karte stand:

Die drei Detektive
Wir übernehmen jeden Fall
???

Erster Detektiv:	*Justus Jonas*
Zweiter Detektiv:	*Peter Shaw*
Recherchen und Archiv:	*Bob Andrews*

Mr Anderson öffnete den Mund, als wolle er eine Frage stellen, aber Justus war mächtig in Fahrt. »Ich bin Justus Jonas, der Leiter unseres Detektivbüros mit Sitz in Rocky Beach in Kalifornien. In den vergangenen Jahren haben wir rätselhafte Fälle jeglicher Art untersucht, folglich verstehen wir etwas von Ermittlungsmethoden.«

Bob glaubte, in Mr Andersons sonst so ausdrucksloser Miene einen Funken Erheiterung wahrzunehmen, als der Mann die Karte der drei ??? sorgfältig wieder auf den Tisch legte.

Justus war noch nicht fertig. »Allerdings« – er senkte bescheiden den Blick – »ist uns noch nie etwas von derartiger Bedeutung untergekommen. Und es ist für uns unzweifelhaft ein Privileg, mit dem FBI zusammenzuarbeiten …«

»Komm zur Sache, Mann«, unterbrach Peter ungeduldig.

Justus warf dem Zweiten Detektiv einen finsteren Blick zu. Dann wandte er sich wieder zu dem Agenten und fuhr fort: »… bei einem Fall, der möglicherweise unsere Landesverteidigung betrifft.«

Nun schilderte Justus, wie in Monterey die beiden Kameras vertauscht worden waren.

»Und das war der Beginn einer Serie bedrohlicher Vorfälle«, sagte Justus.

»Ja, dieser Gangster versucht seither, uns zu erwischen!«, rief Mr Peck.

Doch er hielt gleich wieder den Mund. Justus berichtete von dem Motelbrand in Cœur d'Alene in Idaho, von der Begegnung mit Snabel auf dem Wanderweg im Custer State Park in South Dakota und schließlich von dem Versuch, Bob in Michigan zu kidnappen.

»In Sturgis in Michigan gibt es bestimmt einen Polizeibericht über einen Entführungsversuch vor einigen Tagen. Der Abteilungsleiter im Supermarkt rief nämlich den Sheriff dazu.«

Der FBI-Mann schwieg noch immer und wartete ab, ob Justus noch mehr in petto hatte. Dann nickte er. »Aha.«

Justus lehnte sich zurück, hochzufrieden mit seinem Bericht. Er hatte sich logisch, klar und präzise ausgedrückt, und mit Sicherheit auch überzeugend. Nun ging Mr Peck wieder zum Angriff über.

»Diese Ratte Snabel hat Talent zum Spionieren«, sagte er, »und der Mann, mit dem er sich traf, ist vermutlich ein Agent einer feindlichen Macht.«

Der FBI-Mann lächelte. »Und welche feindliche Macht das ist, wissen wir wohl nicht?«

»Kommt es darauf an?«, hielt Ben Peck dagegen.

»Vielleicht auch nicht«, meinte der Mann. Er bat die Besucher zu warten und verließ das Zimmer mit den Fotos. Gleich darauf kam er zurück und teilte kurz mit, seine Kollegen würden sich mit der Angelegenheit befassen und man würde wieder auf sie zukommen.

»Wie ist denn Ihre Adresse in New York?«, wollte er noch wissen.

Mr Peck nannte ihm ein kleines Hotel in der East

Side, das »Riverview Plaza«, und Mr Anderson notierte sich das.

»Falls dort noch Zimmer frei sind«, setzte Mr Peck vorsorglich hinzu.

»Das können wir ja nachprüfen, wenn Sie sich noch ein paar Minuten gedulden wollen«, meinte Anderson.

Er ging wieder hinaus, und nach einigen Minuten kam er zurück und meldete, das »Riverview Plaza« habe zwei Zimmer für sie reserviert.

»Wenn Ihnen noch irgendetwas einfällt oder wenn Sie Mr Snabel noch einmal sehen sollten, verständigen Sie mich bitte.« Er gab Mr Peck seine Karte.

Nun hatten die Jungen Gewissheit, dass ihr Bericht ernst genommen worden war – immerhin ernst genug, um Ermittlungen zu rechtfertigen. Befriedigt zogen sie ab und fuhren mit dem Aufzug hinunter. Nun steuerte Mr Peck das »Riverview Plaza« an. Es war ein älteres Haus, von dem man vielleicht früher einen Ausblick auf den Fluss gehabt haben mochte, aber nun war es nach allen Seiten von Verwaltungsbauten umgeben. Ein Hausdiener fuhr den Ford zu einem nahe gelegenen Parkplatz, ein zweiter trug ihr Gepäck zu einer Suite hinauf. Aus den nicht ganz sauberen Fenstern blickte man auf ein rundum verglastes Bürogebäude, in dem Männer und Frauen reihenweise unter künstlicher Beleuchtung an Computerterminals saßen.

Justus fand den Anblick niederdrückend und er zog rasch die Rollos herunter und schlüpfte ins Bett.

Er schloss die Augen und fragte sich, wie lange es wohl dauern würde, bis das FBI ihren Bericht überprüft hatte. Er fragte sich auch, was die Agenten in Sachen Snabel unternehmen würden, und darüber schlief er ein.

Er träumte, er sei zu Hause auf dem Schrottplatz. Im Traum kroch er durch enge Tunnelgänge in Schrottbergen, die um den Campingwagen, die Zentrale der drei ???, aufgehäuft waren. Und er musste sich beeilen, denn das Telefon im Wagen klingelte unablässig!

Er erwachte, schweißgebadet vor Angst. Das Telefon in ihrem Hotelzimmer klingelte tatsächlich. Bob stand auf und nahm ab. Justus sah benommen und schlaftrunken zu. Bob sagte »Ja«, und darauf »Ja, natürlich«.

Er legte wieder auf. »Das war Mr Anderson, er rief aus der Hotelhalle an. Er kommt gleich herauf.«

Die Jungen sprangen aus dem Bett, und Peter lief ins Nebenzimmer, um Mr Peck zu wecken. Gerade kam der alte Herr mit zerwühltem Haar und bloßen Füßen aus seinem Zimmer, da klopfte auch schon der Besucher an die Tür.

Mr Anderson hatte noch jemanden bei sich – einen Mann, der größer und etwas älter war als er. Mr Anderson stellte ihn als Agent Friedlander vor. Dann nahm er auf einem Stuhl in einer Ecke Platz und überließ Friedlander das Gespräch.

Mr Peck musste viele Fragen über Ed Snabel beantworten. Diesmal schaffte er es, ohne sich zu verhaspeln oder den Faden zu verlieren. Was er tatsächlich von Snabel wusste, war allerdings sehr wenig, wenn man bedachte, dass Snabel und er seit mehreren Jahren Nachbarn waren. Er konnte Friedlander nur seine Vermutungen mitteilen, nämlich dass Snabel bei einem Rüstungsbetrieb arbeite, dass er anscheinend weder Angehörige noch Freunde hatte und dass sein Hobby die Orchideenzucht war. Von Snabels Verbündetem, der Bob zu entführen versucht hatte, wusste er überhaupt nichts. Aber Bob konnte ein Bild von Snabels Kollegen in einer Serie von zwölf Fotos entdecken, die Friedlander ihm vorlegte.

»Wer ist dieser Mann?«, fragte Bob, nachdem er ganz sicher war, dass es sich um den Gesuchten handelte. »Ist er einschlägig vorbestraft?«

Das Foto, das Friedlander einsteckte, war kein übliches Polizeifoto aus der Fahndungskartei. Es zeigte den eleganten Unbekannten auf einem Flugplatz oder vielleicht auch einem Bahnhof. Er schritt durch ein Tor, als sei er gerade aus einem Flugzeug gestiegen.

»Er ist ein Mann, den wir vor einiger Zeit kennen lernten«, entgegnete Agent Friedlander. »Ihr könnt ihn Bartlett nennen. Das ist einer seiner diversen Decknamen.«

Nun stand Mr Anderson auf und öffnete einen Aktenkoffer, den er mitgebracht hatte. Er nahm ein paar Filme heraus. Die Rollen waren zugeklebt, als enthielten sie belichtete Aufnahmen, die nun zu entwickeln waren.

»Bob, du würdest uns einen großen Gefallen tun, wenn du diese Filme in deiner Kameratasche bei dir tragen könntest«, sagte Anderson. »Und keine Sorge, falls jemand die Tasche stiehlt. Es sind alles nichts sagende Aufnahmen.«

Da sprang Mr Peck auf. »Nein!«, rief er energisch. »Sie wollen den Jungen für Ihre Zwecke einspannen – ihn wie einen Köder an die Angel hängen. Ich bin auf dieser Reise für ihn verantwortlich und das lasse ich nicht zu!«

Mr Anderson lächelte. »Nein, Mr Peck. Wir machen keinen Köder aus ihm. Das ist er nämlich schon längst. Snabel und sein Komplize können Sie ja immer noch aufspüren, nach all der Mühe, die sie sich bei der Jagd auf diesen Film schon gemacht haben. Wenn sie Bob letztlich doch in die Hände bekommen und er ihnen das nicht geben kann, was sie wollen – was meinen Sie wohl, was die dann tun werden?«

Mr Peck war ganz zerknirscht. Er setzte sich wieder hin. »Also sagen wir Lockvogel, nicht wahr?«, meinte er. »Wie bei den Polizeikrimis im Fernsehen. Sie folgen Bob unauffällig, und wenn Snabel und dieser Bartlett auftauchen, können Sie sie verhaften.«

Friedlander und Anderson bestätigten das nicht, aber sie bestritten es auch nicht. Sie baten Mr Peck nur, sie zu verständigen, falls die vier New York verlassen sollten oder in ein anderes Hotel umzogen. Dann gingen die FBI-Männer wieder.

Als sich die Tür hinter ihnen schloss, triumphierte

Bob. »Ich werde jetzt ein Gegenspion! Bisher waren wir die Gejagten, aber nun sind wir die Jäger.«

»Egal, du bist der Köder!«, stellte Mr Peck richtig. Er bemühte sich, sachlich und streng zu reden, aber auch er war wider Willen aufgeregt. Das hätte er sich nie träumen lassen, dass er am Ende seiner Reise mit dem FBI zusammenarbeiten würde – um seinem widerlichen Nachbarn ein für alle Mal das Handwerk zu legen!

Opa gibt ein Interview

»Vier Tage!«, beklagte sich Bob. »Vier ganze Tage voller Hektik und die kreuzen einfach nicht auf!«

»Wir haben sie endgültig abgehängt«, meinte Peter. »Jetzt werden sie uns nie mehr finden.«

Justus sagte gar nichts. Er saß auf einer Steinbank vor dem Naturhistorischen Museum und beobachtete die Tauben, die auf dem Gehweg umherstolzierten. Und er beobachtete Ben Peck.

Der alte Herr blickte finster auf den vorüberdröhnenden Verkehr. Kein einziges Mal in den letzten vier Tagen hatte er von der Erfindung gesprochen, die sie alle nach New York gebracht hatte. Kein Wort hatte er davon gesagt, dass er sich mit jemandem treffen wolle, um seine Neuheit vorzuführen. Er hatte sich ganz und gar dafür engagiert, Snabel und seinen Komplizen aus ihrem Hinterhalt zu locken. Jedes Mal wenn sie das Hotel verließen, waren seine blauen Augen hellwach und seine Haltung aufs Äußerste gespannt, und er hielt sich immer in unmittelbarer Nähe von Bob.

Sie hatten angenommen, dass Snabel und Bartlett vielleicht bei viel besuchten Sehenswürdigkeiten und Attraktionen nach ihnen Ausschau hielten, wie es in La Crosse in Minnesota gewesen war. Also beschlossen sie, so aufzutreten, dass niemand sie übersehen konnte, und sich alles anzuschauen, was es in New York City an Interessantem gab. Bob hatte seine Fototasche immer umgehängt. Häufig stöberte er in der Tasche und fingerte an den Filmrollen herum, sodass einem Zuschauer ganz bestimmt nicht entgehen würde, dass er mehrere belichtete Filme bei sich trug, die nur noch entwickelt werden mussten.

Es war ein augenfälliges Vorhaben und sie hielten bis zur Erschöpfung durch. Am ersten Tag machten sie eine Bootsfahrt um die Insel Manhattan und besuchten dann nachmittags das Gebäude der Vereinten Nationen. In Spenderlaune lud Mr Peck die Jungen zum Abendessen in ein Terrassenrestaurant auf dem Dach eines nahe gelegenen Hotels ein. Ein Pianist unterhielt die Gäste mit Melodien aus bekannten Musicals und der Blick auf das Lichtermeer unten war fantastisch. Die drei ??? konnten das summende, kraftvolle Vibrieren der Weltstadt buchstäblich spüren.

Am nächsten Tag waren sie frühzeitig auf Achse – diesmal nach Brooklyn mit der Untergrundbahn, um sich im Vergnügungspark in Coney Island auf die große Achterbahn zu wagen. Nach einer Gewalttour durch das nahe Aquarium probierte Justus zum ersten Mal »knish« – eine Art Pastete mit Kartoffelfüllung. Er leckte sich die Lippen. »Das muss ich unbedingt Tante Mathilda berichten!«

Dann fuhren die Touristen zur Freiheitsstatue und aßen zum Tagesabschluss im Rainbow Room des Rockefeller Center. Peter wusste kaum noch, wohin er zuerst schauen sollte. Köder oder nicht Köder, dachte er, jedenfalls übertraf das alles, was er bisher in Rocky Beach erlebt hatte.

Unermüdlich behielten Mr Peck und die Jungen ihr rasantes Tempo auch am dritten Tag bei. Sie schlenderten durch das einst berühmte Greenwich Village und machten in Chinatown Mittagsrast.

Nach dem Essen las Mr Peck vor, was auf dem zuvor erstandenen Kärtchen mit seinem Tageshoroskop stand: Nr. 15267 – IHNEN WINKT HEUTE ABEND LIEBESGLUECK. Sie lachten schallend. Dann war es Zeit, die flotte Revue mit der Tanztruppe »The Rockettes« im Riesentheater »Radio City Music Hall« zu sehen. Abendessen bei »Lindy's« folgte – als Krönung der erste echte New Yorker Käsekuchen. Völlig erschöpft wankten sie ins Bett und schliefen wie die Murmeltiere.

Am vierten Tag stand morgens das Kunstmuseum auf dem Programm, gefolgt von einem Spaziergang durch den Central Park. Sie aalten sich in der Sonne auf einer Parkbank und kauften Souvlakisandwiches, Lammbratenstücke in Weißbrot, bei einem griechischen Straßenhändler.

Und nun hatten sie soeben einen Rundgang durch das Naturhistorische Museum an der anderen Seite des Parks beendet.

Im Verlauf ihrer Streifzüge war ihnen aufgefallen, dass sich häufig ein junger Mann in hellem Pullover und grauer Hose in ihrer Nähe aufhielt. Wenn er gerade nicht zu sehen war, bemerkten sie statt seiner einen rotgesichtigen Athleten, der einen dunkelblauen Blazer trug.

»FBI-Leute«, erkannte Bob. »Ich fühle mich gleich viel sicherer, wenn die in der Nähe sind.«

»Wetten, dass die scharf auf Snabels Kumpel sind«, sagte Peter. »Vermutlich ist der ein hochkarätiger internationaler Spion.«

»Nun zügelt eure Fantasie mal ein wenig«, mahnte Mr Peck. Aber dann setzte er hinzu: »Hoffen wir, dass die FBI-Leute die Augen offen halten.«

Am Morgen jenes vierten Tages ihres großen Touristenprogramms hatte sich Mr Peck wie zerschlagen aus dem Bett geschleppt und Peter hatte protestiert. »Opa, warum bleibst du nicht hier und lässt dir das Frühstück aufs Zimmer bringen?«, schlug er vor. »Lassen wir doch das mit Snabel. Der wird uns nie finden.«

»Vielleicht doch«, meinte Mr Peck, »und das will ich mir auf keinen Fall entgehen lassen. Um nichts in der Welt!«

Justus grinste. Er bewunderte die Ausdauer des alten Herrn. »Heute wird sich irgendetwas tun«, verkündete Mr Peck. »Das spüre ich in meinen Knochen.«

Und so standen sie nun hier vor dem Museum und inzwischen war es später Nachmittag. Aber nichts hatte sich getan. Der Mann im hellen Pullover war nicht zu entdecken. Der Athlet im Blazer stand am Straßenrand und aß eine Eiswaffel, die er an einem Stand gekauft hatte. Er sah gelangweilt aus.

»Wir fallen einfach nicht genug auf«, fand Peter. »Das ist eine Riesenstadt, und Snabel weiß eben nicht, wo er uns finden soll. Wir müssten etwas ganz Tolles unternehmen, vielleicht außen am Empire State Building hochklettern oder den Hudson River durchschwimmen. So würden wir von uns reden machen. Und wenn man uns im Fernsehen bringt, müsste Snabel uns zwangsläufig wieder erkennen.«

»Und deine Mutter würde mir die Hölle heiß machen«, hielt ihm Mr Peck entgegen.

»Klar, aber alles hat seinen Preis.«

Über Justus' Gesicht zog ein bedächtiges, beglücktes Lächeln. »Fernsehen!«, sagte er leise.

»Was ist los?«, meinte Bob.

»Auweia«, stöhnte Peter. »Nun kommt wieder mal einer deiner großartigen Einfälle. Aber nicht so was Anstrengendes, Justus, hörst du? Ich hab ja nur Spaß gemacht mit dem Empire State Building.«

»So sehr spektakulär sollte es gar nicht sein«, erwog Justus. »Eher ein Auftritt als Kandidaten bei einem

Quiz oder in der Berichterstattung über ein wichtiges Ereignis.«

»Wie wäre es mit einer Hoteleröffnung?«, fragte Bob. »Ich habe in der Zeitung gelesen, dass hier in New York ein neues Hotel eröffnet wird. Es heißt ›New Windsor‹. Es macht Schlagzeilen, weil es am Platz eines alten Hotels gebaut wurde, das vor zwei Jahren abgebrannt ist. Viele Schriftsteller und Verlagsleute stiegen in diesem alten Hotel ab, wenn sie nach New York kamen. Es wird ein großes Bankett veranstaltet und vielleicht kommt sogar der Gouverneur.«

»Wann ist die Eröffnung?«, fragte Justus.

»Morgen Abend«, antwortete Bob. »Wenn der Gouverneur tatsächlich kommt, ist bestimmt auch das Fernsehen dabei.«

Justus nickte. »Und das FBI sollte uns eine Einladung vermitteln können. Wenn wir im Hotel auch wohnen könnten, statt nur Gäste bei der Eröffnung zu sein, umso besser. Snabel und Bartlett wüssten dann, wo sie uns finden können.«

Justus erhob sich und ging entschlossen zu dem Mann im blauen Blazer hin.

»Könnte das FBI es uns wohl ermöglichen, dass wir morgen Abend bei der festlichen Eröffnung des ›New Windsor‹ zu Gast sind?«

Der Mann im blauen Blazer war so verdutzt, als ihn der Junge einfach ansprach, dass er seine Eiswaffel fallen ließ.

»Über das Ereignis wird bestimmt im Fernsehen berichtet«, fuhr Justus fort. Er übersah geflissentlich das Eis, das die Schuhe des Mannes bekleckert hatte. »Wenn wir von einem Reporter interviewt werden, kann vielleicht einer von uns erwähnen, dass wir im Hotel wohnen. Dann wird Edgar Snabel wissen, wo er uns finden kann. Und Sie brauchen uns nicht mehr Tag für Tag in ganz New York zu beschatten.«

Der FBI-Agent hatte sich inzwischen wieder gefasst. Er holte tief Atem und wollte eben sagen, er habe keine Ahnung, wovon Justus da rede. Dann entschied er sich anders und nickte. »Wir werden euch Bescheid geben.« Damit ging er weiter.

Justus kam zu seinen Freunden zurück. »Wir hören von ihm«, erklärte er.

»Und nun lässt er uns hier allein und ungeschützt«, sagte Mr Peck.

»Opa, tu doch nicht so hilflos«, schalt Peter. »Du und ungeschützt? Du bist hier so behütet wie in Abrahams Schoß. Es wird diesen Snabel teuer zu stehen kommen, wenn er dich jemals erwischen sollte.«

Das heiterte Mr Peck wieder richtig auf, und er ordnete an, dass sie mit dem Taxi zum »Riverview Plaza« zurückfuhren.

Spätabends klingelte das Telefon. Mr Peck nahm ab. Es war Mr Anderson, und er schlug vor, dass sie sich schon auf den Umzug ins »New Windsor« am nächsten Tag vorbereiteten.

»Und haben Sie und die Jungen dunkle Anzüge oder Blazer dabei?«, wollte Mr Anderson wissen. »Wenn

Sie fürs Fernsehen gefilmt werden, wollen Sie doch sicher so wirken, als seien Sie eigens zu dieser piekfeinen Party nach New York gekommen.«

»Oh!«, konnte Mr Peck darauf nur antworten. Er war ganz verdattert.

»Machen Sie sich keine Sorgen«, beruhigte ihn Anderson. »Wir werden Ihnen passende Sachen beschaffen.«

Das »New Windsor« war gerade erst fertig geworden. Das neue Foyer, eine riesige, hohe Halle, roch nach Farbe und Lack. Ein Zimmerkellner, dem Bob im Aufzug begegnete, suchte sich seinen Weg mithilfe eines kleinen fotokopierten Stockwerkplans. Die Suite, die man für Mr Peck und die Jungen reserviert hatte, war kleiner als ihre Räume im »Riverview Plaza«, aber sie lag im zweiunddreißigsten Stock, und aus Mr Pecks Zimmer konnten sie den East River überblicken.

Als Mr Peck und die Jungen gegen fünf Uhr einzogen, baute das Fernsehteam gerade seine Anlage in der Halle auf. Als die Kalifornier dann Viertel vor sieben herunterkamen, schick in Schale geworfen mit flotten blauen Blazern aus dem Fundus des FBI, war der große Raum strahlend hell erleuchtet. Mr Anderson wartete beim Informationstisch. Er nahm sie ins Schlepptau und machte sie mit dem Fernsehreporter bekannt, der den Galaabend für seinen Sender aufzeichnen würde.

Der Fernsehmann sah gut aus – groß, mit blitzenden weißen Zähnen und modischem Haarschnitt. Er schüttelte Mr Peck die Hand und sah dabei am linken Ohr des alten Herrn vorbei. Dann ging er um Ben Peck herum und begrüßte eine Dame, die gerade durch die Drehtür hereingekommen war. Die Dame trug ein mit glitzernden Pailletten und winzigen Spiegelglasstückchen besetztes Jäckchen.

Nun ging das rote Licht an der Fernsehkamera an. Ein Mann mit Kopfhörern, der am Rand des Geschehens stand, machte dem Reporter ein Zeichen. Der Reporter begann mit seiner Ansage, er sei im Foyer des »New Windsor« und habe soeben Mrs Jasper Harrison Wheatley begrüßen können. Mrs Wheatley sei eigens von Rom herübergeflogen, um bei der festlichen Eröffnung des »New Windsor« zugegen zu sein.

Er erläuterte nicht, warum Mrs Wheatley eine illustre Persönlichkeit war. Die Jungen konnten nur vermuten, dass das eben jedermann wusste, auch wenn es ihnen nicht bekannt war. Das Lächeln der Dame war so gezwungen, dass Peter dachte, nun müsse gleich ihr Gesicht aufplatzen. Sie sagte ein paar Worte und rauschte dann durchs Foyer ab.

Plötzlich stürzte sich der Reporter auf Ben Peck und die Jungen. In großer Willkommensgeste streckte er die Hand aus und die Kamera mit dem roten Licht richtete sich auf die Gruppe. »Und hier ist Mr Bennington Peck!«, rief der Reporter, als sei er selbst überrascht über die Begegnung. »Ein ganz besonderer Gast – ist er doch den ganzen Weg durch die Vereinigten Staaten gekommen, um das heutige Ereignis mitzuerleben.«

Ben Peck lächelte strahlend in die Kamera. Er nahm die Hand des Reporters und ließ sie vorläufig nicht wieder los. Er erzählte dem Fernsehpublikum, dass er und seine leider inzwischen verstorbene Frau immer im alten Hotel »Westmore« gewohnt hatten, als es noch stand. »Auf unserer Hochzeitsreise…«, sagte Mr Peck.

»Das ›Windsor‹, meinten Sie«, verbesserte ihn der Reporter.

»Oh ja.«

Er versuchte, seine Hand aus Mr Pecks Zugriff freizubekommen, aber es gelang ihm nicht.

»Sagte ich ja, das ›Windsor‹«, ließ sich Mr Peck unbeirrt vernehmen. »Ja, wir kamen sehr oft hierher.« Er reckte sich noch ein wenig in die Höhe. »War ganz außer mir, als ich hörte, das alte ›Westchester‹ sei abgebrannt, aber dieser neue Bau ist großartig. Etwas feucht noch, aber das wird sich sicher geben, wenn tüchtig eingeheizt wird. Die Jungen und ich« – an diesem Punkt machte die Kamera einen Schwenk und nahm die lächelnden Gesichter von Justus, Bob und Peter auf – »finden hier alles ganz wunderbar und wir werden mindestens bis Ende der Woche hier wohnen. Das größte Erlebnis, seit wir draußen in Coney Island mit der Cyclon-Achterbahn fuhren.«

In diesem Augenblick gelang es dem Reporter, seine Hand freizubekommen. Er trat zurück, aber sein berufsmäßiges Lächeln behielt er bei. Er dankte Mr Peck und den Jungen und dann war die Sache gelaufen.

Mit etwas unsicherem Schritt trat Mr Peck zur Seite und wischte sich mit seinem Taschentuch die Stirn ab. »War ich gut?«, fragte er. »Was habe ich alles gesagt?«

»Du warst Spitze, Opa!« Peter applaudierte. »Du hast genau das Richtige gesagt – und zwar laut und verständlich!«

»Schön«, meinte Mr Peck. »Nun weiß ja Snabel, diese Ratte, wo wir zu finden sind.«

Dann steuerten er und die drei ??? ein skandinavisches Restaurant in der Nähe des Hotels an, um sich zu stärken. Zu dem Festbankett, das nun im Dachgartenrestaurant stattfand, waren sie nämlich nicht geladen.

Und sollte Mr Peck bemerkt haben, wie Mr Anderson verhalten lächelte, als er die vier durchs Foyer abziehen sah, ließ sich der alte Herr doch nichts anmerken. Er hatte die Sache erfolgreich hinter sich gebracht.

Wie lange würde es nun dauern, bis Snabel sie finden würde?

Gefangen!

Am nächsten Morgen waren die Jungen schon fast fertig mit dem Frühstück, als Mr Peck ins Hotelrestaurant trat. Er war bis Mitternacht wach geblieben, um sein Interview erst in den Abendnachrichten zu sehen und dann in der letzten Sendung vor Programmschluss. Während er sich neben Peter setzte, berichtete er mit Genugtuung, dass er auch in den Frühnachrichten nochmals zu sehen gewesen war.

Er blickte andere Gäste ringsum strahlend an, als erwarte er, nun werde ihn ein Verehrerpublikum um Autogramme bitten. Der Kellner kam mit der Karte an, doch er schien Mr Peck nicht zu kennen. Mr Peck warf ihm einen missbilligenden Blick zu. »Kaffee«, bestellte er dann. »Pfannkuchen. Zwei Eier, wachsweich, und Speck.«

»Opa, dein Cholesterinspiegel!«, mahnte Peter.

»Meine Arterien lass gefälligst meine Sorge sein«, fuhr ihm sein Großvater über den Mund. »Wir haben einen großen Tag vor uns und da muss ich mich ausgiebig stärken.«

Allerdings nahte der große Tag noch nicht gleich nach dem Frühstück. Die drei ??? setzten sich ins Foyer und Bob hantierte geduldig an seiner Kamera herum. Der Staatsdiener im blauen Blazer lungerte beim Andenkenladen herum und sein Kollege im hellen Pullover blätterte in den Illustrierten am Zeitungsstand.

»Okay, Snabel, wir sind bereit«, murmelte Mr Peck.

Aber nichts geschah. Halbe Stunden, dann Stunden schlichen dahin. Gegen elf Uhr war Mr Peck kurz vor dem Siedepunkt angelangt. Um halb zwölf kochte er.

»Lächerlich!«, knurrte er schließlich. »Sollen wir uns hier etwa häuslich einrichten? Dieser Volltrottel hat das Interview gar nicht gesehen! So ein Blödmann! Kümmert sich nicht einmal um das Tagesgeschehen!« Dann lächelte er listig. »Heute Nachmittag gibt's ein Baseballturnier im Yankee-Stadion. Na, wollen wir hin?«

»Opa, damit würden wir vielleicht alles wieder zunichte machen«, wandte Peter ein. »Wenn Snabel und sein Freund das Interview gesehen haben, werden sie hier nach uns fahnden.«

»Oder draußen im Freien«, meinte Mr Peck. »Wir machen es nicht richtig, wenn wir uns hier niederlassen. Wir müssen auf die Straße gehen und ihnen eine Chance geben, uns nachzuschleichen. Sie sind nun mal falsche, kriecherische Schlangen.«

»Ich glaube nicht, dass wir befürchten müssen, sie zu verfehlen«, sagte Justus. »Wenn sie herkommen und wir nicht da sind, werden sie warten. Oder später wieder kommen. Sie haben uns über den ganzen Kontinent gejagt, um diesen Film wiederzuergattern, da werden sie jetzt nicht so schnell aufgeben.«

Also war die Sache klar. Mr Peck versammelte seine Truppe um sich und erkundigte sich beim Portier, welche U-Bahn-Linie sie zum Yankee-Stadion nehmen sollten.

Es war Mittag, als die vier zur U-Bahn-Station loszogen, die zwei Blocks vom Hotel entfernt war. Ihre beiden Bewacher vom FBI hielten sich einen halben Block hinter ihnen. Auf dem Bahnsteig angekommen, ließen Mr Peck und die Jungen einen Zug durchfahren, damit die Agenten aufholen konnten. Sie fuhren zum Sportgelände in der Bronx, an einem Ende des Zuges die zwei Männer, am anderen die drei Jungen. Mr Peck spazierte zufrieden im Zug auf und ab und sah sich die Graffiti auf den Bahnsteigen an.

Im Stadion gaben sie sich als New Yorker und Fans des einheimischen Teams der Yankees. Es tat ihnen ungemein gut, als das erste Spiel mit einem klaren Vorsprung der Yankees endete.

Zum Mittagessen taten sich die Jungen und Mr Peck an heißen Würstchen mit viel Senf und Sauerkraut gütlich. Dann nahmen sie wieder Platz, um sich das zweite Spiel anzusehen. Diesmal schlug die Gästemannschaft die Yankees, was ihnen zahllose Buhrufe und Pfiffe, aber auch aufmunternde Sprechchöre von ihren treuen Fans aus der Bronx einbrachte. Die vier aus Rocky Beach machten begeistert mit und hatten ihren Spaß. Auch wenn die »Bronx Bombers« das zweite Spiel verloren hatten, waren Mr Peck und sein Gefolge bester Laune, als sie aufstanden und weggingen.

Die Zuschauermassen hatten schon alle Ausgänge

aus dem Stadion verstopft und man schob sich zentimeterweise im beängstigend dichten Gedränge vorwärts. Schließlich erreichten sie die U-Bahn-Station. Die Gleise lagen hier nicht unter der Erde, sondern erhöht über dem Straßenniveau. Obwohl auch hier die Leute schoben und rempelten, genoss Mr Peck doch den frischen Abendwind.

Als ein Zug mit Fahrtziel Manhattan einrollte, wurden Mr Peck und die Jungen von hunderten von Baseballfans buchstäblich hineingedrängt. Die Türen schlossen sich und der Zug fuhr aus dem Bahnhof. Jetzt erst sah Peter den Agenten im hellen Pullover. Er steckte mitten in einem dichten Menschenknäuel, der sich gerade erst auf den Bahnsteig geschoben hatte, und er spähte angestrengt in die vorüberrollenden Wagen des ausfahrenden Zuges. Eine Sekunde lang fand er sich mit Peter Auge in Auge. Dann fuhr der Zug schneller und der Bahnhof und der FBI-Mann blieben zurück.

Peter war eingeklemmt – zwischen einem vierschrötigen Kerl in karierter Sportjacke und einem halbwüchsigen Jungen, der sich überhaupt keinen Halt verschaffen konnte und nun geschickt balancierte und dabei pausenlos Erdnüsse futterte. Peter schlängelte sich von dem kauenden Jungen weg und näherte sich Justus, der einen metallenen Haltegriff erwischt hatte.

»Wir haben unsere Leibwächter verloren«, teilte Peter Justus mit. »Den im hellen Pullover konnte ich gerade noch auf dem Bahnsteig sehen, als der Zug anfuhr.«

»Leibwächter?«, wiederholte eine magere Frau mit einem lilafarbenen Turban. Sie war an Justus' Seite eingeklemmt, aber sie sprach so laut, dass man sie im ganzen Wagen verstand. »Ihr habt einen Leibwächter? Ist ja toll! Was seid ihr denn so Besonderes, dass man euch bewachen muss?«

Die Frau stieß ein meckerndes Lachen aus, als habe sie etwas ungemein Witziges gesagt. Andere Fahrgäste lachten auch und starrten Peter an.

Justus blitzte plötzlich der Schalk aus den Augen. »Mach dir nichts draus«, sagte er zu Peter. »Den Burschen kannst du vergessen. Die Inkubationszeit war ja gestern schon um.«

Die magere Frau erstarrte. Plötzlich war sie misstrauisch. »Inkubationszeit?«, rief sie mit gellender Stimme. »Was soll denn das? Habt ihr etwa was Ansteckendes?«

»Nein, bestimmt nicht!«, begütigte Peter rasch. »Er macht ja nur Spaß.«

Doch diese Versicherung machte die Frau nur noch misstrauischer. Sie wich zurück und an der nächsten Station stieg sie aus. Immer mehr Leute verließen den Zug, während er ratternd und schwankend die weite Strecke nach Manhattan fuhr. Bald gelang es Mr Peck und Bob, zu Peter und Justus im freien Raum in der Wagenmitte zu stoßen.

»Peter hat unseren Agenten auf dem Bahnsteig gesehen«, berichtete Justus Mr Peck. »Er hat den Zug verpasst. Jetzt sind wir ganz auf uns angewiesen.«

»Das ist ja nichts Neues«, meinte Ben Peck dazu. »Na, macht nichts. Falls Snabel und Konsorten irgendwo in der Nähe sind, halten sie sich gut versteckt.«

Und das stimmte. Die Jungen konnten jetzt den Wagen in ganzer Länge überschauen. Keiner der Fahrgäste ähnelte Snabel oder seinem Komplizen auch nur annähernd.

An der 42. Straße verließen sie den Zug. Mr Peck erspähte einen Tunnel, der sie vom Bahnsteig auf kürzestem Weg zu ihrem Hotel bringen würde, nämlich um zwei Blocks näher als vom Hauptausgang aus. Der Tunnel war dunkel und sah wenig einladend aus. Die Jungen blickten einander fragend an, zuckten die Achseln und folgten dem alten Herrn, der schon zielstrebig vorausgeschritten war. Und mitten im Tunnel hörten sie das Rufen.

»Ben Peck!«

Der Tunnel war menschenleer bis auf eine einzige Person außer ihnen – einen Mann, der lächelnd auf sie zukam. Er wirkte kleiner, als sie ihn in Erinnerung hatten, und untersetzter, denn er trug einen weit geschnittenen Regenmantel mit breiter Schulterpasse.

»Snabel!«, rief Mr Peck.

»Schön, Sie wieder zu sehen«, entgegnete Snabel. »Es ist ja lange her.« Im Tunnel war es so still, dass die Jungen irgendwo das Fallen von Wassertropfen hören konnten.

Dann meldete sich jemand hinter den Jungen zu Wort. »Nun die Fototasche, bitte schön.«

Es war der Mann, den sie in Monterey gesehen hatten und dem Bob im Supermarkt begegnet war. Er hatte eine Pistole und richtete sie auf Bob.

Der Junge gab ihm rasch seine Fototasche.

Der elegante Unbekannte schaute rasch in der Tasche nach, um sich zu vergewissern, dass die belichteten Filme darin waren. Er nickte Snabel zu. »Okay«, sagte er dann zu Mr Peck und den drei ???. »Da rein. Alle zusammen.«

Er wies mit der Waffe auf eine Tür in der Tunnelwand. Snabel hatte das Vorhängeschloss aufgebrochen. Drinnen war ein feuchtes, kleines Gelass voller Besen, Schwämme und Plastikflaschen mit Desinfektionsmitteln.

»Los, rein«, sagte der Mann mit der Pistole.

Sie gingen hinein und die Tür wurde hinter ihnen geschlossen und verriegelt. Zur Sicherung wurde noch etwas in die Öse des Riegels gekeilt. Dann waren nur noch rasche, sich entfernende Schritte zu hören.

»Hilfe!«, brüllte Peter. »Holt uns hier raus!«

Kein Ausweg für den Verräter

Nach endlos scheinender Zeit wurden die Gefangenen vom Fahrdienstleiter befreit. Ein Vorübergehender hatte gedämpftes Rufen und Klopfen aus dem Kämmerchen gehört und es dem Bediensteten gemeldet. Er hatte einen Wachmann vom Streckendienst mitgebracht. Als dieser Mr Peck zu befragen versuchte, reagierte der alte Herr nur mit einer unwirschen Bemerkung. Dann stampfte er die Treppe zum Ausgang hinauf. Vom Hotel aus rief er Mr Anderson an.

Mr Anderson kam sofort zum Hotel. Er gab sich völlig gelassen und das erboste Mr Peck noch mehr. »Also, das ist der Dank an den Steuerzahler!«, rief er. »Wir setzen unser Leben aufs Spiel. Wir wollen Ihnen helfen, ein Paar gefährliche Spione zu ergreifen. Und wenn die auf den Köder anbeißen, wo stecken Sie dann? Lahme Enten seid ihr!«

»Sie haben ganz Recht, Mr Peck«, sagte Mr Anderson.

Dann schilderte Mr Peck die Ereignisse dieses Tages. Ausführlich beschrieb er seine Gefangenschaft in einer übel riechenden, muffigen Kammer mit lauter feuchten Kehrbesen. »Eine Zumutung!«, schleuderte er dem FBI-Mann schließlich entgegen.

»Ganz ohne Frage«, bestätigte Mr Anderson. »Das hätte einfach nicht passieren dürfen.«

Mr Peck stellte mit einem Mal fest, dass er ruhiger

war. Er setzte sich hin und Mr Anderson berichtete: »Unsere Agenten beobachten sämtliche Ausgangswege aus New York City – Flughäfen, Bahnhöfe, Busbahnhöfe, Tunnels, Brücken, all das. Wir haben eine reelle Chance, die beiden Männer zu fassen, wenn sie versuchen, die Stadt zu verlassen.«

»Und wenn sie das nicht tun?«, hielt Ben Peck dagegen. »Sollen wir hier vergammeln wie der Käse in der Mausefalle?«

»Keineswegs«, beschwichtigte der Agent. »Der Fall ist abgeschlossen, was Sie und die Jungen betrifft. Die beiden Männer werden Sie nicht mehr behelligen. Snabel hat seine Schuldigkeit getan und den Film sichergestellt. Und wenn sein Kontaktmann entdeckt, dass der Film gegen ein nutzloses Exemplar ausgetauscht wurde, kann er sich denken, dass wir inzwischen die Fotos haben, die ihm so wichtig waren. Er guckt also in den Mond und wir haben gewonnen. Und es ist nichts Schlimmes passiert.«

»Zwei Spione laufen immer noch frei herum«, fuhr Ben Peck auf. »Das würde ich doch als etwas Schlimmes ansehen.«

Mr Anderson lächelte. »Edgar Snabel wird nicht noch einmal spionieren«, sagte er, »denn er bekommt dazu gar keine Chance mehr. Sie haben ihn überführt, Mr Peck, und darauf können Sie stolz sein. Er kann sich nicht mehr um Arbeit in einem Rüstungsbetrieb bewerben, ohne dass man ihm seine Fingerabdrücke abnimmt. Selbst wenn er so verrückt ist, sich unter falschem Namen zu bewerben, geht er uns sofort ins Netz. Aber das wird er wohl gar nicht erst versuchen. Er wird einfach untertauchen, da wir ihm ja nun auf den Fersen sind, und wird probieren, in einem anderen Staat ein neues Leben zu beginnen.«

»Und was ist mit dem anderen Halunken, diesem Bartlett?«, fragte Mr Peck angriffslustig. »Wenn der nun so etwas noch einmal versucht?«

»Wenn wir ihn nicht ergreifen, wird er das vermutlich tun«, entgegnete Mr Anderson. »Aber wir fahnden ja nach ihm – und zwar gezielt. An diesem Punkt jedenfalls, Mr Peck – und ihr drei –, danken wir Ihnen für Ihre Unterstützung. Bitte denken Sie nicht, es sei belanglos oder eine Bagatelle. So ist es nämlich nicht.«

Mr Anderson verabschiedete sich, und nachdem sich die Tür hinter ihm geschlossen hatte, breitete sich Unbehagen im Raum aus.

»So ein Mist!«, sagte Peter.

Justus nickte betreten. »Es ist, als wolle man in einem ungemachten Bett schlafen. Man möchte noch mal aufstehen und erst die Laken straff ziehen.«

Anscheinend gab es keinen Weg für die drei ???, am Ball zu bleiben. Es fiel ihnen keine realistische Möglichkeit ein, Snabel oder den eleganten Bartlett aufzuspüren. So versuchten sie, die Ernüchterung zu akzeptieren und den Rest ihres Aufenthalts in New York zu genießen, und Mr Peck konzentrierte sich nun ganz auf seine Erfindung, den eigentlichen Anlass für diese Reise.

Am Morgen nach dem Ausflug zum Yankee-Stadion ging Mr Peck weg und blieb den ganzen Tag über fort. Als er am frühen Abend ins Hotel zurückkehrte, verkündete er geheimnisvoll, er habe seine »Partner« getroffen und die Dinge seien »ins Rollen gekommen«. Dann brachte er zur Vorsorge für die weite Heimreise den Ford zum Kundendienst.

In den nächsten Tagen setzte sich Mr Peck immer schon frühmorgens ab und kam spät zum Hotel zurück und die Jungen waren sich selbst überlassen. Sie besichtigten einen Flugzeugträger auf dem Hudson River, besuchten das Hayden-Planetarium, aßen Cannelloni im italienischen Stadtviertel, fuhren mit der Hochbahn zur Roosevelt-Insel, statteten dem Rockefeller Center erneut einen Besuch ab und kauften Souvenirs ein. Am vierten Tag nach dem enttäuschenden Zusammentreffen mit Snabel begegneten die Jungen dann der Frau mit der Orchidee.

An der Kreuzung der 6th Avenue mit der 13th Street ging die Dame an ihnen vorüber. Die Orchidee, die sie trug, war in einen Blumentopf eingepflanzt, und sie war prachtvoll, mit drei Stängeln voller wächserner grüner und brauner Blüten.

»Guck mal!«, sagte Bob.

»Toll«, sagte Peter.

Justus freilich reagierte auf seine Art und dies musste der Frau auffallen. Er verbeugte sich und sagte: »Das ist eine Cymbidium, nicht wahr?«

Die Frau strahlte. »Ach, du kennst dich mit Orchideen aus! Ist sie nicht wunderschön? Züchtest du selber welche?«

»Mein Onkel Egbert ist Züchter«, flunkerte Justus mit seiner gewohnten Selbstsicherheit, und die Frau glaubte ihm.

»Ich werde die Pflanze über den Nachmittag in der Wohnung meiner Tochter abstellen«, erklärte die Frau. »Ich habe nämlich noch Besorgungen zu machen. Heute Abend werde ich sie dann vorführen und hoffentlich einen Preis erringen.«

»Ich hatte es mir fast gedacht...«, sagte Justus, »...ist eine Orchideenausstellung hier in New York?«

»Eigentlich keine Ausstellung«, erwiderte die Frau, »nur die übliche Monatsversammlung unseres Stadtteilklubs. Aber dieses Mal handelt es sich um eine besondere Veranstaltung, die sogar in allen Zeitschriften für Orchideenzüchter angezeigt war. Sir Clive Stilton wird einen Vortrag halten. Er ist eine ganz große Kapazität. Warum kommt ihr nicht auch hin? Es gibt jedes Mal einen Verkaufstisch und es werden auch Pflanzen in einer Tombola verlost. Du könntest deinem Onkel eine Orchidee mitbringen. Wohnt ihr hier in der Stadt?«

»Nein«, antwortete Justus. »In Kalifornien.«

Die Frau gab Peter ihre Orchidee, damit sie ihre Handtasche öffnen konnte. Sie nahm eine Karte heraus und schrieb eine Adresse darauf. »Um acht im Hotel ›Statler Royal‹«, sagte sie. »Kommt doch hin. Deinen Onkel würde es sicherlich interessieren, dass du Sir

Clive persönlich kennen gelernt hast. Eines unserer Mitglieder wird den Vortrag auf Band aufnehmen, und wenn es dich interessiert, kannst du eine Kassette bestellen.«

Sie nahm ihre Pflanze wieder an sich und ging weiter.

Justus sah sich die Karte an. Die Dame hieß Helen Innes McAuliffe und wohnte in Riverdale im Staat New York. Das »Statler Royal« war in der 7th Avenue im Süden der Stadt.

»Seid ihr euch darüber im Klaren, dass Snabel möglicherweise in der Zeitung von dieser Versammlung des Orchideenzüchterklubs gelesen hat?«, fragte Justus seine Freunde.

»Es fiel mir gleich ein, als du die Dame angesprochen hattest«, sagte Bob. »Du meinst, Snabel ist vielleicht noch in New York? Aber würde er zu einem solchen Klubabend gehen? Er will doch untertauchen oder hast du das vergessen?«

»Wer weiß…«, meinte Justus. »Wenn er noch hier ist, wird ihm die Zeit ganz schön lang, und laut Mr Peck sind Orchideen das Einzige, was ihn wirklich interessiert.«

»Es ist Glückssache«, fand Peter. »Möglich, dass er hingeht. Und was haben wir zu verlieren?«

Die Jungen erwogen kurz, ob sie wohl Mr Peck einladen sollten, sie zu der Veranstaltung zu begleiten. Peter war dagegen. »Jegliche Aufregung erhöht seinen Blutdruck«, sagte er. »Und wenn Snabel zu diesem

Vortrag kommt, wird das für Opa die schlimmste Aufregung der letzten zehn Jahre sein.«

»Aber wenn wir nun hingehen und er bekommt hinterher Wind davon?«, gab Bob zu bedenken.

Da verzog Peter schmerzlich das Gesicht.

Noch immer unentschlossen, gingen die drei zum Hotel zurück. Am Empfang wartete eine Nachricht auf sie. Mr Peck würde erst am späten Abend zurückkommen, er sei verhindert. Die Jungen sollten ohne ihn essen und ins Kino gehen, wenn es ihnen Spaß machte.

So gingen die Freunde guter Dinge zum Abendessen in eine kleine Gaststätte in der Nähe des Hotels, wo es dem Vernehmen nach die größten und leckersten Sandwiches in ganz New York gab. Sogar Justus war satt bis oben hin, als sie aufstanden. Sie nahmen einen Bus zum »Statler Royal« und fuhren mit dem Aufzug zu dem großen Festsaal hoch, der im zwölften Stock lag.

Der große Festsaal war allerdings weder besonders groß noch besonders festlich. Das Hotel war ein alter Bau. Der rote Teppichbelag war voller abgewetzter Stellen und auf den Kronleuchtern aus Kristall lag eine dicke Staubschicht. Als die Jungen aus dem Aufzug traten, wurden sie von einem stattlichen Mann in blütenweißem Hemd begrüßt. An dem Namensschild, das er angesteckt hatte, war er als Walter Bradford aus Syosset zu erkennen. Er war begeistert darüber, dass die Jungen sich für Orchideen interessierten, und er meinte, ganz sicher könne Justus eine Kassettenaufnahme von Sir Clives Vortrag für den legendären Onkel Egbert bekommen.

»Sir Clive wird über Züchtungsmethoden sprechen«, erklärte Mr Bradford. »Über die besondere Bedeutung, die der Auswahl der Zuchtpflanzen zukommt. Es wird bestimmt hochinteressant.«

Peter und Bob wechselten einen skeptischen Blick.

Mr Bradford entschuldigte sich und eilte davon, um einige soeben eingetroffene Gäste zu begrüßen. Die Jungen machten sich daran, den Grundriss des zwölften Stockwerks zu erkunden.

Der große Festsaal nahm die meiste Fläche ein. Auf dem Vorplatz beim Eingang waren zwei Aufzüge für Hotelgäste und Besucher. Neben den Aufzugschächten war eine Tür, die zum Treppenhaus führte. Die Garderobe und die Toiletten lagen an einem Flur zur Rechten, ein Lastenaufzug an einem Flur zur Linken. Hinter dem Lastenaufzug kam noch ein kleiner Anrichteraum. Gleich gegenüber war eine weitere Tür zum Festsaal, und am Ende des Flurs befand sich eine schwere Tür, die wie ein zweiter Ausgang zu einer Treppe aussah. Doch das täuschte: Als Peter nämlich diese Tür öffnete, sah er dahinter nur einen schmalen, durch ein Geländer gesicherten Sims, nach dem die Hausfassade abfiel. Der Sims führte also nirgendwohin und so war die Tür kein wirklicher Ausgang. Peter sah nochmals nach und dann trat er auf den Flur zurück und ließ die schwere Tür ins Schloss fallen.

Damit hatten sich die Jungen vergewissert, dass Snabel entweder einen der Aufzüge oder die Treppe am Vorplatz benutzen musste, falls er hier auftauchen sollte und ihnen entrinnen wollte. Sie betraten den Festsaal. Mr Bradford aus Syosset stand gerade am Rednerpult. Er klopfte auf die Platte, damit die Anwesenden ihre Plätze einnahmen und ruhig wurden.

Die Orchideenliebhaber waren dicht gedrängt an den Wänden des Raumes entlanggewandert, wo Orchideen auf langen Tischen zur Schau gestellt waren. Nachdem Mr Bradford mehrmals geduldig geklopft hatte, trennten sie sich von den Pflanzen und nahmen auf den zierlichen vergoldeten Stühlen Platz, die in Reihen aufgestellt waren. Die schummrige Deckenbeleuchtung verdüsterte sich noch mehr und plötzlich erfasste ein Spotlight das Rednerpult.

Mr Bradford sagte ein paar Worte zur Begrüßung und kam dann zügig auf den Zweck der Veranstaltung zu sprechen. Er stellte den Ehrengast, Sir Clive Stilton, vor. »Sir Clive wird uns Dias von seinen Orchideen vorführen«, kündigte Mr Bradford an, »und sein Vortrag befasst sich mit der Bedeutung kräftiger Zuchtpflanzen für die Gewinnung schöner Hybriden.«

»Junge, Junge«, stöhnte Peter. »Das wird harte Arbeit, wenn ich bei so viel Fachsimpelei nicht einschlafen soll.«

Eine Frau in der Stuhlreihe vor Peter drehte sich um und zischte vernehmlich. Er machte sich ganz klein auf seinem Stuhl und blickte geradeaus. Ein ganz dünner

Mann mit ganz rotem Gesicht trat ans Pult, rieb die knochigen Hände gegeneinander und strahlte erst einmal die versammelten Orchideenliebhaber an. Dann setzte er an: »Mr Bradford sagte mir vor einigen Minuten, dass er sich freue, heute Abend einen Vertreter der nassen Zuchtmethode als Sprecher hier zu haben. Der letzte Vortragsredner war Befürworter der trockenen Methode. Nun, ich bin da nicht ganz sicher, dass ich so nass bin.«

Peter schüttelte sich vor stummem Gelächter.

Bob gab ihm einen Rippenstoß.

Justus sah stur geradeaus und gab sich mächtig Mühe, eine ernste Miene zu bewahren.

Hinter den drei Jungen quietschte eine Tür. Justus drehte sich um.

»Kann bitte jemand das Licht ausmachen?«, bat der Redner.

Mr Bradford sprang auf und der Raum war einen Augenblick lang völlig dunkel. Dann begann ein Diaprojektor zu summen und auf einer Leinwand erschien eine Aufnahme des Redners in seinem Gewächshaus. Er beugte sich über einen Tisch voller Pflanzen.

»Wie können wir also die besten Zuchtpflanzen für unsere Ziele auswählen? Nun, wenn Sie der Blüten wegen züchten, kommt es vornehmlich auf deren Schönheit an. Und das ist ja den meisten Züchtern wichtig, nicht wahr?«, fragte Sir Clive.

Eine der Türen zum Vorplatz öffnete sich. In dem hellen Rechteck zeichnete sich eine stämmige Gestalt ab, als ob dort jemand warte, bis er sich an die Dunkelheit gewöhnt hatte.

Der Mann am Rednerpult ließ sich unentwegt über Luftwurzeln und Keimlinge und zuchtungeeignete Arten aus und darüber, wie lange es für den Orchideenzüchter gemeinhin dauerte, bis sich Erfolge zeigen.

Die Gestalt im Türrahmen trat nun in den abgedunkelten Festsaal und die Tür schloss sich wieder.

Justus stieß Peter an. Dann stand er auf und schlich lautlos in den hinteren Bereich des Raumes. Bob und Peter kamen nach. »Ich glaube, da kam gerade Snabel herein«, flüsterte Justus. »Ich werde versuchen, Mr Anderson anzurufen.«

Er schlüpfte hinaus, wobei er die Tür nur möglichst wenig öffnete. Bob und Peter folgten ihm und dann standen sie einen Augenblick wortlos da und hielten ringsum nach einem Telefon Ausschau.

Irgendwo in der Nähe ging eine Tür auf.

Es war nicht die breite Tür zwischen Vorplatz und Festsaal, sondern eine andere – die Tür weiter hinten auf dem Flur beim Anrichteraum. War das Snabel? Hatte er die drei ??? wieder erkannt, als sie den Saal verließen? Auch sie mussten sich ja als Silhouetten gegen das Licht auf dem Flur abgezeichnet haben. Auf dem schmalen Flur links hallten Schritte und Geschirrgeklapper war zu hören. Dann folgten ein Rumpeln und Summen und der Lastenaufzug wurde von einem tiefer gelegenen Stockwerk heraufgeholt.

Die Jungen näherten sich vorsichtig dem Seitenflur

und beobachteten den Lastenaufzug. Dort sahen sie einen dunkel gekleideten Mann mit dem Rücken zu ihnen stehen, der auf einer Hand ein mit Tassen beladenes Tablett balancierte.

Ein Kellner! Nur ein Kellner, der ein Tablett mit benutztem Geschirr hinunterbringen wollte.

»Mann, der trägt ja Turnschuhe!«, rief da Bob.

Der Kellner zuckte zusammen. Er wandte den Kopf ein wenig und sie sahen sein Gesicht im Halbprofil.

»Bitte, bleiben Sie doch einen Augenblick so, Mr Snabel«, sagte Bob. »Ich möchte gern ein Foto von Ihnen machen.«

Bob hatte seine Kamera bei sich. Das war ihm fast zur zweiten Natur geworden. Nun blickte er durch den Sucher, das Blitzlicht flammte auf und der Verschluss klickte.

Mit einem lauten Schrei sprang Snabel auf Bob los. Das Tablett mit den Tassen landete mit Geklirr auf dem Boden.

In diesem Augenblick öffnete sich die Tür des Lastenaufzugs. Justus und Peter schlüpften an Snabel vorbei in den Aufzug. Justus drückte den Nothalt, der den Aufzug an dieser Stelle festhalten würde. Peter drückte den roten Alarmknopf. Eine schrille Klingel ertönte und gellte unaufhörlich.

»Polizei!«, schrie Bob vor dem Festsaal. »Hilfe! Ein Spion!«

Die Tür zum Saal öffnete sich in dem Augenblick, als Snabel sich auf Bob stürzte und ihm an die Kehle wollte.

Bob knipste noch ein Bild.

Mit wutverzerrtem Gesicht schoss Mr Bradford auf den Vorplatz hinaus. »Schluss mit diesem Krach!«, brüllte er. Snabel stand einen Augenblick verwirrt und wie gelähmt da, vom Blitzlicht geblendet.

»Die Polizei!«, rief Bob verzweifelt. »Rufen Sie die Polizei!«

Noch einmal ging Bobs Blitz los – diesmal voll in Snabels Gesicht. Snabel zuckte zurück. Er musste sich die Augen zuhalten. Dann flüchtete er zurück zum Lastenaufzug.

Justus und Peter warteten in der Kabine. Snabel kam angelaufen, und die Scherben der Kaffeetassen, mit denen der Teppichboden übersät war, knirschten unter seinen Schritten.

Da erspähte Snabel die Tür am Ende des Flurs. Er sah sie trotz der grellen Flecken, die ihm vor den geblendeten Augen tanzten, und sie musste ihm wie der Rettungsanker vorkommen. Mit ausgestreckten Armen lief er darauf zu. »Vorsicht!«, rief Peter noch, aber es war zu spät. Snabel riss die Tür auf und machte einen Schritt in die Dunkelheit hinaus.

Und dann fiel die Tür ins Schloss.

Nun strömten die Menschen aus dem Saal, manche verängstigt, manche aufgeregt, andere einfach neugierig. Die Orchideenfreunde drängten sich auf dem Vorplatz zusammen und spähten den Flur entlang.

Die Alarmklingel im Aufzug hörte endlich auf zu schrillen.

Eine lähmende Stille senkte sich auf die Menge und in dieser Stille hörten alle das laute Rufen. Es kam von der Tür am Ende des Flurs.

»Hilfe!« Es war Snabels Stimme. Er hämmerte von draußen gegen die Tür. »Lasst mich wieder rein! Aufmachen! Hilfe!«

Justus wandte sich seelenruhig an Mr Bradford.

»Mr Bradford, können Sie mir sagen, wo der nächste öffentliche Fernsprecher im Haus ist?«, fragte Justus. »Ich muss dringend telefonieren – mit dem FBI.«

Albert Hitfield spendiert ein Essen

Das Restaurant war unwahrscheinlich elegant. Die Tische waren mit weißem Damast gedeckt und an den Fenstern hingen Brokatvorhänge. Überall gab es frische Blumen. Der Teppichbelag war so dick, dass man keinen Schritt hörte. Statt die Speisekarte vorzulegen, machte ein Oberkellner mit gedämpfter Stimme Vorschläge, was die drei ??? zum Mittagessen wählen könnten. Ein Kellner in blauem Frack und gestreifter Weste servierte dann. Das Essen – ein Krabbengericht – war so raffiniert zubereitet, dass es ganz neuartig schmeckte und nicht so, wie die Jungen sonst Krabben in Erinnerung hatten. Die Portionen waren übrigens sehr klein.

Der Gastgeber der Jungen, ihr großer Freund Albert Hitfield, sah sich im Lokal um und lächelte wehmütig.

»Als ich ein junger Mann war und meine ersten Brötchen als Werbetexter und Layouter verdiente, konnte ich es mir nicht leisten, hier zu essen«, sagte er. »Und nun, als erfolgreicher Filmregisseur und Herausgeber von Kriminalliteratur, kann ich überall essen, wo es mir Spaß macht. Aber wieso bin ich ausgerechnet auf dieses Restaurant verfallen? Ich werde garantiert wieder Appetit haben, noch ehe der Nachmittag vorüber ist.«

Mr Hitfield nahm einen Schluck Mineralwasser und lächelte. »Na, jedenfalls ist es schön, wenn man Geld hat, und lasst euch von niemandem was anderes weismachen.

Und was ist nun mit eurem Fall? Ich rief deine Tante Mathilda an, Justus, als die Geschichte von Edgar Snabel in der Presse auftauchte. Sie war perplex. Sie sagte, ihr wärt mit Peters Großvater auf einer Ferienreise. Sie konnte sich nicht vorstellen, warum ihr Jagd auf Spione machtet – und was ihr beim Klubabend der Orchideenzüchter wolltet.«

Peter grinste. »Wir sind hier auf einer Ferienreise, das stimmt«, erklärte er, »aber wir befassen uns gleichzeitig mit einem Fall, auf Wunsch meiner Mutter.« Dann berichtete er, wie Mrs Shaw die Jungen beauftragt hatte, dafür zu sorgen, dass es mit Mr Peck keinen Ärger geben würde. »Das haben wir geschafft – in etwa«, meinte Peter. »Und außerdem kümmerten wir uns um ein paar brisante Angelegenheiten.«

»Davon habe ich gehört«, sagte Mr Hitfield. »Ich bin wirklich froh, dass ich zufällig zur selben Zeit wie ihr in New York bin. Ich kam hierher, um zu einigen Empfängen anlässlich einer Retrospektive meiner frühen Filme zu gehen.

Aber nun möchte ich doch Näheres zu eurem Fall erfahren. Habt ihr wieder wie üblich Protokoll darüber geführt?«

»Ich habe schon angefangen, meine Notizen zu verarbeiten«, antwortete Bob. »Wir freuten uns sehr, als Sie uns heute Morgen im Hotel anriefen. Wir wollten Sie nämlich ohnehin fragen, ob Sie wieder eine Einführung für uns schreiben würden.«

»Oh ja, mit Vergnügen«, bestätigte Albert Hitfield. »Nun berichtet mir aber ein wenig ausführlicher.«

Das taten die Jungen, vom ersten Zusammentreffen mit Snabel in Pismo Beach bis zu einer triumphierenden Schilderung der Ereignisse im Hotel »Statler Royal«.

»Fabelhaft!«, meinte Mr Hitfield. »Und es spricht sehr für eure hervorragende Beobachtungsgabe, wie es euch auffiel, dass ein Kellner im Dienst keine Turnschuhe trägt. Nur eines überrascht mich. Wie ist euch das kleine Gerät am Benzintank entgangen, als ihr in Santa Rosa unter dem Wagen nachschautet? Man sollte meinen, euch müsse so etwas sofort auffallen.«

»Ich glaube, ich hab das vermasselt«, bekannte Justus. »Es war ja mitten in der Nacht und die Batterien in unseren Taschenlampen funktionierten nicht mehr. Bei all der Aufregung, die darauf folgte, vergaß ich ganz, nochmals gründlich nachzusehen. Und zudem nahmen wir zu diesem Zeitpunkt Mr Pecks Behauptung, Snabel sei ein Schnüffler und ein Spion, noch gar nicht ernst – aber genau das war der Bursche dann doch.

Wir werden nie die ganze Wahrheit über seine Straftaten erfahren. Es ging um Geheiminformationen, also hat uns das FBI nur sehr spärlich eingeweiht. Aber wir hörten von Mr Anderson dann doch, dass Snabel an seinem Arbeitsplatz mit solchen Informationen in Berührung gekommen war. Er war Elektronikingenieur und das Werk stellt Flugzeugteile her. Snabel wurde entlassen, weil er mit den anderen Technikern, die in der Abteilung arbeiteten, einfach nicht auskam. Möglicherweise hat er sich der Spionage zugewandt, weil er sich ungerecht behandelt fühlte. Er machte die Aufnahmen noch vor seinem Ausscheiden und schmuggelte die Kamera aus dem Werksgelände. Er verfügte nicht über die Ausrüstung, um seine Bilder selbst zu entwickeln, und er wollte es nicht riskieren, den Film in ein Fachgeschäft zu bringen. Es wurde also vereinbart, er solle Bartlett die Kamera mit dem Film übergeben. Aber dann wurden die beiden Apparate vertauscht. Und obendrein warf Mr Peck Snabel mehrmals vor, er schnüffle und spioniere. Snabel hatte ein so schlechtes Gewissen, dass er befürchtete, Mr Peck wisse mehr, als dies tatsächlich der Fall war.«

»Ist das nicht herrlich?«, rief Albert Hitfield. »Snabel ist gewissermaßen über die eigenen Füße gestolpert!«

Peter nickte zufrieden. »Dazu trug Großvater tüchtig bei. Und je weiter wir auf unserer Reise kamen, umso mehr packte Snabel die Verzweiflung. Er musste unbedingt diesen Film von Bob zurückbekommen, ehe Bob merkte, was er da bei sich trug, und damit zur Polizei ging. Der Lincoln, in dem er uns folgte, war Bartletts Wagen – vielmehr der Wagen, den Bartlett mietete, damit er sich mit Snabel in Monterey treffen konnte.«

»Und was wurde aus diesem vorgeblichen Bartlett?«, fragte Mr Hitfield. Da machten die drei ??? lange Gesichter.

»Es sieht so aus, als hätte er sich ungehindert absetzen können«, musste Justus zugeben. »Mr Anderson erzählte uns, der Mann sei am Tag nach Snabels Verhaftung in Wien gesehen worden. Er ist dem FBI einfach durch die Lappen gegangen.«

»Überrascht mich nicht – er war doch offenbar ein mit allen Wassern gewaschener Spion«, bemerkte Mr Hitfield.

»Trotzdem ist das nicht so schlimm, wie es sich anhört«, warf Peter ein. »Der Bursche wird diesen Film mit den wertlosen Aufnahmen einem Dritten übergeben, und wenn die Bilder nicht das zeigen, was man erwartete, dann wird man ihn ganz schön fertig machen. Also haben wir wenigstens dazu beigetragen, dass es dem Burschen nicht zu wohl wird.«

Albert Hitfield nickte beifällig. »Und dein Großvater, Peter? Hat er seine Erfindung verkauft?«

Da strahlte Peter. »Ja. Und diesmal hat er wirklich das große Los gezogen. Vielleicht nicht in finanzieller Hinsicht, aber seine Idee funktioniert tatsächlich und ist von großem, praktischem Nutzen. Wir konnten die Sache im Auto nicht finden, weil sie dort gar nicht war. Opa hatte alles mit der Post zum Hotel ›Riverview Plaza‹ vorausgeschickt – dort wohnten wir nach unserer Ankunft in New York anfänglich –, und er hatte die Direktion gebeten, das Material sicher zu verwahren, bis er eintraf. Alles war die ganze Zeit im Hotelsafe. Deshalb war es für ihn im Grunde kein wirkliches Risiko, als er dachte, Snabel wolle ihm seine Erfindung abjagen – er war nur schrecklich empört.«

»Aber was ist denn nun diese Erfindung?«, wollte Mr Hitfield wissen. »Wozu all das verstohlene Getue?«

»Weil sie unter militärische Geheimhaltung fällt«, sagte Peter. »Na ja, nicht direkt militärisch, aber wichtig für unsere Weltraumforschung. Es ist ein neues Ventil, das Opa sich ausgedacht hat, während er an einer Feuerschutzanlage für das Gemeindehaus arbeitete. Es hat einen eingebauten automatischen Sensor, und es ist kleiner als die Ventile, die zurzeit in Gebrauch sind, und leistet mehr. Es kann Temperatur und Druck in einem Raumanzug regulieren und folglich muss der Raumanzug nicht mehr so kompakt und aufgebläht sein. Es genügt dann nämlich eine dünnere

Isolierschicht. Also können sich die Astronauten freier bewegen, wenn sie ihr Raumschiff verlassen.«

»Dann ist Mr Peck also doch ein begabter Erfinder!«, rief Albert Hitfield.

»Genau. Nun führt Opa dauernd Besprechungen mit einer Firma, die einer der Hauptzulieferer der NASA ist. Er hat sich einen Anwalt genommen und es werden Verträge ausgearbeitet. Es ist wirklich ein Glück, dass er in letzter Zeit voll beschäftigt ist. Er kann einen mit seinen Launen fast verrückt machen. Aber jetzt ist er meistens friedlich und dann macht es Spaß mit ihm.«

»Er ist unglaublich vital«, meinte Mr Hitfield. »Mir kommt es so vor, als hättet ihr beide – du und dein Großvater – euch auf dieser Reise erst richtig kennen gelernt.«

Peter nickte in vollem Einverständnis.

»Und nun, ihr drei« – Albert Hitfield sah die Jungen der Reihe nach an – »wenn Mr Peck euch heute Nachmittag freigibt, kann ich etwas vorschlagen, was euch bestimmt interessiert: ein Theaterstück am Broadway, ›Die Todesfalle‹! Es ist sehr geheimnisvoll und spannend.«

»Hört sich großartig an«, fand Justus.

Peter und Bob stimmten begeistert zu.

»Wir besuchen die Nachmittagsvorstellung«, sagte Mr Hitfield, »also machen wir uns am besten jetzt auf.«

»Nur noch eines, Mr Hitfield«, meldete sich Justus zu Wort.

»Ja, Justus, was hast du auf dem Herzen?«, fragte der Regisseur.

»Könnten wir unterwegs wohl irgendwo eine Kleinigkeit essen?«

Insa Bauer

Der Detektiv-Klub
Das Phantom

128 Seiten, illustriert, ISBN 3-570-12866-0

Mysteriöse Einbrüche geben der Polizei und den Detektiven um Kira Rätsel auf. Der Einbrecher scheint nicht nur genau zu wissen, wann jemand verreist ist, er überlistet auch jede Sicherheitsvorkehrung. Das Merkwürdigste aber ist, dass er anscheinend nichts stiehlt. Doch wenn er es nicht auf Wertgegenstände abgesehen hat, worauf dann?